Une odyssée américaine

JIM

HARRISON

Une odyssée américaine

ROMAN

Traduit de l'américain
par Brice Matthieussent

J'AI LU

Titre original
THE ENGLISH MAJOR

Éditeur original : Grove Press

Pour Steve & Max,
gendres et amis

« J'écris pour le vœu exaucé,
une idée terrifiante. »

James Cain

Seattle
WASHINGTON
Salem
OREGON
MONTANA
Helena
Billings
IDAHO
WYOMING
Cheyenne
NORTH DAKOTA
Fargo
MINNESOTA
Minneapolis
SOUTH DAKOTA
NEBRASKA
WISCONSIN
MICHIGAN
Detroit
MAINE
VT
N.H.
MASS.
Boston
R.I.
CONN.
NEW YORK
Buffalo
New York
PENNSYLVANIA
Philadelphia
N.J.
DEL.
Washington
Sacramento
San Francisco
CALIFORNIA
NEVADA
Salt Lake City
UTAH
Denver
COLORADO
Des Moines
IOWA
Chicago
ILLINOIS
INDIANA
OHIO
Cincinnati
WEST VIRGINIA
Charleston
VIRGINIA
Las Vegas
Kansas City
KANSAS
MISSOURI
St-Louis
KENTUCKY
Los Angeles
San Diego
ARIZONA
Phoenix
Santa Fe
NEW MEXICO
OKLAHOMA
Oklahoma City
ARKANSAS
TENNESSEE
Memphis
Charlotte
NORTH CAROLINA
SOUTH CAROLINA
Charleston
MISSISSIPPI
ALABAMA
GEORGIA
LOUISIANA
Fort Worth
Dallas
TEXAS
Baton Rouge
New Orleans
Tallahassee
Jacksonville
San Antonio
FLORIDA
Miami
Chihuahua
Monterrey

Michigan

Autrefois c'était Cliff et Vivian, mais maintenant c'est fini.

Sans doute qu'il faut bien commencer quelque part. Nous sommes restés mariés trente-huit ans, un peu plus que trente-sept, mais moins que trente-neuf, le nombre magique.

Je viens de me préparer mon dernier petit déjeuner ici, à la vieille ferme, un bâtiment qui a beaucoup changé durant notre mariage à cause des lubies de Vivian et de mon labeur.

Je l'ai sentie s'éloigner de moi l'an dernier, au cours de notre quarantième réunion des anciens élèves du lycée dans un parc de Mullet Lake. Je suis libre, blanc et âgé de soixante ans, mais je n'ai aucune envie d'être libre. Je veux récupérer Vivian, même si on m'a clairement fait comprendre que ça a peu de chances d'arriver.

À cette réunion, nous avons eu la surprise de voir se pointer Fred, l'ancien élève parti du lycée en classe de seconde. Ses parents, des gens chics qui passaient l'été à Petoskey, avaient amené Fred de Chicago pour qu'il entame sa seconde avec nous autres, les gamins des petites villes et de la campagne. Fred avait eu des ennuis à Chicago, et il en avait eu ici aussi, du coup ses parents l'avaient retiré du lycée au milieu de son année de seconde pour l'expédier à l'académie militaire de Culver, dans l'Indiana, le genre d'endroit où les jeunes chenapans issus de familles riches étaient censés être remis dans le droit chemin.

Fred est donc arrivé à notre quarantième réunion dans une voiture de sport italienne dont je ne connaissais même pas la marque, et nous avons tous été d'accord pour dire qu'elle rugissait un peu comme le lion que j'avais entendu des années plus tôt au zoo de Grand Rapids. Bref, il a emmené Vivian faire un tour dans son bolide. Ils en pinçaient l'un pour l'autre au lycée. Ils ont disparu pendant plus d'une heure. Tout le monde s'est retrouvé gêné, surtout moi, mais personne n'a rien dit, même si la bière coulait à flots. Quand ils sont revenus, Vivian avait des taches d'herbe sur les genoux et j'ai eu l'impression qu'entre eux c'était une affaire qui roulait. Je ne m'attendais vraiment pas à ce que mon épouse de cinquante-huit ans se livre à ce genre de frasques. Mais à ce moment, je n'avais pas le temps d'être jaloux ou d'avoir le cœur brisé, car je devais récolter cinquante arpents de cerises griottes plus dix de bigarreaux, ce qui m'a pris un mois entier – durant lequel le sort de Fred et Vivian s'est scellé.

Nous nous sommes mariés après que j'ai décroché ma licence à l'université du Michigan, où Vivian étudiait depuis deux ans. J'ai enseigné l'histoire et l'anglais au lycée d'où nous étions sortis, et dès que notre fils a quitté la maison, Vivian a trouvé un travail dans l'immobilier pour vendre des fermes, des maisons de vacances et des cottages. J'ai repris la ferme lorsque le père de Vivian est mort en pêchant la perche dans Les Chenaux, des îles près de Cedarville. Ce gros con fort comme un Turc essayait de transporter cinquante kilos de filets de perche conservés dans la glace depuis un chalet jusqu'à son pick-up. Résultat : crise cardiaque. Peu après l'enterrement, Vesper, la mère de Vivian, s'est enfuie en Arizona, dans un endroit justement nommé Carefree (Sans-souci). C'est ainsi que je suis devenu paysan malgré mes études supérieures et mon métier de prof de lycée, vaines tentatives pour échapper au destin familial.

Le couperet est tombé en novembre, lors d'une partie de chasse au chevreuil avec des amis près de Helmer, comté de Luce, dans la péninsule Nord. La neige était trop épaisse pour qu'on puisse chasser longtemps. À l'heure du déjeuner on était de retour au camp pour taper le carton. La partie s'est soudain interrompue quand mes amis m'ont annoncé que Vivian entretenait une liaison torride avec Fred, qui vivait dans sa maison de famille sur le lac Michigan, au nord de Petoskey.

Je me suis mis à picoler, chose que je n'avais jamais faite de ma vie. J'ai bu comme un trou entre la saison de la chasse au chevreuil et le mois de juin de cette année, puis je me suis mis au régime presque sec il y a deux semaines, quand j'ai cru avoir écrasé notre chienne Lola, âgée de treize ans, un croisement de labrador et de colley. Je venais de passer un moment agréable avec Babe, dans son appartement au-dessus du boui-boui où elle bosse en ville. L'inconvénient de cette petite piaule c'est qu'elle empeste tout le temps l'huile de cuisson et les frites, une odeur que je n'ai jamais appréciée. En tout cas, lorsque je suis rentré chez moi, Lola n'était pas à attendre son biscuit dans la cabane de pompage située derrière la maison. Je l'ai trouvée couchée dans les herbes hautes sous l'arrière de ma Taurus marron. J'aurais peut-être pu la voir si j'avais coupé l'herbe devant la maison. Je me suis mis à courir dans la cour en pleurant ma chienne morte. J'ai allumé les phares de ma voiture et j'ai appelé mon voisin Dan en criant :

« Lola est morte ! »

Je ne sais pour quelle raison, je me suis ensuite élancé par-dessus la clôture et j'ai atterri dans l'abreuvoir qui était encore plein, bien que j'aie vendu les bêtes début mai. Dan est arrivé un peu plus tard, à l'aube, accompagné du chant de milliers d'oiseaux. Il a éclaté de rire, car j'étais couvert d'algues infectes et verdâtres, et je tremblais des pieds à la tête. Par miracle, je n'ai pas attrapé la crève. Dan m'a ensuite prouvé que mes pneus étaient passés à côté de Lola, et qu'elle était morte de vieillesse, un écureuil à demi boulotté en travers de la gueule. Lola mangeait n'importe quoi, écureuils, serpents, marmottes. Un jour, elle a même bouffé un des trois porcelets que je venais d'acheter. Ç'a été la seule fois où je l'ai punie. Si vous voulez savourer du porc qui a le goût du bon vieux temps, il faut l'élever vous-même. Dan et moi avons pris deux pelles, puis nous avons enterré Lola derrière la grange.

« Tu ferais bien de te ressaisir », m'a dit Dan en tassant la terre de la tombe avec ses chaussures.

Curieusement, j'ai commencé à reprendre du poil de la bête dès que j'ai découvert que je n'avais pas écrasé Lola.

Après la saison de la chasse au chevreuil, j'ai appelé notre fils Robert, qui s'était envolé de notre nid du Michigan une fois son diplôme au Kalamazoo College obtenu, des études qui nous ont coûté la peau des fesses et plus encore. Il vit maintenant à San Francisco. Quand je lui ai annoncé que sa mère m'avait quitté pour un autre homme, j'ai été surpris qu'il me réponde : « Ça ne me surprend pas. »

Depuis que, adolescent, il s'est mis à participer au festival de théâtre organisé chaque été à Petoskey, Bob a trouvé sa voie : le show-business. J'ai la trouille de monter à bord d'un avion, mais Bob passe quasiment toute sa vie en l'air.

« Vous avez pris des chemins différents », dit-il. Déjà gamin, Bob avait cette habitude agaçante de souligner un mot sur cinq environ, que ce mot le mérite ou pas. « Regarde la vérité en FACE, papa, tu n'as jamais été synchro AVEC maman. Quand elle s'inquiétait d'AVOIR un gros cul, tu lui RÉPONDAIS qu'il n'y a rien de mal à avoir un gros cul. ALORS que tu aurais dû lui DIRE : "Vivian, ton CUL n'est pas si gros que ça." »

Bob parcourt le monde entier à la recherche de lieux de tournage pour des boîtes de prod. Quand nous avons découvert que notre jeune Bob était gay, Vivian a déclaré qu'elle préférait que son fils soit gay plutôt que paysan. C'est Vivian tout craché. Elle met toujours de l'huile sur le feu ou, comme disait papa, elle pisse sans arrêt dans le whisky. Un jour, j'ai tenté de désamorcer le problème du gros cul en disant qu'elle avait seulement des grosses fesses parce que sa mère avait des grosses fesses. Ça n'a pas marché.

Me voilà donc en train de déménager l'intérieur de cette vieille ferme que le nouveau propriétaire va faire démolir, du moins selon Vivian. Le verger va être ratiboisé, seule la grange restera en l'état. Bob et moi touchons dix pour cent du prix de vente, Vivian et sa mère se partagent les quatre-vingts pour cent restants. Les deux cents arpents se sont vendus un million de dollars, ce qui m'a paru être un prix exorbitant, car ils ne m'ont jamais rapporté plus de trente dollars net par mois quand je les ai exploités. Dan, mon ami vétérinaire, m'a dit que cent mille dollars c'est pas grand-chose comme retraite, mais je lui ai répondu que je devrais m'en contenter parce que je n'aurais pas un sou de plus. Quand il a ajouté que je n'avais même pas la Sécurité sociale, je lui ai dit que c'était vrai.

Comme je viens de le dire, j'ai repris du poil de la bête en découvrant que je n'avais pas écrasé Lola et j'ai arrêté de boire autant. Un événement plus marquant encore s'est produit alors que je triais le contenu d'une grosse malle : j'ai découvert un puzzle datant de mon enfance. Il y avait quarante-huit pièces, une pour chaque État, toutes de couleurs différentes. La boîte contenait aussi des informations sur l'oiseau et la fleur associés à chaque État. Je ne connaissais que trop bien ce puzzle, j'avais consacré une bonne partie de ma jeunesse à m'occuper de mon petit frère Teddy qui souffrait de mongolisme, une maladie aujourd'hui qualifiée de trisomie 21. Teddy adorait ce puzzle et nous avons passé des heures à le faire et le refaire.

J'ai apporté le puzzle au rez-de-chaussée, je l'ai posé sur la table de la cuisine, puis j'ai ouvert une bière sans alcool, car il était seulement midi. J'ai réglé mon gros poste de radio Zenith Trans Oceanic sur une station qui diffusait de la polka depuis Milwaukee, de l'autre côté du lac Michigan. Vivian se sentait gênée d'aimer autant danser les polkas d'autrefois. Nous avions fière allure lors des soirées polka. Elle disait que les robes ondoyantes portées par les danseuses de polka dissimulaient ses grosses fesses.

Le puzzle posé devant moi sur la table en formica jaune m'a donné une idée. Il y a plus de vingt-cinq ans, à l'époque où j'enseignais, j'avais essayé de me servir du *Walden* de Thoreau dans un cours de littérature en terminale. J'étais meilleur en biologie, surtout en botanique, mais voyant que cet écrivain m'enthousiasmait, les dix-sept élèves de ce groupe affligeant avaient au moins essayé de se colleter Thoreau.

« Pourquoi désirait-il vivre seul ? Moi, j'adore traîner avec mes copines », avait demandé une fille.

Thoreau avait plus ou moins dit qu'un homme n'est pas propriétaire d'une ferme, c'est la ferme qui est propriétaire de l'homme. Ils avaient reçu le message cinq sur cinq, car la moitié de ces gamins venaient de familles paysannes et leurs parents ne s'éloignaient jamais de leur ferme pour visiter les États-Unis, sans parler du reste du monde. Pour ma part, j'étais allé à New York et à Washington avec mes camarades de terminale du lycée. Je m'étais rendu un jour à Chicago avec Vivian et notre fils Bob pour voir des pièces de théâtre. Ils avaient fait plusieurs fois ce voyage, mais moi je n'y étais allé qu'une fois. Et puis j'avais conduit et chaperonné une bande de gosses à une grande réunion de clubs ruraux à la foire régionale du Minnesota, à Minneapolis.

Par la fenêtre de la cuisine j'ai regardé mon vieux break Taurus marron qui affichait deux cent mille kilomètres au compteur et je me suis dit qu'il était toujours vaillant. J'ai baissé les yeux vers les quarante-huit États multicolores. J'ai repensé à mon frère Teddy qui s'est noyé à onze ans quand notre famille a pris le ferry à Charlevoix pour se rendre à Beaver Island et j'ai eu les larmes aux yeux. Teddy n'avait jamais bien appris à nager. Quand nous allions pêcher en barque sur un lac ou sur le cours inférieur de la Manistee, papa attachait Teddy à sa ceinture avec une longue rêne du harnais du cheval de trait. Sinon, Teddy aurait sauté dans n'importe quel plan d'eau. C'était sans gravité dans l'étang de notre ferme, où l'eau montait seulement jusqu'à la taille. Mais ce jour-là, la traversée pour Beaver Island a été vraiment agitée, nous avons essuyé deux grosses tempêtes estivales et beaucoup de passagers accoudés au bastingage vomissaient tripes et boyaux. Quand Teddy a sauté par-dessus bord, la rêne a rompu. Le temps que le ferry fasse demi-tour sur les eaux démontées du lac, nous l'avons perdu. Une fois débarqué sur l'île, papa s'est cuité au Shamrock et il a déclaré que Teddy était mort en marin héroïque.

J'ai séché mes larmes et laissé courir mes doigts sur la carte du puzzle. Trois jours plus tard, je suis parti après avoir envoyé des chèques correspondant à leur part de la vente à Bob à San Francisco et à la mère de Vivian à Carefree, Arizona, où elle habite à trois rues seulement de Paul Harvey, le magnat de la radio. Je suis passé au bureau de Vivian à Boyne City, qui a été outrée que je ne lui donne pas sa part en liquide.

« Maintenant je vais devoir payer des impôts là-dessus, espèce de crétin », m'a-t-elle lancé avec un regard mauvais.

La photo de notre mariage avait disparu de son bureau. Je me suis rappelé qu'à l'université du Michigan elle avait eu un coup de cœur pour un joueur de basket. Quand ce type n'avait pas réagi à ses avances, elle avait laissé mourir de faim son propre poisson rouge. Plusieurs années auparavant, au cours de l'été, il y avait eu ce qu'on appelle un mois de lune bleue, c'est-à-dire deux pleines lunes le même mois. J'avais tenté d'attirer Vivian dehors pour admirer le ciel, mais rien à faire.

La ferme ne me possédait plus, et c'est ainsi que j'ai quitté notre verte vallée où j'avais passé tant d'années. Pour des raisons sentimentales je n'ai pas assisté à la vente aux enchères et je suis allé pêcher la truite sur la Pigeon River avec un ami médecin. C'est le médecin le plus impopulaire qu'on puisse imaginer. Il n'arrive pas à se lever le matin parce qu'il picole trop. Il m'a refilé du Wellbutrin afin de calmer mes nerfs et, pour ne rien vous cacher, il m'a aussi donné plein d'échantillons gratuits de Viagra et de Levitra en prévision de mon voyage, ainsi que le numéro de téléphone d'un « bon coup » à St. Paul, dans le Minnesota. J'ai toujours aimé écouter le *Prairie Home Companion*, contrairement à Vivian qui trouve ça ringard. Hier soir, quand j'ai dîné au boui-boui, Babe m'a dit que Vivian allait droit dans le mur. Elle a ajouté que Fred avait cette liaison avec elle pour essayer de revivre ses glorieuses années de lycée. J'ai un peu de mal à comprendre tout ça, mes propres souvenirs du lycée étant tout sauf glorieux.

En ce long crépuscule estival, je suis allé derrière la grange sur la tombe de ma Lola bien-aimée pour lui dire adieu. J'avais aménagé des sièges latéraux sur mon vieux tracteur Farmall bidouillé et sur le nouveau John Deere pour que Lola puisse m'accompagner partout. Je ne vais pas dire qu'elle a été la femme la plus fidèle de mon existence, mais bon. À l'aube, j'ai décidé d'emporter le puzzle des États-Unis et d'en lancer une pièce par la fenêtre de mon break chaque fois que je franchirais la frontière d'un nouvel État. Dans l'immédiat, ça allait être formidable de balancer le Michigan. Papa disait que je serais toujours « plein d'esprit et sans un rond » car je lisais trop Ralph Waldo Emerson. Il avait peut-être raison.

Wisconsin

Le Wisconsin, c'est l'État du blaireau ; son oiseau est le rouge-gorge, sa devise, *En avant !*, et sa fleur, la violette. Une fois qu'on a dit cela, certains problèmes viennent aussitôt à l'esprit. Le premier jour de voyage relève bien sûr du tour de chauffe. Je venais de traverser le pont de Mackinac, surnommé le Puissant Mac dans toute la région en hommage à la splendeur massive de cet exploit technique, et je roulais sur la Route 2 à l'ouest d'Engadine quand je me suis rendu compte que j'avais stocké dans un entrepôt avec d'autres objets personnels mes bouquins sur les oiseaux et sur les fleurs sauvages. J'allais devoir jouer la partition de mémoire, quoi que cela puisse signifier. J'ai constaté avec un léger agacement que le Wisconsin avait le même oiseau fétiche que le Michigan et j'ai décidé qu'en entrant dans le Wisconsin à l'ouest d'Iron Mountain je rebaptiserais le rouge-gorge du Wisconsin du nom de grive à gorge orange. Le travail de la ferme est si répétitif que l'idée même que les oiseaux fétiches se répètent d'un État à l'autre m'était insupportable. Les fleurs sauvages des pâtures en friche situées à l'ouest d'Engadine posaient un autre problème qu'il me faudrait laisser de côté, car une latitude différente implique des fleurs différentes. Babe m'avait donné une douzaine de ces appareils photo jetables et quelques fringues neuves en guise de cadeau d'adieu. Quand j'ai protesté qu'elle ne pouvait pas s'offrir ces cadeaux, elle m'a rétorqué qu'elle avait économisé les cinq cents dollars qu'elle me devait et qu'elle avait acheté les appareils photo et les fringues avec ce fric. Je me suis arrêté près d'Epoufette pour manger un sandwich fait avec du poisson à chair blanche, et une goutte de sauce tartare est tombée sur ma chemise bleue à manches courtes flambant neuve. La serveuse a frotté cette tache avec une serviette propre imprégnée d'eau gazeuse. Les cheveux de ma nuque se sont dressés au contact de sa main frottant ma poitrine.

Je suis remonté en voiture en me disant que cette serveuse avait beau être une quinquagénaire moche, elle avait quelque chose de sexy. Elle sentait le savon Ivory, la laque et les frites huileuses. Mon attirance ne venait donc pas de son odeur. J'avais entendu parler des phéromones sur la station de radio NPR et j'avais lu un article là-dessus dans le *Detroit Free Press*. J'ai décidé que c'était le visage de cette serveuse qui m'émouvait, car il me rappelait une fille qui habitait à quelques kilomètres de chez nous et qui avait gardé notre Robert de temps à autre quand il était petit. Et puis je l'avais eue comme élève de première dans mes cours de biologie et de littérature américaine. Elle avait la langue trop aiguisée pour être appréciée par ses camarades de classe. Ses parents avaient quitté Mt. Pleasant pour venir tenter leur chance dans le grand nord, mais au bout de quelques années, comme tant de gens, ils avaient fini ruinés. Bon, il faudrait qu'un prof soit un vrai bout de bois détrempé pour rester complètement indifférent aux filles qui suivent ses cours. Un jour, j'ai emmené Vivian danser la polka à Cedar, au sud de Traverse City, et à notre retour cette fille prenait un bain de soleil en bikini près du bac à sable où jouait Robert. Vivian, qui avait la gueule de bois, a piqué sa crise et elle a aussitôt emmené Robert dans la maison. La fille a ramassé ses affaires sur la véranda de derrière et nous sommes montés dans la voiture pour que je la ramène chez elle. Comme le siège avant était brûlant, elle a fait « Aïe ! », puis elle s'est agenouillée en tournant vers moi son derrière seulement vêtu du bas de son bikini, et a étendu sa chemise et son jean pour protéger sa peau du siège brûlant. Trente ans après, l'image vivace de son derrière m'excite toujours les neurones. Je suppose qu'il s'agit d'une partie inédite de la vie de l'esprit, ce dont le président Jimmy Carter parlait en évoquant la lubricité de son cœur. J'ai été troublé quand Vivian m'a appris que cette fille couchait avec les garçons qui venaient passer l'été en famille dans les cottages rupins du lac Charlevoix. J'ai dit « Quel dommage », et Vivian a ajouté avec son cynisme habituel : « Peut-être qu'elle aime tout simplement baiser. »

Bref, ma serveuse m'a rappelé une version plus âgée de cette fille, voilà pourquoi mon asticot s'est agité quand elle a nettoyé la tache de sauce tartare sur ma chemise neuve.

J'ai pris une photo du panneau de bienvenue au Wisconsin, sur la berge opposée de la rivière Menominee, à l'ouest d'Iron Mountain. De l'autre côté de la route se dressait un grand supermarché consacré à la vente d'alcool et de bière pour que les citoyens du Michigan puissent profiter des prix bas pratiqués dans le Wisconsin. Je me suis offert une pinte d'une gnôle à laquelle je n'avais jamais goûté, du George Dickel. Puisque je repartais de zéro, pourquoi ne pas essayer une nouvelle marque d'alcool ? J'ai soudain eu la gorge serrée en découvrant dans un rayon le schnaps au caramel préféré de Vivian. Il me semble que tout s'est bien passé entre nous jusqu'à ce que Robert quitte la maison il y a plus de quinze ans, presque vingt en fait. Oui, nous étions un couple marié comme tant d'autres, un couple assez heureux, nous bossions ensemble à la ferme. Mais moins de vingt-quatre heures après avoir accompagné

Robert à l'aéroport de Pellston, où l'avion du grand leader syndical Walter Reuther s'était écrasé, Vivian a décroché un emploi de réceptionniste dans une agence immobilière, puis elle est devenue vendeuse, et enfin courtier. Elle a connu une ascension foudroyante dans l'immobilier et j'étais très fier d'elle, mais ce boulot l'a peu à peu rendue impitoyable. Par exemple, nous avions trois mangeoires à oiseaux sur la fenêtre de la cuisine, et quand Vivian s'est lancée dans l'immobilier elle n'a plus eu le temps de les remplir. Le matin, elle quittait la maison en courant, une tasse de café à la main, et je ne la revoyais pas avant la nuit. Pendant que je mangeais debout devant la cuisinière, elle commençait par prendre un bain en s'envoyant un verre de schnaps au caramel. Si elle a grossi, c'est qu'elle n'avait pas le temps de manger des repas normaux et avalait sur le pouce chips et gâteaux Oreo arrosés de Pepsi. On ne pouvait rien lui dire. Avant, elle lisait de bons livres, mais dès qu'elle s'est mise à bosser Vivian a commencé de lire des romans de gare. Je n'ai jamais vu un seul dollar de l'argent qu'elle gagnait et mettait de côté, soi-disant en vue de notre retraite à Hawaii. Moi qui étais incapable de monter dans un avion, je me suis une fois demandé à voix haute comment je pourrais rejoindre Hawaii. Elle m'a alors répondu : « Tu te débrouilleras. »

À partir du jour où elle a refusé de me prêter de quoi payer le premier versement pour un tracteur John Deere, nous n'avons plus jamais parlé de ses économies. Je voulais acquérir ce gros aspirateur à neige pour gagner de l'argent en déblayant l'hiver les allées des cottages dont les propriétaires venaient skier à Boyne Mountain.

Comme je l'ai dit, la devise du Wisconsin est *En avant !*, ce qui me va tout à fait vu que je ne vois pas comment faire machine arrière. Vivian était bel et bien de l'histoire ancienne. Je n'ai pas bronché quand, il y a plus d'un an, elle a levé les yeux au-dessus de son roman d'espionnage de Robert Ludlum et déclaré : « Tu es tellement falot que tu ferais un bon espion. »

Peut-être que la vie se réduit à une succession de mesures temporaires. Mais je croyais que tout était solidement collé et tiendrait bon dans notre verte vallée située au nord-ouest de Boyne City, y compris le destin des nations. Je m'inquiétais seulement du temps ; fin mai ou début juin, je me demandais si dans le verger les bourgeons des cerisiers ne risquaient pas de geler. Et voilà qu'en une seule année je venais d'apprendre qu'on ne peut pas assurer la cohésion du monde. On ne peut pas garder les choses en l'état. Alors à quoi bon essayer ?

Cédant à une impulsion subite, j'ai bifurqué vers le sud, près de Florence, en sachant que, si je restais sur la Route 2, je finirais par retourner dans le Michigan, et que sur environ deux cents kilomètres cette route se réduirait à un tunnel traversant une forêt touffue. Je rêvais de voir les terres cultivées du centre du Wisconsin, alors que les forêts du nord de cet État ressemblaient trop à celles du Michigan. Cette pensée m'a rappelé l'époque où j'enseignais. Un jour, en septembre, un étudiant morose parmi tant d'autres m'avait dit qu'au cours de ses vacances d'été passées avec ses parents à sillonner le continent il avait remarqué qu'énormément d'États se ressemblaient. Je lui avais rétorqué que la Terre était là avant qu'elle ne soit divisée en États. Et il avait répondu : « Je pense que vous avez raison. »

Je lui avais demandé si, enfant, il avait eu un puzzle des États-Unis et il m'avait répondu en souriant comme si une ampoule de trente watts venait de s'allumer dans sa tête : « Nom d'un chien, c'est ça le problème. Sur ce puzzle, les États voisins étaient tous de couleurs différentes. »

Je suis entré au pays des vaches en milieu d'après-midi et j'ai pris des photos de quelques belles Holstein, puis d'un troupeau de bœufs Hereford, des bêtes qu'on ne voit plus très souvent à cause d'une maladie génétique dont j'ai appris l'existence dans la revue *Michigan Farmer*. Aujourd'hui, la plupart de nos bœufs sont des Angus, comme ceux que je possédais. Une fois, quand j'ai traversé un fossé pour prendre une photo, une douzaine de vaches Holstein ont pivoté pour me montrer leur croupe très féminine. Je ne saurai jamais pourquoi, ai-je pensé. Je comptais atteindre Prairie du Chien avant le dîner. Je n'ai pas eu de bonnes notes durant mon semestre de français à l'université d'État du Michigan, mais j'ai toujours su ce que le mot français *chien**[1] signifiait ; quand je regardais une carte et que je voyais Prairie du Chien, j'imaginais un champ immense où couraient de-ci de-là une multitude de chiens. Je me trompais bien sûr, j'ai donc ensuite bifurqué vers le nord le long du Mississippi, direction La Crosse, car dans un livre d'histoire j'avais vu la photo d'une grande colline à La Crosse où des missionnaires méthodistes se dressaient tournés vers l'ouest et vers leur lugubre destin consistant à évangéliser les Indiens Sioux. La seule pensée des chiens m'a mis le moral à zéro à cause de Lola. En mai, ma chienne avait toujours été une formidable dénicheuse de champignons. Dès qu'elle trouvait un cercle de morilles, elle se mettait à hurler et j'arrivais en courant. Vivian adorait aller aux champignons avant de se faire piéger par l'immobilier.

Une chose m'a soudain frappé : jusqu'à ce que Lola et les champignons me traversent l'esprit, je n'avais pas pensé à Vivian pendant deux heures. Quel soulagement ! Peut-être qu'au bout de trois mille kilomètres,

1. En français dans le texte, comme tous les passages en italique suivis d'un astérisque. *(N.d.T.)*

elle disparaîtrait de la surface de la Terre. Peut-être que j'allais rejoindre Hollywood en voiture et y épouser Hedy Lamarr – mais je me suis tout de suite dit que, si elle vivait encore, elle devait bien avoir quatre-vingt-dix ans. Dans sa cabane à outils, mon père avait une photo d'elle prenant un bain moussant. Le monde est un lieu instable, mon esprit aussi. J'avais mis la station NPR du Wisconsin mais j'ai éteint la radio car j'en avais ras le bol de l'Irak. J'essayais de me rappeler si, d'après mes manuels d'histoire, les Indiens Blackhawks étaient montés jusque-là depuis ce qui est aujourd'hui l'Iowa. Tandis que le paysage se déroule sous nos yeux, c'est tout ce que nous avons à offrir et il ne nous appartient même pas. Nous avons toujours été une armée d'occupation. Il suffit de s'intéresser à l'histoire pour le savoir.

J'ai passé deux jours à La Crosse pour la simple raison que je ne voulais pas traverser un État en une seule journée, sinon mon voyage ne durerait que cinquante jours, or je prévoyais de me balader à travers le continent durant une année entière. J'avais eu l'intention de camper, mais le camping situé près d'un marécage du Mississippi était infesté de moustiques au vrombissement assourdissant. J'ai donc trouvé une jolie chambre au Best Western, d'où j'avais vue sur le fleuve. « Fais-toi plaisir, Cliff », me suis-je dit. Il était trop tard pour savourer un dîner complet et j'ai donc pris un hamburger et une bière au bar, plus deux ou trois coups de Dickel pour calmer mes nerfs éprouvés par le voyage en voiture. Ce bar était bondé de jeunes et je me suis rappelé que mon ami le médecin alcoolique avait déclaré que les filles du Wisconsin sont en moyenne les plus grosses de tous les États-Unis à cause des produits laitiers locaux et des fast-foods. Il avait tout à fait raison, à l'exception d'une mignonne toute mince qui chantait sur scène un morceau de George Jones en karaoké. Cette chanson m'a fait mal ; elle parlait d'un type incapable de renoncer à aimer une femme, jusqu'au jour où on a mis une couronne sur sa porte – ce qui voulait dire que ce type avait passé l'arme à gauche. Mais tout bien considéré, j'aurais préféré cette chanteuse à Vivian. Elle portait l'une de ces tenues en vogue qui dénude les hanches, et son ventre ondulait doucement. Jusqu'à ce que je me mette à fréquenter Babe après avoir appris la mauvaise nouvelle au camp de chasse au chevreuil, j'étais resté fidèle à Vivian durant trente-huit années. Mais bien sûr, lorsqu'on bosse sur une ferme, les occasions sont plutôt rares. En fait, pour être honnête, ça faisait déjà quelques mois que je m'envoyais en l'air avec Babe.

Minnesota

C'était l'aube et mon cœur a bondi quand j'ai traversé le Mississippi pour passer du Wisconsin au Minnesota. L'État de l'Évangile, son oiseau est le huard commun, sa fleur, l'orchidée rose et blanche, sa devise, *L'Étoile du Nord** en français, ce qui de toute évidence témoigne d'une époque où notre gouvernement n'était pas antifrançais. Au boui-boui de Babe ils ont servi pendant un moment des *freedom fries*, des frites de la liberté, mais tous les clients ont bientôt oublié ce nom pour retourner aux bonnes vieilles *French fries*. Clark, le proprio du restaurant, a aussi retiré le bacon canadien du menu du petit déjeuner, sous prétexte que les Canadiens refusaient de nous filer un coup de main en Irak. En traversant le pont, j'ai jeté par la fenêtre la pièce rouge du puzzle correspondant au Wisconsin, avec son petit dessin qui représentait une meule de fromage et une plaque de beurre. La pièce du Minnesota était orange pâle avec, dans la partie sud de l'État, une brique de lait, et au nord un minuscule croquis de lacs bordés d'arbres.

Alors que je roulais vers le nord-ouest en longeant le fleuve, je me suis emmêlé les pinceaux en bifurquant à gauche sur la Route 14 pour gravir une colline boisée vers des terres cultivées et Rochester. Le fleuve était si beau que j'en avais parfois le souffle coupé, et les terres cultivées, eh bien, c'était juste de la bonne terre. Mon esprit a fait un grand écart et j'en suis venu à me dire que mon père était une ville fluviale et ma mère des terres cultivées. Laissez-moi vous expliquer ça comme je peux, c'est-à-dire pas très bien. Papa travaillait comme cantonnier pour les chemins de fer de Pennsylvanie, sur une ligne qui traversait le centre du Michigan, vous savez, Reed City, Cadillac, Mancelona, Alba, et qui rejoignait autrefois la Soo Line de la péninsule Nord par un ferry ferroviaire franchissant le détroit. Très souvent, papa restait absent toute la semaine ; il passait seulement le week-end à la maison et parfois uniquement du samedi après-midi au dimanche en début de soirée, moment où il retournait à Mancelona en voiture pour rejoindre son équipe de cantonniers. Papa n'était pas très distingué, c'est le moins qu'on puisse dire. Ma mère expliquait son côté rustre par le fait qu'il avait surtout été élevé par son père, sa mère étant morte quand il avait huit ans. Il avait grandi en lisière de la forêt de Mackinaw, à l'ouest de Pellston, où son père était bûcheron et trappeur. Je garde seulement de très vagues souvenirs de mon grand-père, qui a fini par s'installer dans le Nord, à Chapleau, dans l'Ontario, où il est mort peu de temps après. Grand-père habitait un petit bungalow déglingué et l'Indien qui lui servait d'homme à tout faire vivait dans une cabane proche de cette maison. Cet Indien ne disait jamais rien, car il avait été blessé à la gorge et à la bouche durant la Seconde Guerre mondiale, et papa disait qu'avant la guerre ce type avait été un vrai moulin à paroles. Maman attribuait donc le côté mal dégrossi de mon père à son éducation. Elle le surnommait *Fibber* – menteur – à cause de l'émission de radio *Fibber McGee and Molly*, car papa ne pouvait pas s'empêcher d'enjoliver ou de déformer les choses. Tout ce qu'il racontait relevait de l'humour ou du paradoxe. Il ne buvait pas d'alcool pendant la semaine, du moins l'affirmait-il, mais il descendait quelques verres le samedi. Il était incapable de prononcer une phrase banale. Il n'aurait jamais dit que son contremaître était un sale type, non, son contremaître était « un sac de vers ». Nous possédions quarante arpents de mauvaise terre sablonneuse, qu'il faisait surtout semblant de cultiver le week-end : des arbres fruitiers (pruniers, pêchers, pommiers, cerisiers), des poulets, jamais plus de trois vaches, deux chevaux de trait, quelques cochons chaque année, et une demi-douzaine d'arpents de luzerne fine. J'avais treize ans et Teddy onze quand il s'est noyé. Ensuite, maman a bossé comme femme de ménage dans une belle maison de Lake Charlevoix, propriété de riches vendeurs de meubles de Grand Rapids. En un rien de temps elle s'est retrouvée à la tête des cinq autres domestiques et on lui a confié l'organisation des réceptions et autres mondanités. Je n'ai jamais vu l'intérieur de cette maison, en dehors de la cuisine où ma mère avait son petit bureau dans un coin. C'étaient des gens vieux jeu, très à cheval sur les convenances. Le jour où je devais repeindre leur jetée, maman m'a obligé à porter une salopette de peintre en toile blanche. En tout cas, au fil de mes années de lycée, maman est devenue de plus en plus raffinée alors que papa semblait évoluer en sens inverse, jusqu'au jour où nous nous sommes dit qu'il allait devenir dingo. Pour supporter son mari, maman devait sans doute prendre ses distances, suivre sa propre voie. Il appelait ma mère « CM », ce qui signifiait chiffe molle. Il avait soixante et un ans et j'étais en première année à l'université du Michigan quand il est tombé de la cabane de l'arbre, une splendeur qu'il avait construite pour Teddy et moi. Le médecin a déclaré que papa avait eu une crise cardiaque foudroyante et qu'il était sûrement déjà mort au moment où il a percuté le sol. Dans ma jeunesse maman et papa nous emmenaient au saloon le samedi après-midi ; elle buvait de la bière, fumait des cigarettes et jouait à l'euchre exactement comme les autres femmes de la campagne, mais ensuite elle est devenue une *lady*. Elle me disait souvent : « Tu as de la chance de ressembler à ta mère plutôt qu'à ton père. Toi au moins, tu feras quelque chose de ta vie. »

J'imagine que j'ai fait quelque chose de ma vie, mais après le départ de Vivian quelques traits de caractère paternels ont refait surface chez moi. Par exemple, au saloon. Mike s'est demandé pourquoi j'ai tant ri un certain soir sinistre de début mars quand un blizzard a soudain déboulé de l'Alberta. J'avais dessiné des plans minutieux pour construire une cabane dans un arbre, même si je savais que la ferme allait forcément être vendue. Je me disais que je pourrais toujours construire cette cabane au chalet de chasse de la péninsule Nord, dont je possédais un huitième de la valeur globale. Je m'étais beaucoup baladé en raquettes au nord de Harbor Springs et j'avais conçu et réalisé une espèce d'écharpe afin de porter Lola en bandoulière chaque fois qu'elle était trop fatiguée pour continuer de marcher. Je la portais comme un bébé indien et elle me léchait la nuque. Je n'ai jamais mis beaucoup d'ail quand je préparais un repas pour Vivian, car elle me disait qu'elle devait penser à ses clients, mais ayant remarqué que cette chère Lola adorait l'ail, j'ajoutais quelques têtes lorsque je préparais trois côtes de porc, dont une pour Lola, en prenant bien soin de ne pas brûler l'ail, chose qu'elle détestait. Pour garder le cul de Vivian en forme j'ai cuit des tonnes de blancs de poulet sans la peau ni les os, mais en fin de soirée, alors que j'étais déjà couché – les habitudes de la ferme m'obligeant à me lever à cinq heures du matin –, je l'entendais se préparer du pop-corn dans la cuisine. Elle essayait ensuite de dissimuler les preuves ; j'appelais ça l'énigme de la disparition du beurre. Repensant à tout ça, j'ai expliqué à Mike que je riais sans doute un peu plus que la normale parce qu'au bout de trente-huit années de train-train quotidien je changeais enfin mes habitudes, ce qui rendait mon esprit plus léger.

*
* *

En roulant vers le nord en direction des villes jumelles de St. Paul et Minneapolis après un petit déjeuner médiocre (les poulets industriels sont mal nourris, ce qui rend les jaunes d'œuf pâles et insipides), j'ai commencé à avoir la trouille à cause de mon rendez-vous galant. Du boui-boui, j'avais téléphoné au « bon coup » recommandé par mon ami médecin, mais elle était furieuse que je la réveille aussi tôt – pourtant en été le soleil est déjà haut à neuf heures du matin. « Ton copain médecin est un cinglé de première qui a essayé de me faire pisser dans son chapeau », m'a-t-elle dit d'une voix perçante. Cette information m'a laissé bouche bée. Elle m'a donné rendez-vous à huit heures pétantes dans un restaurant, puis demandé de venir avec « un portefeuille bien garni ». J'ai alors songé qu'il s'agissait sans doute d'une professionnelle, une espèce de belle de nuit. De retour dans la voiture, j'ai cherché ce restaurant dans le guide Mobil que Vivian m'avait offert en guise de cadeau d'adieu, pour apprendre que cet établissement était le restau le plus cher de Minneapolis. On pouvait choisir son homard vivant dans l'aquarium et la liste des vins était interminable. Je n'avais pas emporté de veste, il allait donc me falloir en acheter une malgré ma haine des boutiques où de jeunes vendeurs arrogants regardent de haut les bouseux.

Ma trouille a encore augmenté lorsque j'ai traversé une banlieue baptisée Apple Valley, où je n'ai pourtant vu aucun verger de pommiers et où la circulation est devenue très dense. Certains automobilistes me klaxonnaient parce que je restais juste en dessous de la vitesse autorisée. Vivian récoltait une kyrielle de p.-v. pour excès de vitesse alors que de ma vie je n'en ai jamais eu un seul. Il était à peine dix heures du matin et je ne comprenais pas pourquoi il y avait autant de voitures sur la route, mais je me suis dit que beaucoup de gens commençaient à travailler tard. J'ai alors avisé une cabine téléphonique à côté d'un magasin d'alcools et je me suis garé (une vraie symphonie de klaxons derrière moi) pour annuler mon rendez-vous. Sur la vitre située au-dessus du combiné, quelqu'un avait écrit au rouge à lèvres « Je t'emmerde connard », et quand le « bon coup » a répondu, elle a réagi à mon annulation par un sonore « Je t'emmerde ». Rempli de doutes, j'ai été pris d'un léger vertige comme si le monde m'annonçait une nouvelle que je ne voulais pas entendre. Quelques jours plus tôt j'avais parlé à mon fils Robert, qui tenait à me faire acheter un téléphone portable pour que nous puissions rester en contact. J'ai trouvé son idée bizarre, car je passais souvent des mois d'affilée sans entendre sa voix, mais je n'ai rien dit. Robert a toujours trois téléphones portables sur lui. Il prétend que c'est ainsi que le monde fonctionne de nos jours. Deux ou trois fois j'ai essayé d'emprunter celui de Vivian, mais on aurait dit que le boulot de la ferme m'avait insensibilisé les doigts, et puis les touches sont si petites que j'ai du mal à enfoncer la bonne. Au fil de notre mariage le téléphone de Vivian est devenu une pomme de discorde. Elle refusait même de l'éteindre quand nous devenions romantiques. Son argument était le suivant : à quoi bon rater une commission de dix mille dollars afin de me faire baiser pour la cinq millième fois ?

De retour dans la voiture, je me suis mis à transpirer : je ne voyais pas comment faire dans l'immédiat pour réintégrer le flot de la circulation. J'ai pris deux ou trois photos de toutes ces voitures, puis je me suis plongé dans mon atlas routier. Soudain, je n'ai plus eu la moindre envie de traverser les villes jumelles, malgré mon intention initiale de suivre l'Interstate 94 jusqu'à Fergus Falls, simplement parce que j'aimais bien le nom de cet endroit. Après Fergus Falls, je comptais descendre jusqu'à Morris pour rendre visite à l'une de mes anciennes étudiantes prénommée Marybelle, mariée à un prof d'anthropologie qui bossait dans une fac de Morris. Durant mes dix années d'enseignement j'ai eu seulement trois étudiants avec qui j'ai vraiment tenu à rester en contact, et Marybelle figurait en tête de cette maigre liste. Voilà vingt-cinq ans que nous correspondions tous les deux ou trois mois pour partager les hauts et les bas de nos vies respectives. Marybelle s'enthousiasmait autant pour les pistils et les étamines que pour les romans des sœurs Brontë ou la poésie de Walt Whitman. Elle était ce qu'on appelle une merveille hors du commun, vraiment jolie aux yeux de certains, mais un peu trop exotique pour les gars du cru. Je me rappelle qu'elle n'avait pas été invitée au bal annuel du lycée. Elle a été la seule élève de notre établissement à jamais décrocher une bourse nationale d'études, et elle est partie dans l'Est à l'université Sarah Lawrence. Après son arrivée de Ann Arbor, elle a suivi mes deux dernières années d'enseignement. Son père dirigeait une sorte de programme gouvernemental d'amélioration des cultures, mais personne dans notre région n'ayant la moindre envie d'être amélioré, ils sont restés là seulement deux ans.

Je me suis félicité de m'être dégonflé pour Minneapolis, d'autant que la Route 212 Ouest était vraiment agréable. Le Minnesota est devenu le Minnesota. J'ai plusieurs fois pris des chemins de traverse pour photographier des vaches et des fleurs sauvages. J'ai vu plein de merles bleus, mes préférés quand j'étais gosse, avec les huards, que l'on aperçoit rarement dans le Nord. Pour un projet d'éducation manuelle, papa m'a aidé à construire cinquante maisonnettes destinées aux merles bleus et à les installer sur des poteaux de clôture dans toute la campagne. Un jour que nous pêchions du poisson à friture dans un petit lac des environs, nous avons entendu un huard. Papa m'a troublé en déclarant que chaque huard abritait l'âme d'une jolie fille morte jeune. Quand j'ai fondu en larmes, il a ajouté pour me consoler que toutes ces jeunes filles préféraient vivre dans le corps d'un huard et s'envoler chaque année vers le Sud plutôt que de grandir pour épouser un gros plouc.

Je suis arrivé au motel en me demandant comment j'allais m'habiller pour le pique-nique proposé par Marybelle. Mes vêtements que Vivian qualifiait de « présentables » réussissaient à peine à remplir une petite valise. J'ai passé un long moment sous la douche puis j'ai ri en me rappelant avoir considéré cette nouvelle douche comme indispensable alors que j'en avais déjà pris une tôt le matin à La Crosse.

Je n'avais pas revu Marybelle depuis son départ pour la fac, début septembre, il y a vingt-cinq ans. Nous avions été faire un tour dans la campagne, et quand je l'avais déposée devant sa maison, elle m'avait pris dans ses bras et dit : « Cliff, tu as tellement compté pour moi. »

Elle m'a même écrit dans une lettre qu'à son avis Vivian était indigne de mon esprit subtil. Mais tout ça ne constituait pas une base solide pour essayer d'exhumer un trésor enfoui.

Dakota du Nord

Au volant de ma voiture, avec Marybelle à mes côtés, j'ai franchi la frontière du Dakota du Nord le cœur léger. Elle allait m'accompagner jusqu'à Bozeman, dans le Montana, où une riche cousine devait lui faire cadeau d'une vieille voiture. Quand je me suis arrêté devant sa maison dans ce que Vivian aurait appelé un quartier PB (petit-bourgeois), je me suis dit que ce n'est certainement pas l'appât du gain qui pousse quelqu'un à enseigner à la fac. Seul le trottoir situé devant cette maison recouverte d'un stuc jaunâtre était en bon état. Le jardin se résumait à de mauvaises herbes tondues et l'écran grillagé de la porte était criblé de trous que la plus crétine des mouches aurait trouvés sans mal.

Mais Marybelle était le printemps personnifié. Elle portait même une jupe légère en coton qui m'avait beaucoup plu du temps où cette beauté était mon élève de terminale. Elle qualifiait sa couleur de « vieux rose fané » et j'ai été flatté qu'elle se souvienne que cette jupe m'avait plu cet après-midi de fin mai où nous avions répété la cérémonie de remise des diplômes en vue de ce rituel pas toujours agréable où l'on doit supporter un piètre orateur convaincu de la nécessité de pérorer une heure durant sur l'éducation comme « passeport pour l'avenir ». Après le jambon, la salade de pommes de terre et les œufs à la diable du pique-nique, tout le monde roupillait à moitié. Il faisait sans doute trop chaud dans l'auditorium, les diplômés transpiraient sous leur toge et mouraient d'envie d'entamer leur cérémonie secrète où il y aurait de la bière, de l'herbe, peut-être de la méthadone, et sans aucun doute du sexe.

Retour au présent. Marybelle a jailli de sa maison telle Scarlett O'Hara ou une héroïne du même calibre. Je n'ai pas l'habitude que les femmes s'emballent pour moi. La chance a voulu que son mari soit parti faire des fouilles, étudier une ancienne culture enfouie près de Malta, Montana, en compagnie de leur fille qui était boursière et en troisième année à l'université de l'Indiana. C'est là que son père avait décroché son doctorat, un diplôme que certains de mes amis appellent « le docte rat ». Leur fils, lui, se trouvait en Namibie, où il travaillait pour une organisation écolo appelée « Rivière ronde », un nom qui m'a plu d'emblée – mon père disait toujours que ce serait formidable si les rivières étaient rondes, car on pourrait les descendre en barque pour pêcher la truite et se retrouver à son point de départ.

J'ai failli oublier ! Le Dakota du Nord est l'État du spermophile, son oiseau est l'alouette des prés, sa fleur, la rose sauvage, et sa devise, une espèce de lyrique « La Liberté et l'Union, Maintenant et à jamais, Tous unis et inséparables ». J'ai accordé à Marybelle le privilège de lancer la pièce orange pâle du Minnesota dans la rivière Bois de Sioux. Il y avait eu un gros orage durant la nuit, les eaux étaient enflées et boueuses. Debout sur le pont, nous avons agité la main pour dire adieu à la pièce de puzzle malmenée par le courant tumultueux qui filait vers le sud. Marybelle a déclaré qu'elle n'aimait pas le violet de la pièce du Dakota du Nord. Je lui ai répondu qu'il allait falloir nous y faire. Comme j'avais seulement eu une petite heure de sommeil, une sieste s'imposerait sans doute à un moment ou à un autre. Je me suis soudain rappelé ma dernière sieste avec Lola en guise d'oreiller dans le verger de cerisiers en mai, sous les arbres couverts de fleurs. Je sentais le cœur de Lola battre contre ma nuque selon le rythme – vieux souvenir de fac – du pentamètre iambique. Tous les paysans de la région étaient inquiets : les arbres avaient fleuri très tôt, ils étaient à la merci d'une gelée. Ces jours-ci, pour la première fois depuis vingt-cinq ans, je n'avais plus rien à foutre du temps qu'il faisait, puisque la ferme était vendue. Pour le cinquième jour d'affilée, le temps était le cadet de mes soucis, il m'était sorti de l'esprit, revenant parfois solliciter mon attention, pour être aussitôt congédié. Une partie de l'esclavage mental qu'est l'agriculture tient au fait qu'on se dit toujours qu'il fait trop chaud ou trop froid, trop humide ou trop sec, ou qu'une tempête risque d'abîmer les fruits.

Lovée contre la portière dans l'angle du siège, Marybelle sommeillait. Ce spectacle aurait pu accroître encore ma fatigue, sauf que je voyais une vaste portion de sa cuisse. Je secouais sans arrêt la tête pour essayer d'aiguiser mes perceptions engourdies par tout le vin que nous avions bu. On pourrait dire que nous avions connu une nuit d'amour torride bien qu'elle ait refusé d'enlever sa petite culotte. « Je ne vais quand même pas me mettre à poil pour notre premier rendez-vous », avait-t-elle dit pour me taquiner.

Après l'amour je m'étais rappelé avoir lu en fac une page de Henry Miller où il disait : « J'ai éjaculé comme une baleine. » Encore maintenant, dans la voiture, je sens une douleur très localisée palpiter dans ma prostate. J'ai réfléchi à la différence d'âge entre un homme de soixante ans et une femme de quarante-trois ans. C'est ce que les plaisanciers de Charlevoix appellent « un long bord ». Malgré notre légère ébriété, Marybelle m'a plongé dans l'embarras pendant notre pique-nique au bord du lac en déclarant que, lorsqu'elle était en terminale au lycée, elle nous avait imaginés en train de baiser comme des chiens dans un champ de blé. Ça m'a fait l'effet d'être debout dans une flaque d'eau et de toucher une clôture électrique. Assise là sur une couverture dans un bosquet d'arbres tout proche du lac, elle arrosait de tabasco un pilon de poulet, la jupe relevée jusqu'aux hanches. J'ai lâché ma cuisse grillée pour me laisser tomber en avant et j'ai enfoui mon visage dans sa jupe comme un écureuil. J'ai découvert une contrée salée qui sentait le lilas. Je bandais tellement qu'on aurait pu accrocher un seau de lait à ma verge. C'était le crépuscule et nous étions seuls, mais par malheur une voiture bourrée d'adolescents s'est mise à rugir sur l'aire de pique-nique et un ado a crié : « Vas-y ! Baise-la ! » Cédant à une impétuosité soudaine qui contrastait avec l'élégance de ses mouvements dans les affres du désir, Marybelle leur a tendu le majeur.

Entre deux élans amoureux, elle a évoqué avec désespoir son mariage, si mal en point que cela m'a fait oublier le récent naufrage du mien. Bien sûr, ses lettres épisodiques m'avaient mis au parfum. À l'automne dernier, elle avait cité un poème d'Edna St. Vincent Millay extrait de notre anthologie de littérature américaine du lycée : « La vie doit continuer, mais j'ai oublié pourquoi. » Cette lettre m'avait inquiété, mais juste après j'apprenais la mauvaise nouvelle au camp de chasse au chevreuil. Je m'étais alors éloigné dans le paysage hivernal pour regarder les gros flocons de neige qui tombaient doucement sur les branches des sapins. Plus tôt pendant la partie de poker, notre ami le médecin alcoolique avait blagué à cause d'un article qu'il venait de lire dans le *New York Times* où le journaliste affirmait que chaque vagin était aussi unique qu'un flocon de neige. Cette info nous a sciés. Il a ajouté ceci : « En tant que médecin, je peux témoigner que ce n'est pas vrai. Il y a des milliards de queues et de chattes sur terre, et bon nombre sont identiques. »

Après le petit déjeuner à Wahpeton et avant de s'endormir, Marybelle a dit que ce serait agréable de zigzaguer un peu nord et sud sur la route de Bozeman. Je n'ai rien répondu, mais ça m'a chiffonné – j'avais eu l'intention d'entrer dans chaque État et d'en sortir une seule fois. Elle avait même pris le puzzle sur le tableau de bord pour l'envoyer valser sans ménagement vers la banquette arrière, si bien que la Floride était tombée par terre avec son dessin d'une fusée de la NASA filant vers l'espace. Je me suis calmé au bout d'un moment en me disant que mes projets de voyage avaient été trop rigides et que je pourrais y revenir une fois que j'aurais déposé Marybelle dans le Montana. Je ne cultivais pas des champs de maïs, je ne taillais aucun arbre fruitier, je n'emballais pas de la luzerne. À moi l'hymne de la grand-route !

Elle s'est réveillée près de Jamestown après s'être sauvagement débattue dans un rêve. Elle a ensuite pris ma bouteille thermos pour se servir une tasse de café, avant d'observer le paysage avec méfiance. J'ai bifurqué vers le nord et Devil's Lake, car j'avais lu quelque chose sur toutes les terres cultivées puis inondées de cette région dans le *Farm Journal*, une publication nationale qui contient beaucoup trop d'informations sur le soja, une plante qui n'intéresse personne dans ma région. Disons plutôt que nos paysans se sentent menacés par l'abondante production brésilienne de soja.

J'étais intrigué par le paysage et je dormais toujours à moitié, la seule chose me maintenant éveillé étant la description apocalyptique de la vie universitaire par Marybelle, une horreur à faire fuir un rat d'un wagon de tripes, comme aurait dit mon père. Voici en deux mots de quoi il retournait : son mari, assistant à la fac, souffrait d'un TDA (Trouble de Déficit de l'Attention), et il n'arrivait pas à finir d'écrire le livre qui devait les propulser hors de Morris vers une grande université de l'Est ou de l'Ouest, si possible au bord de l'océan. Il travaille dans une discipline où la compétition fait rage, et une foule de docteurs en anthropologie sillonnent le pays en bossant comme serveur ou autre. Elle l'a rencontré à New York durant sa deuxième année à Sarah Lawrence, alors qu'il passait son diplôme à Columbia et obtenait une bourse pour l'université de l'Indiana, bla bla bla. Brad (c'est son nom) était beau et spirituel : elle l'a épousé sur un coup de tête. Brad aimait se croire à la page dans tous les domaines, y compris sur le chapitre de ce qu'il appelait la « pan-sexualité », un comportement qui, selon lui, avait un indéniable fondement historique. En clair, ça voulait dire qu'il baisait ses étudiantes. Marybelle a eu deux enfants de lui et réussi malgré tout à finir sa licence d'histoire du théâtre. Lorsque Brad a eu terminé son doctorat, ils avaient déjà connu trois petites universités du Kansas et du Missouri avant d'atterrir dans le paradis tout relatif de Morris. Ils employaient toujours les services de déménagement U-Haul et le spectacle d'un de ces camions lui donnait maintenant la nausée. Quand les gamins étaient encore jeunes, il lui a refilé un herpès carabiné et elle a failli divorcer. Mais à cause des enfants ils ne se sont pas séparés. Durant deux années elle est restée quasiment clouée au lit à cause d'une mononucléose. L'impossibilité où se trouvait Brad de finir son livre leur empoisonnait la vie. Ce bouquin traitait de l'éventuel cannibalisme des autochtones américains durant la préhistoire (à Boyne City, les autochtones américains se désignent comme les Indiens). En fin de compte, le récit des malheurs de Marybelle rendait presque attrayante la vie d'un paysan ou même celle d'un agent immobilier. J'incarnais cette infime parenthèse de sa vie qui compterait presque pour du beurre, du moins en ai-je décidé ainsi.

L'atmosphère s'est détendue quand je me suis garé sur une petite route près de Fort Totten pour faire une sieste à l'arrière du break. Une brise agréable soufflait de Devil's Lake et j'ai dormi comme une souche pendant une heure. Marybelle était partie faire un tour avec mes jumelles. À mon réveil, elle était en train de me tripoter le zizi et a fini par s'asseoir dessus comme sur un siège très confortable. Elle a dit que notre deuxième journée ensemble était notre deuxième rendez-vous galant, moyennant quoi nous pouvions « aller jusqu'au bout », une vieille expression qui datait du lycée. J'ai alors entendu un bruit de moteur et, à l'oreille, j'ai reconnu un John Deere. Marybelle s'est caché le visage entre les mains, mais j'ai jeté un coup d'œil par la fenêtre latérale et découvert le paysan juché sur un Deere dernier modèle, qui détournait les yeux. Je me suis dit que c'était sans doute un luthérien.

Nous sommes repartis vers la ville de Rubgy, qui est le centre géographique de l'Amérique du Nord même si aucun élément de ce vaste paysage ne vous le confirme. Dans un petit restau de Rugby, Marybelle a été vexée que je parle aussi longtemps avec des paysans germano-russes immigrés aux têtes extraordinairement grosses. De retour dans la voiture, elle a annoncé qu'elle avait regardé la carte pendant ma sieste et conclu que nous devrions traverser le fleuve Missouri à Garrison Dam et le suivre vers le sud en restant le plus près possible de la berge. Je me suis vraiment réjoui de sa présence, car sinon pareille idée ne me serait jamais venue à l'esprit, tant j'étais obsédé par les pièces multicolores du puzzle qui représentaient tous les États de notre nation. Me ravissaient aussi l'immensité du paysage et le fait qu'à chaque instant tout ce que je voyais était quelque chose que je n'avais encore jamais vu. Marybelle avait tendance à babiller à propos de ce qu'elle appelait « les arts ». Elle lisait le *New York Times* sur son ordinateur, et n'ignorait rien de ce monde qui m'était parfaitement inconnu. Je me suis rappelé l'époque où, en troisième année de fac, je me croyais destiné à accomplir de grandes choses, même si je n'avais pas la moindre idée de ce que ça pouvait être. C'était sans doute à cause des gènes de mon cinglé de père. La cour que je faisais à Vivian ainsi que l'influence inflexible de ma mère m'avaient ramené à ce qu'on appelle les problèmes concrets. À cette époque-là Vivian faisait semblant d'avoir beaucoup de prétendants, si bien que je devais « chier ou laisser le pot de chambre à d'autres », comme on dit vulgairement. Quand nous nous sommes mariés, nous étions fauchés, et, en guise de lune de miel, nous sommes allés à Detroit en voiture assister à un match des Tigers et passer une nuit dans un hôtel appelé *The Renaissance Center*, qui ne m'a nullement rappelé la Renaissance telle que je l'avais découverte grâce à des diapositives en cours d'histoire de l'art. Il nous a fallu rentrer en quatrième vitesse pour aider le père de Vivian à récolter les cerises de son verger.

Dakota du Sud

Quand nous avons franchi la frontière du Dakota du Sud en dessous de Fort Yates, Marybelle a déclaré en blaguant que je lui donnais l'impression d'être resté sur le même parking pendant vingt-cinq ans. Je me suis senti légèrement vexé et, lorsque nous nous sommes arrêtés pour enterrer la pièce du puzzle consacrée au Dakota du Nord sous une pierre dans un paysage austère, mon esprit est retourné quarante ans en arrière, à l'époque où mon cerveau était si vivant que je réussissais à peine à trouver le sommeil. Peut-être que mon cerveau s'était adjoint trois estomacs, comme les vaches ruminantes, ralentissant ainsi considérablement le processus de la pensée.

Le Dakota du Sud est l'État du mont Rushmore, le faisan à collier est son oiseau, la passiflore américaine, sa fleur, et sa devise, *Sous la loi divine le peuple règne*, ce qui ne vous dit pas grand-chose. À quoi les pères de cet État faisaient-ils donc allusion ? Je parlais souvent de Tocqueville à mes élèves de terminale assommés d'ennui : voilà un homme à la langue et à la plume parfaites. Je me demandais alors si les politiciens pensaient vraiment avec leurs pieds ou bien s'ils n'arrivaient tout simplement pas à exprimer clairement leurs pensées.

Mon corps était ankylosé à force de rester assis dans la voiture. J'ai dit à Marybelle que j'avais besoin de marcher une heure tous les matins, une activité que je pratiquais avec Lola, qu'il pleuve ou qu'il vente. Le diable s'en est alors mêlé, Marybelle m'ayant fortement suggéré de faire mes petites balades près d'une zone habitée pour qu'elle-même puisse utiliser son téléphone portable. J'ai répondu sans me démonter que le but de mes petites balades était justement d'éviter les zones habitées. Dans toutes ces régions vides de l'Ouest il n'y a aucune réception correcte pour les portables. J'ai donc ajouté que j'essaierais de me garer sur une colline, et que si ça ne marchait pas, je m'arrêterais dès que nous aurions atteint une ville digne de ce nom, pour boire un café et manger une part de tarte dans un boui-boui pendant qu'elle papoterait tout son saoul.

« Je ne papote pas, a-t-elle rectifié. J'échange avec mes amies des informations liées à notre survie.

— Et vous survivez à quoi ? ai-je bêtement demandé.

— À la vie. Au mariage. Aux enfants. À mon développement rabougri d'être humain.

— Je te trouve pourtant très vivante, ai-je alors hasardé.

— Tu me vois sous mon meilleur jour. Tu fais ressortir ce qu'il y a de mieux en moi. Tu étais mon professeur préféré. Tu m'as formée. »

J'ai donné un léger coup de volant pour éviter un écureuil qui dévorait son frère ou sa sœur morte, écrasé(e) au milieu de la route. Cet animal m'a rappelé un élève à tête de rongeur qui avait rédigé un essai intitulé *Les cannibales mutants ont dévoré le cadavre de ma mère*. Ce gamin que tout le monde appelait « le cadet de l'espace » croyait dur comme fer au monde des aliens et des soucoupes volantes. Il était plutôt séduisant, mais toutes les filles le trouvaient « bizarre ». J'ai entendu dire qu'il avait surnommé sa queue « Force de l'Un ».

J'ai été fasciné par la ville de Lemmon. Marybelle pas du tout, mais j'ai tenu bon. Je désirais coûte que coûte vivre là, tout comme il y a certains tableaux où l'on a envie d'habiter, ceux d'Edward Hopper ou de Thomas Hart Benton par exemple. J'étais agacé, car Marybelle ressemblait de moins en moins à la femme qu'elle avait campée dans ses lettres ou durant les toutes premières heures de nos retrouvailles. Je ne veux pas dire qu'elle était fourbe, mais seulement qu'elle se révélait peu à peu et que chaque enveloppe ainsi ôtée était aussi caustique que la soude. Par exemple, l'après-midi où nous sommes descendus dans ce motel à Lemmon, il faisait sacrément chaud dehors, elle s'est mise en soutien-gorge et petite culotte, puis elle s'est servi un grand verre de Sapphire, un excellent gin que je lui avais offert à Bismark. J'étais encore aux toilettes quand je l'ai entendue traiter son mari d'« enculé au cerveau déficient ». Bon Dieu ! ai-je pensé. Quand j'ai quitté la chambre elle était allongée sur le ventre, prête à passer un autre coup de fil dans une posture aguicheuse, la culotte coincée dans la raie des fesses. C'était là un cul capable de déclencher une guerre, et je me suis senti très privilégié d'en avoir l'usage momentané, sachant combien j'allais le regretter dès qu'il serait parti. Un poète anglais a dit : « Étreins la joie qui s'envole. » On pouvait compter sur moi pour ça.

À mon retour, je transpirais à cause du lourd chargement que je venais d'acheter en devinant que Marybelle ne serait sans doute pas assez en forme pour aller dîner dehors : un petit gril portable Weber, du charbon de bois, des gros steaks et de la salade. À travers la porte grillagée j'ai entendu sa voix assourdie prononcer une formule à caractère sexuel mêlée de terminologie informatique, un truc du genre « il m'a vraiment vidangé le disque dur ». J'ai ressenti une certaine fierté, mais tout de suite pensé qu'elle parlait peut-être d'un autre amant, et non de moi. Nous autres les hommes sommes rarement uniques. J'ai mis en route le barbecue avant d'entrer dans la chambre, ravi de constater qu'elle n'était pas aussi ivre que je m'y attendais. Elle avait les cheveux mouillés après la douche et elle portait un minuscule slip couleur lilas. Ma queue s'est doucement agitée. Elle m'a adressé un large sourire en disant qu'il faisait trop chaud pour une vraie partie de jambes en l'air, mais qu'elle aimerait beaucoup que je m'occupe un peu de sa jolie chatte pour « libérer son esprit », une demande parfaitement raisonnable. J'ai donc plongé du grand tremplin avec enthousiasme en comprenant que j'avais appréhendé mon retour au motel après avoir goûté à la sérénité presque mythologique des rues ombragées de Lemmon. Je m'étais ensuite attardé sur les marches d'une vaste église catholique, et j'avais entendu les voix féminines d'un chœur angélique qui répétaient à l'intérieur. Maintenant j'entendais les hoquets et les roucoulades guère angéliques de Marybelle, qui me semblaient malgré tout divins.

Les couverts en plastique achetés à l'épicerie se révélant peu pratiques, nous avons mangé nos énormes steaks avec les doigts, des draps de bain étendus sur nos cuisses. J'ai observé avec attention les grosses gouttes de jus rose qui dégoulinaient sur la poitrine de Marybelle avant d'être absorbées par son soutien-gorge.

Après ce dîner qui comprenait notamment un aigre assaisonnement de salade en bouteille, j'ai senti comme une éruption volcanique en dessous de la ceinture et je me suis mis à la prendre en levrette, mais elle s'est alors endormie. J'ai terminé mon affaire en entendant avec surprise son premier et léger ronflement. Je me suis rappelé qu'un jour, au début de notre mariage, Vivian et moi avions fait l'amour comme des chiens dans le jardin alors qu'elle était pétée au schnaps à la menthe. Elle m'avait ensuite confié qu'elle avait joui si fort qu'elle avait eu peur, mais elle n'avait jamais accepté de remettre ça dans le jardin. J'avoue avoir repensé à cet épisode quand elle est revenue en compagnie de Fred avec les genoux tachés d'herbe, lors de la réunion de lycée. Comme on disait chez moi, « Y a un gus qu'a monté ma génisse ».

Le lendemain matin de bonne heure, Marybelle était à nouveau accrochée à son portable. J'ai fait une belle promenade au-delà des limites de la ville et j'ai photographié un superbe taureau Angus au cou épais qui semblait observer les alouettes des prés voletant autour de lui. Le propriétaire de cette bête a arrêté son pick-up, nous avons parlé élevage et agriculture. Il n'a pas voulu me croire quand je lui ai dit combien de têtes de bétail je pouvais accueillir sur mes soixante arpents de luzerne. Bien sûr, le climat du Michigan est beaucoup plus humide que celui du Dakota du Sud, certaines années je faisais même trois récoltes.

Notre petite conversation a été si agréable que je redoutais presque de rentrer au motel. L'époux de Marybelle avait décroché le jackpot sur internet et lui avait offert trois mille minutes de communication pour son anniversaire. Elle parlait souvent avec sa « sœur » à Minneapolis, et tous les « dilemmes » qu'elle abordait la faisaient sortir de ses gonds. Le sexe ne figurait évidemment pas sur la liste de mes rêves éveillés, mais quand on est rassasié, on comprend bien que la sexualité n'est pas l'alpha et l'oméga de l'existence humaine. On entre, on sort, point final. Tout ça était très bien, mais j'avais à peine fait attention aux paysages variés sur lesquels j'avais compté pour me remonter le moral après la perte de Vivian. À la place j'étais devenu « un affolé de la chatte », comme disent les jeunes gens. Mon copain Dr A (médecin alcoolique) avait déclaré lors d'une partie de poker qu'une espèce de singes va jusqu'à renoncer à son déjeuner pour regarder des photos d'arrière-train de guenon. Dr A sort souvent des trucs bizarres quand il essaie de bluffer au poker, histoire de nous déconcentrer.

De retour au motel, j'ai constaté avec soulagement qu'assise à la table Marybelle étudiait l'atlas routier sous une gravure représentant un âne à l'œil triste et au cou ceint d'une guirlande de fleurs. Elle a annoncé avec un gros zeste d'humilité feinte que ce serait sympa de descendre vers le sud et Norden, à l'est de Valentine, dans le Nebraska ; c'était une belle région qu'elle connaissait bien, car son mari avait participé à des fouilles archéologiques dans les environs quand il faisait son doctorat. Ils avaient passé l'été sous une tente au bord de la Niobrara et chaque jour elle se baignait nue dans la rivière, sachant qu'un vieux professeur grincheux se branlait dans les fourrés en la reluquant. Ça ne m'a pas fait l'effet d'une histoire très passionnante. Je veux dire, je ne me crois pas très collet monté et je ne pense pas davantage que les rapports sexuels décident du destin de l'humanité, mais j'ai en quelque sorte eu pitié de ce vieux professeur. Il avait dû se sentir plutôt idiot après chaque branlette. Peut-être même qu'il avait dit « oups ».

Tandis que Marybelle piquait son petit roupillon matinal dans la voiture, je me suis mis à réfléchir à elle comme à un spécimen inédit. Il y a quelques années Vivian avait vendu à deux couples de hippies une jolie fermette sur la route. Vivian m'avait alors dit que ce n'était sûrement pas des hippies à l'ancienne, car ils avaient payé la ferme en liquide et l'un des couples possédait une Volvo flambant neuve. Vivian les soupçonnait plutôt d'avoir trempé dans le trafic de drogue à East Lansing. Toujours est-il que les deux hommes portaient volontiers des fringues en cuir, et les femmes des robes paysannes à volants pour préparer beaucoup de pâtisseries qui n'étaient pas très bonnes. L'une de ces femmes, une certaine Deborah, m'a déclaré que de toute évidence j'avais besoin de manger davantage de lin. Très vite, les hommes se sont mis à porter des salopettes. Ils ont acheté un tracteur qu'ils conduisaient de-ci de-là sans but apparent. Ils élevaient une centaine de poulets pour leur chair et leurs œufs, mais n'avaient pas le courage d'en tuer un afin de le manger. L'une des femmes m'a un jour apporté un pain aux graines de lin, que seule Lola acceptait d'avaler, mais généreusement tartiné de beurre. J'ai attrapé un veau pour que la hippie puisse le caresser. Elle a fondu en larmes à cause de la beauté de cette bête. Aucun d'entre eux ne semblait connaître quoi que ce soit à rien, mais ils étaient pleins de bonnes intentions. Vivian a dit qu'ils devaient avoir en permanence dans le sang un taux de THC très élevé. Un dimanche, nous sommes allés chez eux pour nous régaler d'un pique-nique de poulets carbonisés. Il y avait là un grand nombre de leurs amis venus du sud de l'État. La plupart des voitures étaient plutôt tape-à-l'œil. Tous ces gens se parlaient comme s'ils étaient les êtres les plus fascinants de la planète, mais je n'ai pas surpris la moindre conversation intéressante. Ils faisaient partie de cette nouvelle tribu de gens qui votent démocrate, mais qui ne connaissent apparemment aucun travailleur. Ils ne frayaient qu'entre eux. Un automne, à l'approche des habituelles rigueurs de l'hiver, les deux couples ont déménagé pour s'installer à Maui dans les îles hawaiiennes. Ils ont été très déçus quand nous avons refusé de récupérer leurs vieux poulets ou de racheter leur tracteur.

Marybelle somnolait, les pieds posés sur le tableau de bord. La climatisation de la Taurus était en panne et ses jambes ainsi relevées bloquaient l'air qui entrait par la fenêtre ouverte. « Cliff, me dis-je à moi-même, fais gaffe. La fille assise à côté de toi n'est ni Heidi ni Mary Poppins. » Marybelle avait mentionné qu'à certains moments elle était un chouia « bipolaire », l'un de ces termes que j'avais remarqués dans les pages société du *Detroit Free Press*, et qui me faisait seulement penser à l'Arctique ou l'Antarctique. Je n'étais pas trop inquiet car elle avait dit qu'elle avait des médicaments dans sa trousse de toilette. Un an environ avant notre rupture, Vivian m'avait déclaré que je serais peut-être un individu plus intéressant si j'avais quelques problèmes psychiques. Ma mère disait souvent que papa souffrait de problèmes psychiques, mais avant de mourir elle a reconnu que papa avait simplement trop de vie en lui pour un seul corps.

Nebraska

Je pourrais bien sûr profiter du sommeil de Marybelle pour jeter son téléphone portable dans la cuvette des toilettes ou dans un évier plein d'eau. Je suis pour l'égalité entre les gens. Nous avons passé une belle journée à rouler vers le sud, de Lemmon au Nebraska, en admirant la beauté majestueuse du paysage des Grandes Plaines ; mais la subtilité des collines ondoyantes et des escarpements rocheux ne plaît guère aux émules de Marybelle, qui leur préfèrent les montagnes enneigées des cartes postales. Dans la réserve indienne de Standing Rock, je me suis écarté de la route principale et j'ai vu trois petits Indiens qui montaient à cru des chevaux lancés à toute vitesse pour encadrer un troupeau de vaches près de Thunder Butte. C'était incroyable, une sorte de vieille image atemporelle issue d'un lointain passé. Un monde merveilleux, sans les horribles stations de ski ou terrains de golf. Quand on a passé sa vie à enseigner et à s'occuper d'une ferme dans le nord-ouest du Michigan, une région touristique huppée en été comme en hiver, on se fatigue très vite de voir des gens s'amuser à grande vitesse. De nos jours très peu de gens pratiquent la rame. Tout le monde préfère les gros bateaux à moteur en été et les scooters des neiges en hiver, des engins dont le boucan rendait Lola complètement dingue, et moi de même.

Au lieu de contempler le paysage, Marybelle surveillait son portable pour voir si un quelconque signal allait se concrétiser sur l'écran. Elle a fini par en repérer un quand nous avons traversé l'Interstate 80 près de Kadoka et nous avons dû rester là pendant une heure. Elle a compris que j'en avais ma claque lorsque je suis parti à pied vers un petit restau pour y savourer un café et une part de tarte en ce milieu d'après-midi. Elle m'a dit qu'elle avait des « dilemmes » à résoudre avec son amie de Minneapolis. Au restaurant j'ai réfléchi aux téléphones portables ainsi qu'aux orgies de mails que Vivian échangeait avec sa mère à Carefree, sans oublier notre fils Robert en Californie, avec qui elle communiquait tous les jours. J'avais découvert avec stupéfaction qu'on pouvait aussi envoyer des photos via l'ordinateur. Robert en avait envoyé une de lui avec son petit ami, tous deux déguisés en autruches pour se rendre à une fête. Lui, le garçon qui aimait bien bêcher le jardin avec moi et qui appréciait aussi la pêche à la friture, même si je devais appâter moi-même son hameçon, puisque les vers de terre le dégoûtaient. J'étais un peu en rogne, car j'avais promis d'appeler Robert, lequel me donnerait inévitablement des nouvelles de Vivian. Mes pensées ont été interrompues par une charmante serveuse debout sur un tabouret pour remplir une haute cafetière à l'ancienne. Juste après la Seconde Guerre mondiale, mon père avait sillonné l'Ouest pendant un an comme un vagabond. Il m'a confié que sur la route il avait toujours beaucoup apprécié les serveuses étant en permanence affamé, or les serveuses sentaient le bifteck. Il a fait partie des forces armées américaines qui ont libéré Paris. Il racontait qu'à son retour aux États-Unis il n'avait pas mangé un bon bifteck depuis deux ans. Par la suite il a toujours eu un faible pour le steak ; il pouvait dévorer un kilo de viande bon marché en un seul repas. Il arrosait copieusement de tabasco tout ce qu'il mangeait, sauf ses desserts ; maman disait que c'était parce qu'il chiquait du tabac (Red Man) et que, pour apprécier un aliment quelconque, il avait d'abord besoin de croquer un piment fort.

Quand je suis revenu à la voiture, je me suis arrêté près du coffre : Marybelle était toujours au téléphone et je l'ai entendue raconter à peu près que, si elle était orgasmique avec moi, c'était parce qu'elle résolvait inconsciemment des « dilemmes » liés à son père, avec lequel elle avait des rapports catastrophiques.

J'ai réfléchi à ça en ressentant un tiraillement dans les genoux, suite à nos exercices matinaux. Nous nous étions réveillés de bonne heure, car la veille au soir nous nous étions tous deux endormis à neuf heures. Marybelle est sortie de la douche à l'aube, vêtue d'une robe d'été d'un bleu pâle évanescent semé de minuscules roses rouges. Elle a enfilé une petite culotte propre et la vision de ses fesses nues sous cette robe m'a fait l'effet d'une décharge électrique. Quand je lui ai demandé à mi-voix comment elle faisait pour garder la ligne, elle m'a répondu « ma cassette Pilates ». J'ai à peine eu le temps de boire une gorgée de mon café du motel qu'elle m'a expédié à la réception chercher un magnétoscope. Le veilleur de nuit aux yeux ensommeillés m'a dit en blaguant que c'était « un peu tôt pour un porno ». Je n'ai rien répondu. Quelques minutes plus tard, j'essayais de garder le rythme pendant que Marybelle effectuait des mouvements particulièrement énergiques en imitant ceux d'un Noir et d'une flopée de dames à Los Angeles. C'était beaucoup trop rapide pour moi. Quand je me suis assis, Marybelle m'a lancé pour me taquiner qu'elle croyait que les paysans étaient des costauds. Je l'ai alors soulevée sur mes épaules : la moitié supérieure de son corps a disparu au-dessus du miroir et ma quéquette toute raide est sortie de mon short. Alors son crâne a heurté le plafonnier et mon menton s'est écrasé contre le lit. En prenant ma douche, je me suis surpris à fredonner le chant de Noël contenant le vers « tandis que les bergers surveillaient leurs bêtes au clair de lune », et je me suis soudain rappelé le matin de ce Noël où âgé de dix-huit ans, Robert nous a annoncé qu'il était gay, ce que nous avions déjà deviné. Il y a eu des larmes et des embrassades.

Je me mets rarement en colère, mais c'est ce qui est arrivé lorsque nous sommes entrés dans l'État du Nebraska et que j'ai jeté un coup d'œil à la vallée de la Niobrara au sud de Merriman. Le Nebraska ressemblait à une terre de rêve ; j'ai aperçu une petite ferme au bord de la rivière, qui m'a desséché la bouche, et j'ai soudain eu la gorge nouée en repensant à l'arnaque dont j'avais fait les frais. Ma belle-mère disait sans arrêt que vu tout le travail que j'y avais accompli au fil des années j'aurais droit à vingt-cinq pour cent du prix de vente de la ferme. Je ne saurai jamais comment ce pourcentage est tombé à dix pour cent. Dr A, mon copain médecin alcoolique, m'a demandé si j'avais un quelconque document le prouvant et je lui ai répondu que non. Si on ne peut pas faire confiance à sa femme, ai-je dit, alors à qui ? Lui qui avait déjà eu trois épouses et courtisait sans doute la quatrième a trouvé ça drôle. Quand j'ai eu l'air dégoûté au téléphone, Robert m'a proposé ses dix pour cent, que j'ai refusés. Il m'a expliqué que lui-même et sa « moitié », parfois réunis sous l'appellation de « partenaires pour la vie » même s'il y en avait déjà eu un certain nombre, venaient d'acheter pour plus d'un million de dollars un appartement qui donnait sur un endroit appelé le Presidio. J'étais abasourdi. J'imaginais volontiers une ferme valant ce prix, mais certes pas un appartement empilé au-dessus d'autres appartements. J'avais dans l'idée d'acquérir une petite ferme tranquille, mais je ne pouvais pas m'offrir ce modeste luxe avec cent mille dollars, sauf peut-être dans la péninsule Nord où, durant la précédente saison de chasse au chevreuil, j'avais visité une exploitation de quarante arpents incluant une maisonnette et une grange, le tout pour quarante mille dollars. Je veux dire, il fallait bien qu'il me reste quelque chose pour vivre.

Quand nous avons atteint Valentine et le Rain Motel (tapette à mouches gratuite), j'ai appelé Robert. Il était déjà en double appel, notre conversation a donc été brève. « Papa, papa, papa, PAPA, maman est persuadée que Fred la TROMPE et il veut déjà lui EMPRUNTER de l'argent. » J'ai trouvé ça drôle, je l'ai dit, et Robert m'a répondu que j'étais plein de FIEL. Il m'a ensuite annoncé qu'il avait viré ses cent mille dollars sur mon compte en banque parce qu'il venait de réussir un coup juteux. Quand j'ai raccroché, Marybelle était debout devant moi, son téléphone portable pressé contre le sein gauche, et elle m'a demandé si je regrettais que mon fils unique soit gay. Je lui ai répondu que non, chacun est ce qu'il est.

J'ai oublié de signaler que j'ai lancé la pièce de puzzle jaune marquée Dakota du Sud du haut du pont dans la Niobrara. Le Nebraska est l'État de la balle de maïs, son oiseau est l'alouette occidentale (le même que celui du Dakota du Nord !), sa fleur, la gerbe-d'or, considérée comme une mauvaise herbe dans le nord du Michigan, et sa devise le très banal *L'égalité devant la loi*. Bien sûr, ce principe d'égalité n'a jamais été appliqué nulle part. Avant de bifurquer vers le sud à Martin, Dakota du Sud, j'ai repéré une sinistre pancarte indiquant Wounded Knee. Une année, j'avais essayé de faire travailler mes élèves de terminale sur *Crazy Horse* de Mari Sandoz. Même l'élève le plus bouché, le plus réfractaire à tout enseignement, peut s'indigner contre l'injustice. J'étais ému par la présence dans ma classe de deux métis chippewas (anishinabe) qui étaient gênés d'évoquer l'injustice envers les Indiens, mais même eux ont éclaté de rire quand notre quarterback vedette leur a crié : « Vous auriez dû nous dégommer dès notre descente du bateau ! »

J'étais donc assis sur le coffre de la Taurus à écouter le babil étouffé de Marybelle qui m'arrivait par la porte grillagée de notre chambre de motel, lorsque j'ai pensé : « Merde alors, je me tire ! », exactement comme quand j'étais gosse. Je me suis dit : « Elle gamberge à haute voix », pensant qu'il s'agissait sans doute d'une récente évolution de notre culture. De même, vingt-cinq ans plus tôt, au moment où j'ai arrêté d'enseigner, j'ai bien vu le massacre opéré par cette nouvelle culture où tout, éducation comprise, doit être agréable ou amusant.

Marybelle avait demandé à son amie de Minneapolis de consulter un site de bouffe qui nous a informés qu'à Valentine le meilleur endroit où manger était un restaurant appelé *The Peppermill*, Le Moulin à Poivre. J'ai griffonné un mot pour dire où j'allais, je l'ai coincé dans la porte et j'ai aperçu Marybelle qui bavardait allongée sur le lit en se grattant l'entrejambe – à moins qu'elle ne se soit livrée à une autre occupation. Au cours d'un épisode frénétique du milieu de la nuit, me remémorant *Jack et le Haricot magique*, j'avais lancé : « Fa, fi, fo fum, qui est assis sur ma tête ? »

Sur le chemin du Peppermill, je me suis demandé combien de temps encore j'allais supporter Marybelle. Une espèce de vague fatigue s'installait, qui m'a rappelé ma dernière année d'enseignement. Une année infernale, avec une nouvelle proviseur fraîchement émoulue de Central Michigan University qui arborait son doctorat comme une toque d'astrakan. Elle avait un sourire implacable et était aussi teigneuse qu'une abeille africaine. Propagandiste acharnée de ce nouvel évangile qui voulait nous convaincre que tous les jeunes sont « créatifs », elle a tout de suite deviné que j'étais un non-croyant. En tant qu'étudiant médiocre et professeur de littérature, je n'avais jamais remarqué le moindre signe de cette veine créatrice chez aucun de mes élèves. J'ai surnommé cette femme la Hyène à cause du ricanement sardonique qui achevait chacun de ses rires forcés. Ce surnom a eu un certain succès. Elle a été furieuse de l'apprendre et m'a aussitôt soupçonné, à juste titre. Très grosse, elle marchait comme on gravit une colline à vélo. Après son laïus à l'association des parents d'élèves sur le sujet du potentiel humain, lesdits parents se sont mis en tête que leurs rejetons avaient peut-être un avenir meilleur que le métier de mécanicien automobile ou une grossesse non désirée suivie d'un mariage forcé. C'étaient ces mêmes mères qui disaient : « Ma Debbie n'a pas le temps de lire un livre en entier. » Bref, quand le mois de mai est arrivé, j'étais si las d'enseigner que la dépression m'est tombée dessus, et sur le chemin du Peppermill je n'ai pu éviter de me demander quelle espèce d'épuisement allait me frapper de plein fouet à cause de Marybelle. Elle accordait le plus grand prix à ce qu'elle appelait sa « spontanéité », alors que de mon côté j'avais passé le plus clair de mon existence à me coucher à dix heures du soir pour me réveiller à cinq heures et demie du matin, même en hiver quand il fallait attendre deux heures le lever du soleil. La baise acrobatique, c'est génial au milieu de la nuit, mais depuis Morris, dans le Minnesota, je me réveillais tous les matins avec un torticolis et les membres lourds. Mon ami Dr A blaguait volontiers sur la fréquence des crises cardiaques chez les hommes âgés ayant une liaison avec une femme plus jeune, mais ça ne le freinait pas pour autant. J'ai pensé que dans quelques jours, quand j'aurais déposé Marybelle à Bozeman, je louerais un chalet au bord d'une rivière pour consacrer une semaine au sommeil et à la pêche, et, détail crucial, accorder relâche à ma bite endolorie.

Nebraska II

De graves considérations m'ont occupé l'esprit tandis que je prenais mon premier verre au Peppermill. J'étais entouré par de gros ranchers et d'authentiques cow-boys au bord intérieur de stetson maculé de sueur, mais j'avais la tête ailleurs. Il était devenu évident que le Nebraska méritait deux chapitres dans mon journal de voyage. Mon sens de la symétrie allait bien sûr en souffrir, mais je me suis dit que ma passion pour l'ordre s'expliquait par mes activités récentes dans mon verger. Tous les cerisiers dont je m'étais occupé étaient plantés selon une grille géométrique particulière, conçue pour optimiser la vaporisation d'herbicides et de pesticides ainsi que la cueillette. Ce sens infantile de l'ordre m'avait empoisonné la vie. Lever à cinq heures et demie du matin, café, céréales, parfois une saucisse (faite maison) et des œufs, dont je donnais un jaune à Lola. Écouter la station de radio NPR et regretter depuis peu l'absence de Bob Edwards, qui incarnait le son du matin aussi sûrement que les oiseaux. Lire un ou deux paragraphes d'Emerson ou de Loren Eiseley pour élever un tant soit peu le niveau de mes réflexions. Sortir donner à manger au bétail durant nos six mois de mauvais temps. Quand les bêtes étaient dans la pâture, Lola et moi restions à les compter afin de nous assurer qu'aucune n'avait filé à travers la clôture. Nourrir nos quelques poulets et les deux ou trois cochons que nous élevions pour les manger. À huit heures, apporter à Vivian son café avec un petit pain ou un beignet. L'écouter chanter *That's Amore* sous la douche parce qu'elle adorait Dean Martin. « Bon Dieu, avait-elle dit un jour, je m'enverrais volontiers son squelette. » Tailler les cerisiers, labourer, cueillir, vaporiser, réparer les clôtures. À onze heures, aller au centre commercial de Boyne City pour prendre le courrier (d'habitude il n'y en avait pas) et le *Detroit Free Press* que je lisais au déjeuner. Ensuite, petite sieste d'une demi-heure dans mon fauteuil Relax.

Évoquer cet emploi du temps m'a été désagréable. J'ai commandé un autre verre, puis j'ai regardé les cow-boys et les ranchers autour de moi en me disant qu'ils avaient sans doute des occupations aussi routinières que les miennes. J'ai soudain eu envie d'imiter la prétendue spontanéité de Marybelle et d'accorder d'office deux chapitres au Nebraska. Au fait, où était-elle ? Au lit à téléphoner ? De toute évidence, certains États méritaient à peine quelques lignes. Durant un test oral d'orthographe en CE1 j'avais épelé Rhode Island « Rode Island » ; toute la classe avait éclaté de rire et j'avais rejoint ma place en larmes – je n'avais de ce fait aucune affection particulière pour cet État. La Georgie figurait aussi en bonne place sur ma liste des États pourris, à cause d'une fille originaire de Columbus, Georgie, avec qui j'étais sorti en deuxième année de fac pendant que Vivian affamait consciencieusement son poisson rouge en se morfondant pour le joueur de basket qui la snobait. Cette fille de Georgie paraissait déplacée à l'université du Michigan, mais elle suivait les cours gratis parce que son père, un officier de l'armée américaine, donnait lui-même des cours aux officiers de réserve. Elle était obsédée par le football. Nous nous sommes rencontrés au cours obligatoire de sciences sociales, où l'on parlait apparemment de tout et de rien, et moins d'une semaine après je rédigeais presque toutes les dissertations de cette fille. Elle me faisait penser à une pêche trop mûre, sa voix douce et suave me rendait cinglé, d'autant qu'elle refusait d'aller au-delà d'innocentes caresses. Non, je n'avais même pas le droit de lui lécher les seins. J'étais assez malin pour négocier au moins un long coup d'œil et, quand je lui ai écrit une dissert de milieu de semestre, j'ai eu droit à une danse nue endiablée sur le tapis de ma chambre de location. Elle se vautrait et ondulait avec un abandon vulgaire, mais c'était bas les pattes.

Notre liaison a pris fin le jour où on l'a surprise en pleine nuit dans l'aile d'un dortoir réservé aux joueurs de football, après quoi elle s'est retrouvée dans le collimateur de l'assistante sociale de la fac. J'étais rongé par la jalousie : comment pouvait-elle offrir ses formes plantureuses à ces rustres et en priver l'être sensible que j'étais, moi qui venais de décrocher un A+ pour ma dissert semestrielle sur *Prélude* de Wordsworth ?

Où était passée Marybelle, nom de Dieu ? D'une cabine publique j'ai appelé le motel : personne. J'ai alors renoncé à mes cogitations, préférant discuter avec deux ranchers le prix du bétail et les répercussions de l'embargo sur le bœuf canadien à cause de la vache folle. Nous avons continué en évoquant la décision délirante des Japonais de boycotter. Le rancher, prénommé Orville, a raconté qu'un gros cargo faisant route vers le Japon avait dû balancer pour deux cents millions de dollars de bœuf dans la fosse de Mindanao, l'abysse le plus profond du Pacifique. Dix mille requins ont alors entouré le navire pour s'empiffrer de bœuf premier choix. Orville avait pas mal picolé, le doute se lisait donc sur le visage de ses auditeurs. Ces types me rappelaient l'ancien temps, la génération de mon père, quand les histoires se racontaient lentement pour qu'on en savoure le moindre détail. Aujourd'hui, plus personne n'est capable d'une attention aussi prolongée ; tout le monde se rue vers le bon mot de la fin.

Soudain il y a eu un cri suivi d'un sanglot. Nous avons tous pivoté sur nos chaises. C'était Marybelle, flanquée d'un flic qui lui tenait le coude. Elle s'est jetée en pleurant dans mes bras, vêtue de sa robe d'été trop courte et d'un corsage sans manches.

« Je t'ai trouvé ! » a-t-elle hurlé.

En fait, elle était sortie du motel sans voir mon mot. Elle parlait au téléphone avec sa « sœur » de Minneapolis sans accorder la moindre attention à son environnement. Elle a longtemps marché vers le nord de Valentine, puis a bifurqué vers l'est et, quand elle a mis fin à sa conversation, elle ne savait absolument pas où elle était et avait oublié le nom de notre motel. Une aimable vieille dame qui arrachait les mauvaises herbes dans ses plates-bandes fleuries, a appelé la police, et un flic a fini par l'amener au Peppermill. Armé du courage offert par le whisky, j'avais commandé une entrecôte de trois livres qui s'est révélée être la meilleure viande que j'aie jamais mangée au cours de ma longue existence. Pour être franc, j'étais aux anges. Marybelle a descendu plusieurs gin tonics en dévorant un sandwich préparé avec un de mes petits pains et le gras de mon entrecôte. « J'ai toujours eu un faible pour le gras de bœuf. Nous allons brûler toutes ces calories dans un moment, a-t-elle dit avec un sourire lubrique. Le Nebraska a le chic pour m'exciter sexuellement. » J'y ai réfléchi d'un air lugubre. Mon entrecôte saignante arborait un joli rose labial. J'ai pensé que le désir vient se loger aux endroits les plus incongrus. Mais jamais le désir sexuel ne m'avait semblé aussi éloigné. Le moment était sans doute venu de m'intéresser aux flacons de Viagra et de Levitra obligeamment fournis par mon Dr A avec cette mise en garde : « Si tu prends une de ces saloperies, prépare-toi à une course d'endurance. »

Je n'avais même pas envie d'un petit sprint. Par chance, j'avais dans ma trousse secrète un onguent multi-usages aux stéroïdes qui apaiserait sans doute mon membre irrité. Maman disait toujours qu'une des pires choses qui puisse arriver à quelqu'un, c'était de voir ses prières exaucées. Le travail à la ferme laissait beaucoup de temps disponible aux fantasmes sexuels ou aux « transes de la chatte » comme les appelait mon Dr A. Vivian s'étant abonnée à Netflix, une boîte de location de films, j'avais, avant de m'endormir, regardé avec elle les débuts de nombreux films, et, le lendemain en bossant, fantasmé des scènes torrides et honteuses, avec Ashley Judd ou Penelope Cruz. Maintenant que j'avais sur les bras une femme qui était presque leur égale, j'étais prêt à la parachuter au cœur de l'Afrique noire. Lorsque Marybelle est partie aux toilettes en ondulant inutilement de la croupe comme une pocharde, les cow-boys du bar ont rigolé avant de me regarder avec un mélange d'envie et de pitié.

Tandis que nous rentrions à pied vers le motel, je me suis mis à considérer la porte de notre chambre comme l'entrée de l'enfer. Malgré la soirée étouffante, Marybelle s'accrochait à moi. Puis m'adressant un sourire lubrique et carnassier elle s'est appuyée à un réverbère en chantant pour une raison mystérieuse « Tura Lura Lural, c'est une berceuse irlandaise ». Dans les toilettes de notre chambre je me suis senti aussi asexué qu'un bol de flocons d'avoine et je me suis enfilé un de mes cachetons miracles avec la conviction que j'allais affronter une volée de plombs à OK Corral. Au beau milieu de la nuit, Marybelle est entrée en trombe aux toilettes alors que je m'appliquais sur la quéquette mon onguent pas vraiment apaisant. « Ta queue a vraiment une sale gueule », a-t-elle murmuré d'une voix endormie en s'installant sur le trône. J'ai rétorqué qu'elle venait de la pratiquer intimement et qu'elle aurait pu le remarquer plus tôt, puis je suis retourné aussi sec me coucher.

Le lendemain matin, dès l'ouverture des magasins, j'ai cédé à l'insistance de Marybelle et acheté mon premier téléphone portable. Si jamais elle se perdait encore, je pourrais donc la retrouver. J'ai aussi acheté une petite tente et deux sacs de couchage légers, car Marybelle pensait qu'il serait sans doute agréable de camper au bord de la Niobrara, près de Norden, dans le décor des fouilles estudiantines de son mari anthropologue durant la première et unique année « dorée » de leur mariage. Avant de quitter la ville, je me suis adossé à ma Taurus pour appeler mon fils Robert à San Francisco. « Papa, il est sept heures du mat, pour l'amour du CIEL ! » Je me suis excusé. Je ne veux pas faire passer Robert pour un crétin. Il m'a envoyé plusieurs livres sur le génome humain et tous les bouquins de Timothy Ferris relatifs à l'astronomie. Robert a toujours dit qu'il avait l'âme d'un artiste et l'esprit d'un chercheur, moyennant quoi il avait atterri dans le cinéma. Je dois avouer que je n'ai jamais réussi à comprendre la logique de cette phrase.

Nous avons trouvé un site de camping agréable et ombragé au bord de la rivière et j'ai monté la tente. Marybelle a enfilé un mini bikini à pois que j'ai considéré sans le moindre intérêt. Pendant qu'elle prenait son bain de soleil, j'ai longé la berge, je me suis assis pour lire le journal de Lincoln (capitale de l'État) daté de la veille. J'ai fait beaucoup d'efforts pour ne pas penser à la politique. Je me considère comme un démocrate, mais depuis quelques années mon parti me déçoit et me navre, tandis que les républicains de Bush me rappellent les étudiants mesquins que j'ai connus autrefois à l'université du Michigan, ces spécialistes des coups tordus. Ça ne m'aide guère, non plus, d'avoir enseigné l'éducation civique pendant un an au lycée, une matière où les balourds sont censés s'initier aux saines valeurs de notre gouvernement idéal. Je me suis même pris à penser que les élections ont tendance à illustrer l'échec abject de notre système d'éducation pourri et bidon. En tant que cours obligatoire, l'éducation civique définissait des idéaux élevés qui ne semblaient jamais s'incarner concrètement.

Un cri a vrillé l'air brûlant de cette fin de matinée. Je suis retourné au camp ventre à terre. À moins de trois mètres de l'endroit où Marybelle, désormais vêtue de son seul slip, prenait son bain de soleil, un petit serpent à sonnette était lové, prêt à bondir. « Tue-le ! » a-t-elle hurlé. J'ai écarté le reptile avec un bâton, qu'il a attaqué.

« Je te croyais écolo », ai-je dit.

Nous avons déplacé le camp jusqu'à un banc de sable dépourvu de toute végétation, au bord de la rivière – une mauvaise idée en cas de pluie violente. Marybelle pensait qu'une petite baignade ferait le plus grand bien à mon membre blessé, lequel me donnait l'impression de bouillir. L'eau m'arrivait à peine à la taille. Je suis resté assis immobile, face au courant et à ses vertus prétendument curatives, pendant que Marybelle faisait le marsouin et battait des mains. Elle s'est alors mise debout en jetant des regards inquisiteurs autour d'elle, puis m'a montré du doigt les fourrés d'où le vieux prof masturbateur l'avait reluquée.

Le serpent à sonnette avait rendu toute idée de camping insupportable à Marybelle et j'ai pensé à mon portefeuille amaigri tout en remballant le matériel avant de retourner au motel. Heureusement pour moi, elle avait pris un bon coup de soleil. J'allais pouvoir goûter à une nuit entière de sommeil réparateur.

WYOMING

Quand nous avons franchi la frontière du Wyoming, j'ai prié en silence pour que ce nouvel État rende le comportement de Marybelle moins frénétique. Sans l'épuisement consécutif à nos parties de jambes en l'air, j'avais passé une nuit agitée, me réveillant pour de bon à cinq heures du matin en entendant le cri d'une alouette des prés par la fenêtre arrière de la chambre du motel. Ces merveilleux trilles limpides ont pris un sacré coup dans l'aile quand Marybelle, en proie à un rêve sans doute torride, a agité la main au-dessus d'elle et éructé un sonore « Putain ! ». La pièce sentait la même odeur que notre cuisine lorsque ma mère préparait des conserves de pickles, car j'avais mis du vinaigre sur le coup de soleil de Marybelle, ce qui paraît-il lui avait fait un bien fou. Je m'étais vaguement senti dans la peau d'un vétérinaire et son corps nu et couvert de sueur m'avait semblé extrêmement mammifère, d'autant que ses parties intimes se situaient au même endroit que celles de Lola. Mes propres blessures étaient passées du stade de douleur insupportable à celui de démangeaison affolante, mais j'aurais été le dernier des idiots de me gratter la queue. J'ai préféré serrer les dents plutôt que jouer les gros bras. Mes étudiants de terminale avaient bâillé à chacune de mes tentatives pour leur expliquer les splendeurs du discours prononcé par Faulkner lors de la remise du prix Nobel.

Une petite majorette potelée prénommée Debbie, qui devait par la suite se métamorphoser en boule de bowling humaine, avait couiné : « J'y pige que dalle ! »

À cause de son coup de soleil, Marybelle portait pour tout vêtement un de mes amples et légers T-shirts en coton. À Chadron, l'employé de la station-service qui a nettoyé notre pare-brise a eu droit en prime à la vision d'un castor endormi. Il s'est mis à ricaner et le rouge qui a envahi ses joues a souligné ses problèmes d'acné. Voilà deux ou trois heures que Marybelle dormait, depuis Valentine en fait. Une semaine après le début de mon voyage, j'étais indécis et je me sentais d'humeur si philosophique que j'en avais une boule dans la gorge. J'oscillais entre les splendeurs du paysage (j'ai pris plusieurs photos d'un groupe de taureaux Chianina, une race italienne) et le souvenir de trois amis, des amis de très longue date qui au cours de l'année précédente avaient rejoint l'autre monde, ou peut-être aucun monde du tout. On dirait que seul un examen médical nous sépare tous d'une mort certaine. L'excroissance inoffensive de votre nez finit par vous bouffer tout le visage. Ce genre de choses.

Les cinq premiers États traversés ne m'avaient guère éclairci les idées, mais le diable en personne était assis à côté de moi sur la banquette de la voiture, ronflant doucement, lové contre la portière, le T-shirt relevé exhibant la bestialité très seyante de son arrière-train féminin. Le retour graduel du désir m'a stupéfait. Vingt-quatre heures d'abstinence, et voilà que ça repartait comme une minuscule pousse forestière. J'allais bientôt redevenir un chien léchant un cul malgré mon membre hors service.

Je me suis arrêté à Fort Robinson à l'ouest de Chadron, pour découvrir le centre de remonte de la cavalerie américaine ayant jadis accueilli cinq mille chevaux, mais surtout pour voir le lieu du décès de Crazy Horse, le grand guerrier lakota. J'avais lu sa biographie par Mari Sandoz, un livre qui allait me hanter, dans un cours de culture américaine à l'université d'État du Michigan durant un semestre de printemps où je m'étais senti particulièrement vulnérable. Le mois d'avril m'a toujours flanqué par terre, m'obligeant à une parenthèse désagréable durant laquelle mon cerveau me semble en proie à la fièvre. Je me suis retrouvé parmi la foule de East Lansing, victime d'un atroce mal du pays, ratant le 23 avril, jour d'ouverture de la pêche à la truite ; inutile de préciser que l'histoire déprimante de Crazy Horse et des Sioux a suffi pour me mettre KO. Quarante ans plus tard, mon esprit est redevenu celui d'un jeune étudiant de vingt ans rédigeant une dissertation où je soutenais que Crazy Horse ainsi que le chef apache Geronimo désiraient la guerre à cause du décès de leurs enfants de trois ans, morts parce que nous persécutions leur peuple. On dit que Crazy Horse a passé trois jours à jouer avec les jouets de sa petite fille décédée sur sa plate-forme funéraire perchée dans un arbre.

J'ai laissé les fenêtres ouvertes malgré la chaleur croissante et j'ai parcouru à pied la petite dizaine de mètres qui me séparaient du lieu de sa mort. J'ai soudain eu les yeux pleins de larmes et je suis retourné vers la voiture. Marybelle s'étirait comme une chatte. « Je ne vais pas te demander où nous sommes. J'ai besoin de lumières nouvelles sur la nature de la réalité. J'ai aussi besoin d'un café. Ce putain de coup de soleil me démange. Il faut aussi que je pisse.

— Je ne suis pas très optimiste sur la nature de la réalité. » Je lui ai versé un peu de café de la thermos.

Un peu plus tard, quand une pancarte nous a chaleureusement accueillis au Wyoming, j'ai arrêté la voiture. Nous sommes descendus examiner cette nouvelle frontière. De toute évidence, elle était beaucoup moins saisissante que la pièce du puzzle, où le Nebraska vert cédait la place à la brusque couleur bleue du Wyoming. Sous nos yeux seul le ciel était bleu. La terre n'exhibait pas la moindre trace de démarcation. J'ai ressenti le désir de rejoindre une butte lointaine pour m'y asseoir et réfléchir, avant de me rendre compte qu'une bonne dizaine de kilomètres me séparaient de cette butte. Les nouveaux instruments utilisant le laser employés par les géomètres auraient pu, sur cette frontière, me fournir une estimation précise au millième de centimètre près. Ce n'était pas aussi précis autrefois. À l'époque où cette nouvelle technologie est entrée en vigueur, j'ai perdu douze mètres de bois au nord de la ferme, mais gagné six mètres de bonnes pâtures vers l'est. Pourtant, lorsque j'en ai parlé avec mes voisins, aucun d'entre nous n'a voulu poser de nouvelles clôtures. « J'ai totalement échoué comme épouse et comme mère », a déclaré Marybelle quand je suis revenu à la voiture. Ignorant tout des détails de sa vie, je n'ai pas su quoi répondre. Elle a reniflé, puis saisi l'atlas routier pour la première fois depuis notre départ. « Nous devons faire un détour en passant par Malta avant que tu me déposes à Bozeman. J'ai besoin de présenter des excuses. »

J'ai ralenti presque jusqu'à l'arrêt et localisé Malta, non loin de la frontière nord du Montana. Ça me convenait tout à fait. Je me suis tourné vers elle, mais Marybelle roupillait de nouveau. Quand je lui avais versé un peu de vinaigre sur ses coups de soleil, elle m'avait dit qu'elle venait de prendre un ou deux somnifères. Alors qu'elle s'en était avalé une généreuse ration, Vivian soutenait malgré tout qu'elle n'avait pas fermé l'œil de la nuit, mais je savais à quoi m'en tenir, elle était si morte au monde qu'elle ne se relevait même pas pour pisser. Mon Dr A prétend que les femmes d'aujourd'hui ont besoin de davantage de sommeil car leur vie est souvent soumise à un stress de nature indéterminée. Un jour que je transportais des veaux vers le lieu de leur vente, Vivian était toute chamboulée à l'idée de vendre un cottage deux fois ce qu'il valait quelques années plus tôt. Les gens qui arrivent du sud du Michigan ont tellement d'argent qu'ils offrent à leurs enfants des voitures flambant neuves.

Marybelle est obsédée par sa fatigue. Ce n'est pas pareil pour moi, je sais que l'avenir c'est toujours plus de la même chose. Même si maintenant que mon passé a soudain été tranché net par la vente de la ferme, cette situation a peut-être changé, mais quand je me réveille à l'aube, c'est toujours dans la peau d'un paysan. Je songe à ces tâches matinales dont je suis désormais dispensé. Lola m'aiderait à déchiqueter des balles de foin avec ses crocs. Les bêtes feraient cercle autour d'elle, approuvant vigoureusement. Vingt-cinq années de routine, et soudain c'est le soir.

Que pourrait me conseiller mon père aujourd'hui ? Peut-être de me détendre le plus possible. D'arrêter de penser à cette petite ferme sur la Niobrara, à une quinzaine de kilomètres de Valentine. Tout le monde ou presque réussit à atteindre sans encombre le milieu du gué. En fac, je me croyais destiné à vivre à l'étranger, chose que je n'ai jamais faite. Nous ne commençons jamais rien, sinon à gagner notre vie, voilà l'histoire de l'humanité. Ce qui n'inclut pas ce que les agents immobiliers comme Vivian appellent « le sperme chanceux », c'est-à-dire les héritiers fortunés. Chez certains autres, l'espoir s'obstine à renaître comme du chiendent. Marybelle dit que si son mari réussit à décrocher un poste de prof dans une grande métropole, elle pourra « retourner à la vie des petits théâtres ». Au lieu de construire des maquettes d'avion, mon fils Robert fabriquait des modèles réduits de théâtres en carton, des espèces de théâtres minuscules, format maisons de poupées. Il a même construit une petite maquette du vieux théâtre de Shakespeare à Londres, le Globe, et remporté grâce à elle un ruban bleu d'éducation manuelle à la foire du comté.

Épuisé par toutes ces cogitations, j'ai arrêté la voiture pour prendre en photo de magnifiques taureaux Angus sur un versant de colline proche d'un escarpement rocheux. On ne peut pas dire que ma présence les ait ravis quand j'ai gravi cette colline. Le plus gros s'est mis à donner des coups de sabot dans l'herbe et à souffler de la morve, me faisant battre en retraite. J'ai autrefois possédé un vieux taureau teigneux nommé Bob, que Lola aimait taquiner jusqu'à ce qu'il meugle de fureur, après quoi il lui arrivait de faire un petit somme dans l'ombre de l'énorme bête. Plusieurs fois, surtout quand il faisait très chaud, je les ai vus par la fenêtre de la cuisine marcher côte à côte vers l'étang pour s'y baigner ensemble. J'ai toujours été convaincu que nous ne connaissons pas les autres mammifères aussi bien que nous le croyons.

Dans la voiture je me suis mis à bander en regardant les fesses de Marybelle qui saillaient sous l'ourlet du T-shirt. Je me suis demandé si, en mettant trois capotes l'une sur l'autre, je réussirais à protéger mon membre qui guérissait lentement. Le contraste entre sa peau blanche et le coup de soleil était foutrement érotique. Je me suis fait l'impression d'un voyeur décati, et suis retourné à l'atlas routier en sentant une chaleur nouvelle me picoter les couilles. J'ai refusé d'admettre que la chance n'est pas toujours une bénédiction. Mon Dr A avait insisté pour que je découvre la Wind River et le Sunlight Basin, mais ces endroits situés très loin à l'ouest m'auraient obligé à m'écarter beaucoup de la route de Malta. La sagesse m'a conseillé de rouler jusqu'à Malta, Montana, pour filer ensuite vers le sud, direction Bozeman, et y larguer cette cinglée qui me rendait aveugle aux beautés des États-Unis d'Amérique. Mais alors même que je me faisais cette réflexion, mes yeux fatigués allaient et venaient entre la carte et les fesses de ma passagère.

Deux ou trois fois par an, quand Robert vivait en Arizona, il m'expédiait un sac contenant deux bons kilos de pistaches fraîches. Il trouvait comique la tyrannie que la pistache exerçait sur moi. Eh bien, il existait une connexion évidente entre ces pistaches que je savourais au point d'en avoir presque les larmes aux yeux et le derrière stellaire de Marybelle.

Je me suis soudain aperçu que je ne m'étais pas débarrassé de la pièce de puzzle correspondant au Nebraska alors que je me trouvais maintenant plus de soixante-dix kilomètres à l'intérieur du Wyoming. Quand je me suis arrêté en cahotant sur le bas-côté de la route, Marybelle s'est réveillée en sursaut et a éructé « Connard ! », insulte qui m'était sans doute destinée. De l'autre côté du fossé il y avait un petit canal d'irrigation. J'ai lancé le Nebraska et sa minuscule image d'épi de maïs, qui ont gaiement dérivé sur ce cours d'eau créé par l'homme. Plissant les yeux, j'ai transformé ce fossé en un fleuve géant, devenant moi-même un faucon qui le survolait ou, mieux encore, un gobe-mouches comme le bouvreuil à crête noire, et puis les pieds de Marybelle ont été à côté de moi, et elle s'est assise dans le fossé d'irrigation. « Ouah, ça fait un bien fou à mon coup de soleil », a-t-elle dit.

J'ai levé les yeux et avisé un rancher qui passait au volant d'un vieux pick-up Studebaker. Nous avons échangé un signe de la main. Marybelle, maintenant allongée dans le fossé d'irrigation, a roulé plusieurs fois sur elle-même comme un marsouin. L'eau me semblait très froide, mais qui étais-je pour le dire ?

Un peu plus tard, nous avons pris le petit déjeuner à Shawnee, dans un *diner* devant lequel était garé le Studebaker, et le rancher, un petit bonhomme tout sec d'environ mon âge, a déclaré : « Y a rien à payer pour le bain matinal pris par votre dame dans mon fossé. » Je l'ai remercié et nous avons commencé à parler du prix du foin. Je n'avais jamais réussi à obtenir plus de trente billets pour une tonne de luzerne, voilà pourquoi j'avais acheté du bétail. Il m'a dit que le foin coûtait plus de deux fois cette somme dans la région, ajoutant qu'il était financièrement impossible d'élever des vaches si on ne cultivait pas son propre foin. Marybelle a dévoré six œufs frits et trois pâtés à la saucisse. La serveuse, une grosse femme d'âge mûr, n'en est pas revenue. Marybelle m'a désigné d'un signe de tête en disant : « Ce vieux crétin m'a empêchée de dormir toute la nuit et j'ai faim. »

Je me suis senti un peu gêné quand la serveuse et le rancher ont éclaté de rire.

MONTANA

J'ai mis le cap sur le Montana, rejoignant l'Interstate 25 après Douglas en direction de Casper et Billings au nord. Marybelle s'était transformée en pipelette surexcitée, téléphone portable au creux de la paume, prête à répondre. Quand je lui ai demandé d'où lui venait cette énergie soudaine, elle m'a dit que la saucisse aux œufs qu'elle venait de manger lui filait un « rush protéiné ». Je lui ai rétorqué que le petit déjeuner remontait à une demi-heure seulement et que ce n'était pas possible, à moins qu'elle ne soit une chienne, les chiens étant capables de métaboliser très vite les graisses comme les protéines. « Cliff, je connais très bien mon corps, merci, et je peux te dire que je suis en plein rush protéiné. »

Me rappelant que les disputes entre époux commencent souvent par des graines minuscules qui s'épanouissent instantanément en chênes gigantesques j'ai renoncé à plaider ma cause. Et puis je m'étais fait à l'idée qu'avec ma passagère je ne verrais pas l'« Amérique réelle ». Par exemple, j'avais oublié de signaler que le Wyoming, qui s'estompait dans le passé, est « l'État de l'Égalité », que l'alouette des prés est son oiseau, *Droits égaux*, son slogan, et le « pinceau indien », sa fleur sauvage, une fleur que j'aime depuis l'enfance.

Près de Douglas, Marybelle a appelé mon téléphone portable pour blaguer, mais il était éteint et enfermé dans ma valise, du coup la blague est tombée à l'eau. Très agacée, elle m'a gratifié d'un sermon sur l'éthique du téléphone portable.

« Cliff, un portable n'est pas un jouet. C'est un fabuleux miracle technologique dont nous bénéficions tous. C'est une arme cruciale contre notre solitude fondamentale.

— Je n'ai pas l'impression d'avoir jamais souffert de la solitude. » Je savais que j'aurais mieux fait de me taire, mais je n'ai pas pu m'empêcher de le dire.

« Conneries. Même si tu n'en as pas conscience, tu es totalement seul. Tu as erré autour de cette ferme comme une âme en peine. Je parie que tu parlais davantage à ta chienne qu'à ta femme.

— Le plus souvent, Vivian désirait parler de l'immobilier et peut-être un peu de son régime.

— Le vrai dilemme c'est : as-tu essayé de t'intéresser à ce qu'elle faisait ? Peut-être que l'immobilier est plus créatif que l'agriculture ?

— C'est tout à fait possible. » Je cherchais un moyen pour faire machine arrière.

« À cet instant précis tu es dans la mouise, et je crois que tu cherches confusément une solution créative à ton existence. Mais la cherches-tu vraiment ?

— J'ai quelques projets en tête, qui n'ont pas encore pris forme. » En jetant un coup d'œil derrière moi, j'ai constaté avec colère que Marybelle avait posé sa valise pile sur le puzzle.

« Décris-en un ! a-t-elle sifflé. Trouve-moi une seule pensée créative que tu as eue pour ton avenir !

— Eh bien, pendant que tu roupillais j'ai un peu gambergé. Depuis l'âge de douze ans j'ai passé presque tout mon temps à bosser. Ma mère, une vraie dame de fer, disait toujours : "Les mains oisives sont les outils du diable." Mon père, lui, était vraiment rigolo. Je me demande parfois comment ils ont bien pu faire pour s'entendre. Bref, un jour que je pêchais avec mon père sur la Jordan, nous avons regardé jouer une famille de loutres. Il m'a expliqué que les loutres étaient si intelligentes et habiles qu'elles n'avaient pas à trop se décarcasser pour trouver leur pitance. Du coup elles passaient leur temps à s'amuser, à dévaler les berges abruptes comme des gamins sur une luge et à taquiner d'autres créatures moins fortunées.

— Accélère un peu. Je comprends pas où tu veux en venir. »

Je voyais bien qu'elle s'énervait parce que nous approchions de Casper, la capitale de l'État, et qu'elle avait un excellent signal de réception sur son portable.

« Pendant que tu barbotais tel un marsouin dans ce fossé d'irrigation, j'ai observé deux corbeaux. Comme les loutres, ils ont la chance de pouvoir s'amuser souvent. Au même titre que les marsouins, d'ailleurs, d'après ce que j'ai lu. Ou que les gens, quand ils ne triment pas comme moi pendant quarante-huit ans. Ce matin au petit déjeuner j'ai donc eu une idée : je vais commencer à renommer les oiseaux d'Amérique du Nord et à changer le nom des États. Certains de ces noms me conviennent très bien, mais la plupart me semblent à côté de la plaque.

— J'arrive pas à piger ton putain de projet, espèce de cinglé. »

Marybelle a fait semblant d'être estomaquée, mais pas au point d'être incapable de composer le numéro de son amie de Minneapolis. J'ai quitté l'autoroute pour jeter un coup d'œil à la Platte River, car je n'avais aucune envie d'écouter leur conversation. Quand je suis descendu de voiture, elle a mis la paume sur le portable et m'a dit :

« C'est une idée intéressante, seulement je doute que ce soit commercialisable. »

La rivière se déplaçait de gauche à droite. J'avais envisagé de fixer ma petite barque de quarante-cinq kilos sur le toit de la voiture, mais elle était encombrante.

Ça allait pour les trajets brefs, jusqu'aux étangs et aux petits lacs du coin. Lola restait assise sur le banc de derrière, comme si nous accomplissions une chose incroyablement importante. Peut-être qu'elle avait raison. Je me suis éloigné un peu plus de la voiture pour m'épargner même la rumeur du bavardage. Les rivières et les fleuves émettent les sons que je préfère. Si j'avais emporté ma barque, j'aurais pu échapper à la confusion. Lorsqu'on rame on a tendance à ne penser à rien d'autre qu'au monde qui s'éloigne derrière vous. En regardant la rivière, je me suis mis à me demander qui nous sommes quand nous sommes seuls. Peut-être que nous comptons pour du beurre dès que nous cessons de nous frotter aux autres. Je me suis rappelé qu'à l'époque où je lisais Thoreau à la fac, j'avais découvert qu'il n'avait pas passé beaucoup de temps dans la cabane qu'il s'était construite près de Walden Pond. Mon père avait dû intervenir durant le printemps de mon année de seconde, période où je m'étais bien souvent isolé. J'avais le béguin pour la plus jolie fille de tout le lycée. C'était une nouvelle, la fille d'un prêcheur, arrivée avec ses parents au milieu de l'hiver. Son père, un fondamentaliste nazaréen, était un trop gros caillou pour rester longtemps sur la petite étagère de notre communauté. Tous les garçons du lycée couraient après Rebecca et il était inévitable qu'elle atterrisse entre les bras de notre meilleur athlète, un crétin brutal doté d'une grosse queue, ce que nous savions tous, les douches étant dépourvues de la moindre intimité. Bref, je me suis retrouvé seul avec Rebecca, suite au tirage au sort organisé pour constituer des équipes de deux à l'occasion du « jour de nettoyage de printemps » : nous marchions le long des routes avec de grands sacs à ordures afin de ramasser les déchets lancés par la fenêtre des voitures, le plus souvent des canettes et des bouteilles de bière. Tout le monde m'a considéré comme le garçon le plus verni de l'école parce que le sort avait désigné Rebecca pour bosser avec moi, une fille que tous les garçons appelaient en cachette A-C (Allume-Cigare) – mais jamais devant elle. C'était la mode des minijupes. Comme les parents de Rebecca lui interdisaient d'en porter, elle bravait cette interdiction en relevant ses longues jupes et en nous donnant à tous un aperçu de ce qu'on appelait communément la « terre promise », avec une absence de pudeur comparable à celle de Marybelle aujourd'hui. Quand Rebecca et moi avons été déposés sur le gravillon d'une petite route qui traversait un marécage, elle portait à ma grande déception un pantalon large adapté au dur labeur du ramassage des ordures. Je brûlais de lubricité, d'amour et de gêne, mais elle s'est montrée lointaine et paresseuse, me laissant effectuer seul tout le boulot car elle avait peur des araignées et surtout des serpents noirs. Dans l'herbe du bas-côté j'ai trouvé un bâton pour elle. Rebecca chantait des cantiques (« Tout comme je suis sans la moindre excuse... ») afin d'assurer sa protection contre les dangers de la nature. À un moment, elle m'a appelé pour me montrer au bout de son bâton une vieille capote usagée qui se desséchait sur le gravillon. Elle a levé les yeux au ciel en pouffant de rire, tandis que mon cœur me remontait dans la gorge. J'ai vécu l'apogée de mes fantasmes hormonaux alors que notre tâche touchait à sa fin. Rebecca s'est mise à hurler et à danser sur place en disant qu'il y avait des araignées qui lui remontaient le long des jambes. Elle a crié « Ne regarde pas ! », puis elle a baissé son pantalon jusqu'aux genoux, elle s'est mise à assener des claques sur ses cuisses, puis m'a fusillé du regard en sifflant « Casse-toi, connard », ce que j'ai trouvé plutôt étonnant pour une jeune bigote. Figé sur place, j'ai regardé aussi intensément que possible son mont de Vénus et les frisettes qui dépassaient de sa culotte blanche en coton. Elle a pivoté en me demandant :

« Y en a une sur mes fesses ? »

Je suis alors tombé à genoux, les yeux à quelques centimètres seulement de son derrière en forme de tulipe.

« Une toute petite », ai-je chuchoté en apercevant une minuscule araignée qui traversait l'arrière de sa cuisse.

« Tue-la ! » a-t-elle hurlé.

Ce que j'ai fait, d'un index tremblant. Et cet apogée de ma vie érotique balbutiante a pris fin.

Curieusement, les souvenirs affluent parfois par essaims entiers, comme des abeilles. Les souvenirs sont de toute évidence une chose qui nous appartient en propre. Rebecca a perdu sa virginité et s'est fait culbuter par cet athlète répugnant grâce au stratagème bien connu de la vodka-orange. Je me suis alors senti tellement désespéré que je ne supportais plus la moindre compagnie humaine. En ce mois de mai j'ai laissé tomber mes révisions en vue des examens de fin d'année, préférant me promener dans la forêt avec Fred, notre terrier bâtard. À la mi-juin, mon père m'a pris entre quatre yeux pour m'expliquer « les choses de la vie ». Il était en colère parce que je n'avais même plus envie d'aller pêcher le dimanche matin.

« Ne t'intéresse jamais à la plus jolie fille, me dit-il. Autant pisser contre le vent. De toute façon, c'est elle qui prend la décision. Si c'est pas toi qu'elle veut, y a rien à faire. En général, la plus jolie fille de la ville est une malédiction pour le type qu'elle choisit. »

Marybelle s'est soudain matérialisée derrière moi et je l'ai regardée avec les yeux d'un jeune lycéen de quinze ans. Papa avait eu tort de dire qu'on ne peut pas braquer son désir comme un fusil pendant la saison de la chasse au chevreuil. Le désir n'a rien à voir avec la logique. Par exemple, j'ai trouvé Marybelle très séduisante dans sa jupette bleu pâle, jusqu'à ce qu'elle déclare que son amie de Minneapolis avait « des dilemmes sexuels ». À partir de ce moment elle est devenue un zombie et le déjeuner m'a semblé être une meilleure idée que la plus grande baise de l'histoire de l'humanité. Me titillait sans cesse ce fantasme culturel qui voudrait nous convaincre qu'on peut séparer la baise et les baiseurs.

J'ai mangé seul à la taverne située dans la banlieue de Casper. J'ai promis de rapporter un sandwich à Marybelle qui venait d'avoir une soudaine intuition quant aux problèmes de son amie et babillait à nouveau dans son portable rose, les doigts de ses pieds nus tapotant contre le pare-brise. J'ai dégusté l'un des cinq meilleurs hamburgers de toute mon existence (deux cent cinquante grammes de viande premier choix non congelée) et j'ai écouté des cow-boys, des ranchers et des citadins, dont beaucoup picolaient encore en fin de repas, évoquer la situation politique. Au cours des deux ou trois dernières années, j'ai appris à être davantage attentif aux opinions délirantes des pochetrons qu'aux idées fumeuses des nababs des journaux et de la télévision. Les pochetrons sont parfois absurdes (« Halliburton refilera un milliard de dollars à George Bush dès qu'il aura fini son second mandat »), mais ils défendent des points de vue plus excitants, plus originaux, que les nababs qui sous-entendent toujours qu'ils bénéficient de sources inaccessibles au commun des mortels, même si ces sources secrètes n'ont apparemment rien de nouveau à nous apprendre. L'exception semblait être les rubriques de Frank Rich et de feu Molly Ivins, que mon fils Robert m'a faxées via l'agence immobilière de Vivian. Notre gouvernement me rappelait furieusement les confréries étudiantes que j'avais connues à l'université du Michigan. Les quatre-vingt-quinze pour cent des étudiants qui n'en faisaient pas partie, dont moi, n'avaient pas leur mot à dire. Il y avait très peu de communication, sinon aucune, entre ces deux mondes.

Quand j'ai apporté le sandwich de Marybelle (beurre de cacahuète et confiture de fraise), elle nageait dans le bonheur et la sérénité. Son amie allait nous rejoindre à Bozeman et retourner en voiture à Minneapolis avec Marybelle.

« Je crois qu'un long trajet en voiture fera le plus grand bien à Marcia. C'est vrai que notre voyage m'a requinquée. Je veux dire, dans le Minnesota, je restais assise sur mon cul, à m'enfiler des tranquillisants en cogitant sur mon avenir, et maintenant, bingo, me voici à Casper. »

Je me sentais parfaitement bien, le goût délicieux de mon super hamburger toujours en bouche, et je n'avais pas la moindre envie d'aborder de vastes « dilemmes ». J'ai adressé un signe de tête à un troupeau de bœufs Angus qui paissaient dans un pré pour les remercier en silence d'avoir si bon goût.

Montana II

« Ces lunettes de lecture me procurent des pensées plus profondes. »

Nous traversions une ville du Wyoming qui portait le nom bizarre de Kaycee. Marybelle était assise là à côté de moi, après avoir eu gain de cause à l'issue de notre première dispute sérieuse, parce que j'avais ressenti une profonde sympathie pour son mari. Elle jouait maintenant à la sténographe, les lunettes perchées au bout du nez comme s'il s'agissait de doubles foyers. En deux mots, elle tenait à m'aider dans mon « projet créatif » consistant à renommer les oiseaux et les États d'Amérique du Nord. Sa décision m'a mis en rogne, car cette petite distraction privée qui me permettait de supporter l'ennui du tracteur ou les semaines passées à tailler les cerisiers par les froides et venteuses journées de mars était pour moi une lubie que je partageais seulement avec Lola, laquelle se passionnait pour tout ce qui sortait de ma bouche.

« Wordsworth écrivait seul », avais-je avancé, peut-être la déclaration la plus hasardeuse que je pouvais faire – je ne me rappelais presque rien de Wordsworth, en dehors d'une image de lui avançant à grands pas dans la région des lacs anglais.

« Tu te fourres le doigt dans l'œil jusqu'au coude, mon petit. Sa sœur Dorothy était à ses côtés dès qu'il pondait le moindre vers.

— Oh, quelles conneries », avais-je fini par lâcher, quand bien même Marybelle, moins éloignée que moi de ses années de fac, se rappelait sans doute certains détails sur Wordsworth qui m'étaient sortis de l'esprit depuis belle lurette. Elle a ensuite abordé quelques sujets périphériques, comme Vivian le faisait toujours lors de nos querelles. J'associais cette tactique à celle des Indiens encerclant un convoi de chariots avant de foncer dans le tas pour scalper les malheureux pionniers qui souffraient déjà du choléra. Par exemple, si Vivian désirait se rendre à une soirée polka du samedi soir, et si elle devinait que je n'en avais pas envie, elle commençait par me reprocher de porter toujours la même tenue aux soirées polka (une chemise hawaiienne verte que Robert m'avait envoyée de Maui). Quand Vivian a grossi, sa voix est devenue plus fluette, se réduisant au genre de discours infantilisant souvent employé pour s'adresser aux chiots et aux bébés humains. Dès que le volume de cette voix augmentait pendant nos disputes, j'avais la chair de poule.

L'attaque de Marybelle, destinée à épuiser sa proie avant l'hallali a été plus sophistiquée. Elle a suggéré que j'avais appelé ma chienne Lola à cause du roman scandaleux de Nabokov, *Lolita.* J'ai répondu que non, et ajouté que ce nom venait d'une chanson ridicule, *Tout ce que Lola veut, Lola l'a*. Quiconque a jamais enseigné au collège ou au lycée sait que les gamines de quatrième sont de vraies pestes dans la cour de récréation, à mille lieues de la moindre préoccupation romantique ou érotique.

Changeant son fusil d'épaule, elle a alors dit que j'avais manifestement besoin d'une thérapie pour « me déconditionner » de ma profession solitaire de paysan. Elle-même avait suivi une thérapie pendant vingt ans, ce qui lui permettait de communiquer avec tout le monde, à l'exception possible de sa propre fille et de son mari. Marybelle a alors procédé à son attaque surprise en retournant à Dorothy Wordsworth, sans qui le poète n'aurait rien été.

« Nous ne sommes pas exactement frère et sœur, ai-je alors contré.

— Dès qu'ils sont dans la panade, les hommes parlent de sexe. J'appelle ça penser avec sa bite. »

Je me suis retrouvé piégé dans ce tourbillon irrationnel. Sentant la victoire toute proche, Marybelle a pris ses lunettes de pensée profonde, un minuscule calepin et un stylo orange en m'adressant une grimace de clown hilare. Mon imagination limitée a déserté les oiseaux et les États. Je me suis souvenu d'une matinée de mars où le monde septentrional était pris dans une boue glacée et où j'avais eu une conversation idiote avec Babe, ma serveuse bien-aimée. Nous avions commencé à nous chamailler à propos de la hauteur de la neige, car comme la plupart des gens elle se souvenait d'un passé imaginaire où, chaque hiver, le grand nord était submergé par la neige. Je m'étais alors rappelé un vers appris pendant mes cours de fac sur Shakespeare, que j'avais cité avec maladresse : « Tu n'as que la raison d'une femme, tu crois qu'il en est ainsi parce que tu crois qu'il en est ainsi. » La salle était soudain devenue silencieuse, les clients s'étaient arrêtés de manger leurs biscuits diététiques accompagnés de sauce à la graisse de saucisse. J'avais compris que ma citation prétentieuse venait de me foutre dans la merde. Le seul moyen de sortir de ce bourbier avait été d'offrir à Babe un Ipod pour qu'elle écoute sa musique country lors de ses promenades matinales. Sans ce cadeau, plus question de coucher ensemble, un acte qu'elle appelait « faire la bête à deux dos », une autre citation de Shakespeare, ce qu'elle ignorait.

Toutes ces sombres pensées avaient dégouliné sur le splendide paysage entre Casper et Buffalo que je considérais d'un œil morne, comme si mon humeur maussade avait repeint ces vertes collines et les monts Big Horn couronnés de neige. Nous avons trop bu avant le dîner, mangé des mauvais steaks accompagnés de laitue molle et, poussés par le désespoir, essayé de faire l'amour. Quand, debout dans les toilettes, j'ai appliqué mon onguent aux stéroïdes et enfilé trois capotes sur ma queue, toute ma spontanéité a disparu. Perdant toute fierté, ma quéquette a rétréci. J'ai quitté la chambre du motel et suis parti acheter un paquet de Lucky Strike, une habitude que j'avais abandonnée dix ans plus tôt. J'ai bu deux autres bourbons dans un bar en réfléchissant à la fragilité et à la bêtise de l'existence.

L'aube a point, brillante, claire et froide, un sacré soulagement après une semaine de grosses chaleurs. Marybelle, recroquevillée dans mon blouson doublé en jean, a loupé la frontière du Montana, sans doute à cause du somnifère qu'elle avait pris. Le Montana est l'« État trésor », l'alouette des prés occidentale est son oiseau, *Oro y plata* (Or et argent) sa devise, et la rose des sables sa fleur.

J'ai alors regretté de ne pas avoir fourni à Marybelle le moindre nom imaginaire d'oiseau ou d'État. Je m'étais claquemuré alors que j'aurais dû tourner ça à la blague. J'avais ruminé comme une vieille vache. Elle ressemblait maintenant à une sinistre môme à la Dickens, un auteur que mes étudiants détestaient à cause de son « pessimisme ». Mes rêves m'avaient agréablement excité. Lors de mon voyage de retour vers la santé mentale, la Sécurité intérieure des États-Unis m'avait empêché de traverser le Mississippi. Je n'arrivais plus à compter jusqu'à dix ni à épeler mon nom, et j'avais cette impression onirique que la vie elle-même était une énorme truie qui se vautrait dans un marécage tout proche du camp de chasse au chevreuil dans la péninsule Nord. Qu'est-ce que ça pouvait bien signifier, sinon que cette truie constituait l'évidence première et que le sens venait ensuite ? Quand j'étais au CP, j'avais tenu dans mes bras le porcelet d'une fillette, un animal que j'avais baptisé Patty et qui quelques années plus tard pèserait plus de deux cents kilos et se noierait la veille de Noël, la glace de l'étang s'étant brisée sous lui.

La froide clarté de cette matinée où un vent violent soufflait du nord me donnait l'agréable illusion que ma pensée était claire et froide. Je me retrouvais donc, à soixante ans, sans foyer vers où retourner, ce qui ne faisait pas de moi un cas isolé. Le temps nous convainc que nous faisons corps avec lui, après quoi il nous laisse sur le carreau. Mon foyer dépendait de la pérennité de mon mariage avec Vivian, et j'avais toujours cru que ce mariage durerait jusqu'à ma mort. Je croyais aussi que je l'aimais toujours, mais l'amour devient parfois aussi routinier que les travaux de la ferme. Je n'étais pas jaloux lorsqu'elle manifestait son désir sexuel pour un acteur de téléfilm. Mon amour avait-il donc décru ? Dr A disait que, vers la fin d'un mariage, on ressemble à un rat piégé dans une fosse septique.

Quand je me suis garé sur le parking du champ de bataille de Little Bighorn à la Crow Agency, Montana, j'ai secoué légèrement l'épaule de Marybelle qui, mine de rien, avait manifesté une très bonne connaissance de l'histoire américaine. Elle a regardé les pancartes du parking avec un dégoût somnolent.

« Custer était un paon sanguinaire qui maltraitait ses hommes, son épouse et ses chiens », déclara-t-elle avant de se rendormir promptement.

J'étais un vagabond solitaire sur ce champ de bataille. J'ai été surpris par les pancartes explicatives qui décrivaient avec précision à quel endroit chacun de nos soldats courageux, ou peut-être stupides, était tombé, quand bien même une erreur de quelques mètres n'aurait rien changé à l'affaire. Ayant moi-même échappé au service militaire, je m'étais toujours senti un peu gêné par des notions comme « obéir aux ordres », « *semper fidelis* », « la mort ou le déshonneur », ou encore « vivre libre ou mourir ». L'expression qui revenait le plus souvent dans les médias que j'évitais depuis peu était « un attentat à la voiture piégée ». J'étais beaucoup trop obnubilé par Marybelle pour me demander si notre Président actuel était une énième version des innombrables Custer qui, bon an mal an, ont souillé notre histoire. J'ai accordé la plus brève des pensées à cette question, lui préférant cette fiction florissante où Marybelle était au moins trois personnes à la fois et non une seule. Peut-être que nous sommes tous multiples, mais j'en doutais. J'avais certainement espéré que mon voyage adoucirait mon sentiment de perplexité, mais jusqu'ici c'était loin d'être le cas.

Toutes ces tombes sur la colline verdoyante m'ont ramené à l'idée qu'à mon âge, soixante ans, on peut tomber raide mort à tout moment. Pour reprendre le cycle des saisons, était-ce l'automne ou le début de l'hiver dans ma vie ? Mon blouson était trop court, je sentais le vent glacé contre mes reins. Juste avant mon départ, Dr A m'avait préparé à dîner. Il m'a avoué qu'il venait de descendre deux bouteilles de vins fins. Son ragoût était gluant. Je redoutais les conversations d'après dîner chez Dr A. Il s'envoyait volontiers un verre de calvados français, il s'installait dans son fauteuil Relax et jouait alors au vieux sage. Il disait des choses pleines de bon sens, puis lâchait une phrase qui vous faisait l'effet d'ouvrir votre congélateur et de tomber sur un rat musqué découpé en rondelles. Ce soir-là, il m'a déclaré : « Ton histoire est typiquement américaine. Tu perds la substance fondamentale de ton existence, ton épouse, ta ferme et ta chienne. Tu es complètement ratiboisé. À ton âge, tu ne vois pas quels nouveaux mondes conquérir, quelles grandes aventures tenter à mille lieues de chez toi. Pour la plupart des gens, la seule vraie aventure est l'adultère. »

Et voilà le travail. Sur ce champ de bataille désert et herbeux, j'ai repensé à mon enthousiasme pour le *Prélude* de Wordsworth quand j'étais étudiant de première année, mais me suis trouvé incapable de me rappeler le moindre vers de ce poème. C'était comme pour jouer au fer à cheval. Il faut s'entraîner sans relâche. J'apercevais à une centaine de mètres le sommet de la tête de Marybelle derrière la fenêtre de la voiture. Je n'étais pas certain de désirer retourner vers cette voiture, ce qui m'a ramené au douteux champ de bataille des vœux exaucés. Quand on attelle la biologie à l'imagination, on risque un sacré bain de boue. Quarante-cinq années de fantasmes sexuels se réalisent enfin et je me disais que j'aimerais bien aller pêcher.

Montana III

Je suis remonté dans la voiture en éclatant de rire. Après plus d'une semaine à transpirer, je tremblais comme si je venais de quitter ma cabane à glace sur Mullett Lake. Marybelle semblait avoir bien chaud dans mon blouson, mais avait la chair de poule sur ses jolies jambes (elle possédait un trampoline dans son arrière-cour). Je me suis servi une tasse de café clairet de la thermos, j'ai allumé une courageuse Lucky Strike et, après une bonne quinte de toux, je me suis plongé dans l'atlas. Le Montana était un État gigantesque, mais avec un peu de chance je serais débarrassé de ma passagère dans deux jours. En haut de la page, une rubrique informative révélait que le Montana était trois fois plus grand que le Michigan, mais comptait seulement un dixième de sa population, alors qu'en vérité presque toute la population du Michigan résidait dans le tiers inférieur de la moufle (la forme de cet État). Il est bien sûr difficile de tirer la moindre conclusion à partir des cartes ou des dizaines d'articles qu'enfant j'ai lus sur le Montana dans des revues de chasse et pêche, où un énorme grizzly à la gueule pleine de bave chargeait un minuscule chasseur dont le fusil ressemblait à un jouet dérisoire. À en croire la perspective saisissante de l'illustration, l'ours aurait dû peser deux tonnes et l'homme vingt-cinq kilos. Autre fait courant dans le Montana, l'histoire des pêcheurs paniqués dont le bateau plongeait malgré eux dans la cascade et qui se retrouvaient agrippés à des rochers situés en aval. S'ils survivaient, ils faisaient un feu avec des allumettes étanches pour se sécher en attendant que le ranger Rick les trouve. Bref, le Montana sauvage grouillait de périls horribles, même si les versions contemporaines de ces revues consacrées à la chasse et à la pêche incluaient des mots comme « sécurisé » et « mégafaune ».

En roulant vers le nord et Billings au volant de mon antique Taurus ballottée par le vent, j'ai repensé au dernier Noël de Robert à la maison, l'année précédant le désastre. Pour me faire plaisir, il était venu avec moi pêcher à travers la glace. Nous nous étions d'abord arrêtés chez un marchand afin de lui acheter une tenue de conducteur de scooter des neiges et des moon-boots pour qu'il ait bien chaud. Sans le foulard couleur aiguemarine qu'il portait autour du cou, il aurait ressemblé au classique pêcheur sur glace avec ses formes rebondies. Quand la glace du lac était assez épaisse pour qu'on puisse y pêcher, notre dîner de Noël incluait une friture de poissons (ouïes-bleues et perches). En milieu de matinée il faisait moins douze, mais j'avais allumé un petit feu dans la cabane à glace et installé le nombre légal de bouchons après avoir bien dégagé les trous. Robert et moi travaillions chacun notre tour, mon fils ayant toujours été fort comme un bœuf – il disait faire de la gym quatre fois par semaine.

Bref, le soleil est sorti des nuages en fin de matinée et Robert a mis les grosses lunettes à verres polarisés qui lui mangeaient la moitié du visage et lui avaient coûté cent billets. C'était un peu comme parler à un extraterrestre. La pêche était calme, ce qui nous laissait beaucoup de temps pour bavarder.

J'ai expliqué que le travail agricole était devenu moins agréable à cause des contraintes imprévisibles du marché. Après deux ou trois bonnes années, les griottes et les bigarreaux ne se remettraient jamais des plantations excessives d'il y a deux décennies, quand l'argent avait afflué dans ce secteur. Notre production dépassait de dix pour cent la demande du marché. L'élevage du bœuf se portait bien, mais surtout parce que nous avions décrété un embargo sur la viande d'origine canadienne à cause de la maladie de la vache folle. Robert m'a demandé quel était mon revenu net cette année, et je lui ai répondu d'un air gêné : « Dix-neuf mille dollars.

— Papa, m'a-t-il alors dit, c'est merdique. »

Un flotteur a soudain signalé qu'un poisson venait de mordre. Tout joyeux, Robert a remonté une grosse perche d'une trentaine de centimètres, son poisson préféré. Une fois calmé, il m'a soumis à un feu roulant de questions désagréables touchant à mes affaires, puis suggéré de mettre la ferme « en sommeil » pour reprendre l'enseignement. Je ne lui ai pas répondu : « Que ferait ma vieille Lola, toute la journée sans moi ? », je lui ai dit que je préférais avoir une tumeur au cerveau plutôt que de me remettre à enseigner. Robert a été irrité d'apprendre que Vivian n'investissait pas dans la ferme une part de l'argent qu'elle mettait de côté pour notre retraite. Nous avons laissé tomber ma situation catastrophique et il m'a raconté d'horribles mais très amusantes anecdotes sur le milieu du cinéma, les pressions insensées imposées par le marché, la manière dont, imitant l'agriculture, les gros bonnets inventaient des « récoltes » dont personne ne voulait. La vraie bombe est tombée à midi, alors que nous mangions nos sandwichs aux haricots blancs et aux oignons crus, quand il a reconnu que bon an mal an il gagnait chaque année plus de trois cent mille dollars. Je n'arrivais pas à croire que mon fils fantasque et révolté pouvait gagner autant. Il a ajouté que, puisque lui-même n'aurait sans doute pas d'héritier, je devais lui faire savoir quand j'aurais besoin d'argent. Sur le chemin du retour, nous avons fait halte dans une taverne de Boyne City où nous connaissions tout le monde et Robert a lancé à la cantonade : « Moi aussi je suis un pêcheur américain ! »

Tous les clients ont applaudi. Ils étaient au courant de ses goûts en matière de sexualité, mais Robert était « du coin ».

Alors que nous descendions sur Billings, Marybelle a crié « Maman ! » dans son sommeil. J'ai trouvé ça un peu inquiétant, toutefois j'étais trop impressionné par la Yellowstone pour m'en soucier. Cette rivière était incroyablement large. Les bassins fluviaux du Michigan étant de taille réduite, je n'avais pas l'habitude de voir des cours d'eau majestueux, sauf la fois où j'avais traversé le Mississippi à Minneapolis, quand nous avions accompagné le groupe des gamins d'éducation manuelle à la foire d'État du Minnesota, mais je n'avais pas fait très attention au paysage, occupé que j'étais à empêcher les amoureux qui se pelotaient de s'accoupler dans le car scolaire.

La taille de la Yellowstone m'a fasciné au point que j'ai raté la bifurcation pour Malta, heureusement un bref coup d'œil à la carte m'a permis d'envisager un plan B. Quelques kilomètres après Columbus, je me suis garé sur le bas-côté. J'ai enjambé une clôture, puis j'ai traversé un troupeau de génisses Angus pour descendre la colline jusqu'au fleuve, si bruyant et turbulent que je ne m'entendais plus penser. Je n'ai pas de point de vue particulier sur la religion, mais depuis que je suis gosse j'ai toujours considéré l'eau vive comme la meilleure chose que Dieu ait jamais créée. Enfant, quand j'ai commencé à pêcher la truite avec mon père, il me disait tous les jours que les dieux et les esprits vivaient dans les torrents et les rivières, une information qu'il tenait du copain chippewa de son propre père. Je n'en ai jamais douté. Où pourraient-ils vivre sinon ?

J'étais immobile dans les herbes hautes de la berge lorsque, croyant entendre le bruit de crécelle d'un serpent à sonnette, j'ai bondi. C'était en fait la sonnerie du téléphone portable que Marybelle tenait à ce que je garde en permanence dans la poche de mon pantalon large. Je l'ai pris, j'ai essayé de deviner quelle touche enfoncer, mon cœur battant toujours la chamade à cause de ce serpent imaginaire. J'ai dit « Allô », elle a aussitôt répondu « Le signal n'est pas bon » et a raccroché. Je lui ai adressé un signe de la main. Elle était appuyée contre la voiture, en train de boire du café. J'ai été tenté de balancer le portable dans le fleuve, mais il m'aurait alors fallu en racheter un autre.

En remontant la colline vers la voiture, j'ai pensé que je ressentirais peut-être un vide après avoir déposé Marybelle. Elle a souri, puis elle m'a surpris en entonnant une chanson d'une voix pure et haut perchée, une mélodie dont la fin a été noyée dans le vacarme d'un semi-remorque transportant un chargement de cuvettes de WC Kohler. Quelques minutes plus tard, quand nous avons fait halte à Reed Point pour le petit déjeuner, en fait un déjeuner précoce, parce qu'elle était « affamée », elle m'a expliqué que durant les deux années passées à Sarah Lawrence avant qu'elle ne plaque bêtement la fac, elle faisait partie d'une chorale de musique ancienne. Je lui ai répondu que j'admirais sa voix parfaitement placée et son talent rare pour chanter si bien sans accompagnement. N'ayant moi-même aucun talent en ce domaine, j'étais fou d'admiration pour ceux qui en avaient. Pendant que Marybelle mangeait ses six œufs accompagnés de saucisses et de pommes de terre, je lui ai parlé d'une adolescente potelée qui avait été mon élève en classe de seconde, lors de ma première année d'enseignement. Elle venait d'une famille très pauvre, c'était « de la racaille », comme les élèves méprisants surnommaient leurs camarades miséreux. Elle s'appelait Emma. Lorsque nous avons étudié Emily Dickinson, elle a timidement proposé ses propres versions des poèmes, que j'ai trouvées extraordinaires. Elle sentait en permanence les patates frites dans le bacon, plat qui selon moi constituait l'essentiel du régime alimentaire de sa famille. Au printemps cette dernière avait déménagé à Flint, vers le sud, dans l'espoir que le père y trouve du travail. Emma était alors sortie de ma vie. En juin, quand j'étais passé devant leur caravane délabrée installée à la lisière de la forêt d'État, la porte ouverte battait dans le vent. L'ambroisie, les orties et les chardons atteignaient un mètre de haut dans la cour.

Cette histoire a mis Marybelle dans tous ses états. Elle a déclaré s'identifier « profondément » avec Emma. Je n'ai pas vraiment vu le rapport entre elles, mais je n'ai rien dit. La colère de Marybelle a viré au rire au moment où, quittant le *diner*, nous avons remarqué dans l'entrée une affiche qui annonçait un festival de Reed Point appelé « La Course des moutons », une imitation évidente des courses de taureaux de Pampelune. Sur les photos, des hommes mûrs poursuivaient des moutons dans une ruelle tandis que les spectateurs buvaient de la bière. Marybelle a entamé une critique évidemment vipérine de Hemingway, puis y a renoncé pour entonner une chanson de l'Italie d'autrefois. Sa voix, non pas assourdissante, mais douce et harmonieuse, a contribué à m'apaiser, alors même que mon ventre et mes intestins étaient en si piteux état que j'ai dû sauter le déjeuner.

Dans le *diner* un homme nous a expliqué que le fleuve devait son immensité à la neige qui fondait dans les montagnes, un phénomène accéléré par la récente vague de chaleur. Il nous a conseillé de visiter un parc situé de l'autre côté du fleuve. Je me suis senti un peu nerveux en franchissant le pont, car j'ai soudain douté de sa solidité, puis j'ai été plus qu'heureux d'apercevoir des toilettes mobiles. Force est de reconnaître que Marybelle a remarqué mon état pitoyable. Plus tôt dans la matinée, je m'étais fait réchauffer un hot-dog au micro-ondes du « Festin Nucléaire », le snack-bar de la station-service où je m'étais arrêté faire le plein. Hot-dog qui m'attaquait maintenant les boyaux. Entre deux voyages aux toilettes mobiles, je suis donc resté allongé sur un sac de couchage à boire des litres d'eau. À ma requête, Marybelle a continué de chanter ses airs anciens, accompagnée par la musique turbulente du fleuve qui coulait devant nous. J'ai salué un peuplier flottant qui passait sous nos yeux à grande vitesse, avec un groupe de corneilles perchées sur l'écorce pour un voyage gratuit. Marybelle consultait régulièrement son portable dans l'espoir d'y repérer un signal, mais par bonheur pour moi il n'y en avait pas.

Mes pensées, légèrement perturbées par mon état semi-fiévreux, sont étrangement retournées vers la pêche à travers la glace avec Robert. Il avait déclaré qu'une partie de l'angoisse névrotique ressentie par les acteurs et les actrices venait du fait qu'ils n'écrivaient pas leurs propres répliques. Ils étaient de simples accessoires pour le travail d'un autre. Quand le scénario était bon, tout le monde était content. Quand le scénario était mauvais, le chaos régnait, même si les meilleurs éléments de cette profession réussissaient dans une certaine mesure à tirer leur épingle du jeu malgré la platitude de leurs dialogues. Ce qui me tracassait, allongé sur le sac de couchage à écouter Marybelle et le fleuve, c'était qu'à mon corps défendant mon propre scénario, comme celui de presque tous mes semblables, avait été écrit à l'avance.

Montana IV

Je n'ai pas pu reprendre la route avant le milieu d'après-midi. Comme chaque fois que je tombe malade, même sans gravité, mes neurones ont un peu lâché. Dans ma jeunesse, les seules occasions où ma mère se montrait douce, tendre et aimante, c'était quand j'étais malade. Lorsque j'ai attrapé la rougeole, elle est devenue pour moi une vraie sœur de la compassion et de l'amour éternels. Quand j'étais frais et dispos, elle jouait ce rôle avec mon petit frère. Papa disait en blaguant que « Greta de Fer » avait été fabriquée dans une forge. L'an dernier, à notre bureau de vote de Grange Hall, une vieille dame toute fragile d'à peu près quatre-vingt-dix ans m'a dit pour me taquiner que dans les années cinquante, là-bas à Mancelona, elle avait eu « le béguin » pour mon père. Je lui ai répondu en riant que j'espérais qu'ils avaient passé du bon temps ensemble. Lorsqu'elle est sortie en chancelant avec sa petite-fille renfrognée qui arborait un anneau dans la narine, elle a pouffé de rire et lâché que mon père était « un sacré chaud lapin ».

Je ne pouvais pas laisser Marybelle conduire, à cause des coups d'œil incessants qu'elle lançait à son portable pour voir s'il manifestait un quelconque signal. Au cours des trois heures passées au bord du fleuve à Reed Point, elle parlait d'elle-même comme de l'infirmière Nancy. De retour dans la voiture elle est devenue cassante et irritable. C'est sur l'aire de repos où nous nous étions arrêtés pour qu'elle puisse faire pipi que j'ai eu l'illumination : elle était le croisement entre deux femmes que j'avais ardemment désirées pendant des années. J'aimais sans partage toutes les femmes des pubs télévisées pour lotion corporelle, et en particulier le mannequin de chez Jergen. Mais ma préférée absolue était une jeune femme flanquée d'un setter irlandais, dans une pub pour matelas que Lola appréciait aussi beaucoup à cause du chien. Marybelle m'apparaissait soudain comme la fusion de ces deux sources de lubricité. Je me suis alors demandé si la télévision rendait ma lubricité artificielle. Mon ami Dr A disait que la sexualité dans une société non traditionnelle allait toujours au plus offrant. C'est comme un match de tennis sans filet dans une fosse pleine de gravier. Mais toute cette belle sagesse était relativisée par ce que je venais récemment d'apprendre sur Dr A au téléphone, au sud de Minneapolis : il aurait exigé d'une femme qu'elle pisse dans son chapeau. D'où lui venait donc cette lubie ?

À Big Timber, je me suis retrouvé dans une belle panade. J'ai bifurqué vers le nord sur la 191 pour me diriger vers la toujours lointaine Malta. Après avoir franchi un pont qui enjambait la Yellowstone, nous nous sommes garés car un peu plus loin Marybelle risquait de perdre son signal. Son premier appel à Minneapolis l'a fait fondre en larmes. Le mari de sa chère amie venait de lui apprendre que cette « sœur » était entrée en clinique à cause d'une grave dépression, et qu'elle était pour l'instant injoignable. Convaincu de pouvoir roupiller durant ce que je pensais être une longue conversation sur les « dilemmes », j'avais fui la voiture. Je me sentais aussi légèrement merdeux, sachant que l'appel suivant serait destiné à la fille et à l'époux de Marybelle, occupés par leurs fouilles près de Malta. Marybelle m'avait appris que ces recherches étaient assez éloignées de l'intérêt que son mari portait à un éventuel cannibalisme autochtone, mais qu'il aidait un ami de l'université du Nebraska qui se battait toujours pour décrocher un poste de professeur titulaire.

L'air s'était bien réchauffé et il y avait une généreuse éclosion d'éphémères au-dessus des eaux brunes et barattées de la Yellowstone. Une centaine d'hirondelles fondaient du ciel pour gober ces insectes. Il est impossible de regarder voler une hirondelle sans désirer en devenir une, au moins pour un moment. Au sud-ouest se dressaient les monts Absaroka enneigés, et au nord-ouest les Crazy Mountains aux pics couverts d'un capuchon crémeux. Je m'étais dit que lors de ce voyage j'escaladerais la première montagne de ma vie, même si je devais me renseigner sur les chaussures adéquates et autres détails.

Ma sueur était fraîche et j'avais la tête qui tournait un peu quand j'ai allumé une cigarette, habitude à laquelle j'avais pu renoncer en abandonnant l'enseignement. À cette époque, les professeurs qui fumaient descendaient dans la salle de la chaudière pour tirer deux ou trois bouffées rapides entre les cours. N'en déplaise à ceux qui considèrent le fait de fumer comme à peu près aussi grave que le viol d'enfant, en griller une est parfois une activité contemplative. J'ai soudain regretté mon atelier, un appentis qui jouxtait la grange, et la cabane où les vaches mettaient bas. J'ai eu un mal fou à laisser derrière moi mes outils, en vue de la vente aux enchères. Le seul que j'ai emporté est le marteau préféré de mon père. Il y avait là toute une quincaillerie sentimentale : la moitié d'une paire de tenailles jadis adorée, un tendeur de clôture brisé, un arrache-clou, un fer d'herminette, un pot plein de peinture mais sans étiquette, un bocal rempli de clefs, des vieilles bougies de moteur dans une boîte à fromage en bois fabriquée dans le Wisconsin qui avait autrefois contenu un cheddar vieux de trois ans, une conserve en fer-blanc bourrée de mèches de lampe à pétrole, un tonnelet de clous tordus que j'avais eu l'intention de redresser pour les réutiliser. Un jour, j'avais trouvé une boîte à tabac Prince Albert remplie de photos cochonnes que le père de Vivian avait cachée au fond d'un tiroir. De vieilles photos érotiques où l'on voyait des femmes très grasses en bas noirs. Je ne peux pas dire qu'elles m'ont fait beaucoup d'effet.

J'avais dérangé les hirondelles, mais au bout d'un quart d'heure elles ont décidé que j'étais inoffensif et recommencé de rapporter des insectes à leur progéniture. Je me demandais depuis un bon moment si à soixante ans je n'étais pas trop vieux pour changer de vie, même si en tout état de cause je n'avais pas le choix. Ma vie avait déjà connu un bouleversement radical quand, vers trente-cinq ans, j'avais renoncé à l'enseignement. Je pensais subir cette épreuve sans encombre, mais ça n'avait pas été le cas. J'étais seulement un membre de ma génération innombrable de hippies et de futurs yuppies qui avait une théorie et l'avait mise en pratique. Écœuré par les livres et par l'enseignement, j'avais simplement voulu vivre la vie « naturelle » du paysan, laissant s'éteindre en moi la vie de l'esprit. Au cours des années soixante-dix et quatre-vingt, l'afflux des citadins qui désiraient eux aussi connaître la vie à la campagne, sans se douter une seconde que l'agriculture ou l'élevage étaient aussi techniques à leur manière que l'ingénierie électrique, m'a amusé. Ils écoutaient Neil Young, que j'appréciais, mais moi je savais faire tourner une ferme. Le mois dernier, j'ai balancé huit salopettes bien usées, n'en gardant que deux, et trois Carhart doublés.

L'ignoble sonnerie de mon portable a retenti. Je l'ai regardé quelques secondes comme si je tenais une crotte de chien, avant de répondre.

« Où es-tu quand j'ai besoin de toi ? s'est écriée Marybelle, d'une voix si stridente que le haut-parleur du téléphone a failli disjoncter.

— Je suis un troll sous un pont, tu sais, comme dans *Les Trois Petits Lutins*.

— Mais qu'est-ce que tu racontes, espèce de vieux con ? a-t-elle hurlé.

— Je suis sous le pont et j'observe les hirondelles.

— Mon amie est au bord du suicide à Minneapolis, et mon fils est dans le coma en Namibie à cause de la malaria. Au secours ! »

Et ainsi de suite. Comme enseignant, je n'avais jamais été de très bon conseil, convaincu que tout le monde était submergé par ses problèmes et condamné à ne jamais refaire surface. Deux décennies plus tard, je ne m'étais pas amélioré. Par bonheur, la Route 191 entre Big Timber et Malta, environ trois cent cinquante kilomètres d'asphalte, offrait la plus belle vue que j'aie jamais contemplée d'une voiture. Quelle bonne nouvelle de laisser derrière nous les Alpine Crazies et les Absaroka, qui me faisaient penser à la Suisse et donc à Heidi ou à *La Mélodie du bonheur*. Je préférais les pâtures ondoyantes, où la première vache venue serait heureuse de vivre sa brève existence loin des sommets des hautes montagnes qui hérissaient l'horizon. Les Hereford que des années plus tôt j'avais possédées étaient trop paresseuses pour gravir la pente d'une colline vers une herbe de meilleure qualité, et j'ai pensé que c'était une des raisons pour lesquelles cette race n'était guère populaire dans la région.

Deux ou trois heures plus tard nous avons franchi Judith Gap, et Marybelle a décidé qu'elle serait de meilleure humeur si nous faisions l'amour. En partant de Big Timber, elle s'était envoyé le même type de tranquillisant que Vivian en cas de déprime, du Zoloft. Sans beaucoup d'enthousiasme, j'ai quitté la grand-route pour m'engager sur un chemin de ranch qui montait vers des collines, puis je me suis garé près d'une pâture et d'un bosquet de trembles. Nous avons franchi à pied une barrière à bétail tandis que Marybelle se débarrassait de sa tenue estivale pour se retrouver en tennis et petite culotte. Elle a soudain piqué un sprint vers le sommet de la colline, à travers le bosquet de trembles, et je me suis rappelé qu'au lycée elle avait été une star de la cendrée. Comme je n'avais aucune chance de la rattraper, je suis allé chercher mon appareil photo dans la voiture et j'ai pris des photos de trois taureaux charolais qui, de l'autre côté de la clôture, me fusillaient du regard. Un quart d'heure plus tard environ, une femme âgée est arrivée à cheval avec deux chiens, des bergers australiens à mine patibulaire. Elle m'a dit qu'il s'agissait d'une propriété privée en me montrant un trait de peinture rouge sur le poteau. Je me suis excusé, puis j'ai répondu que dans le Michigan nous utilisions des pancartes. J'ai ajouté que ce trait de peinture rouge était plus agréable à l'œil que les pancartes « Propriété privée ». J'ai alors expliqué que ma petite amie avait filé en haut de la colline, avant de demander à cette dame si elle pouvait aller y jeter un coup d'œil. Nous apercevions Marybelle à plus d'un kilomètre de nous, tout en haut de la colline escarpée, au-delà des trembles, dans un pré. Cette femme et ses chiens ont démarré à une vitesse inquiétante. Ils sont revenus dix minutes plus tard, avec une Marybelle à demi nue et hilare derrière la femme ulcérée, qui m'a dit : « Vous devriez avoir honte de la maltraiter ainsi, espèce de vieux dégueulasse. » Je n'ai rien trouvé à répondre pour ma défense.

Nous avons atteint Malta au crépuscule, après avoir parcouru deux cent cinquante kilomètres époustouflants depuis Lewistown. Quand nous avons traversé la rivière Missouri, j'ai chanté *D'une rive à l'autre du vaste Missouri*, ce qui a amusé Marybelle, laquelle était d'excellente humeur depuis son sprint jusqu'au sommet de la colline. Le seul vers de la chanson que je connaissais était celui du titre. J'ai aussi photographié un aigle doré perché sur un poteau de clôture à moins de dix mètres de moi.

Je me sentais encore un peu patraque à cause de la saucisse pourrie mangée à l'aube, un inconfort renforcé par la perspective de rencontrer le mari et la fille de Marybelle, Daniel et Sara, tandis que nous approchions de Malta. Qu'allais-je leur dire ? Ravi de faire votre connaissance ? Nous avons trouvé le petit motel miteux et de vieux 4×4 boueux garés devant. Un groupe composé d'hommes et d'une seule jeune fille était assis dans l'herbe autour d'un modeste feu de camp.

« Maman ! » a crié la fille en courant vers la voiture, suivie d'un homme de petite taille en vêtements kaki. Tous trois se sont embrassés. Je suis resté debout, immobile, comme fasciné par le moustique tout proche de mon nez. Nous avons été présentés. Le père et la fille se sont montrés directs, amicaux, ce qui n'a pourtant pas apaisé le tumulte qui régnait dans mon esprit et dans mon ventre. Daniel et Marybelle se sont éloignés dans une ruelle. J'ai dit à leur fille que j'avais besoin de boire un verre. Elle m'a montré un bar de l'autre côté de la rue.

« Vous avez toujours été le professeur préféré de maman, a-t-elle dit.

— J'espère que ton frère va mieux, en Afrique », ai-je faiblement répondu, incapable de trouver une réplique plus adéquate. Nous étions à la porte du saloon et je mourais d'envie de boire un double whisky.

« Je n'ai pas de frère. » Elle a marqué une pause avant d'ouvrir la porte. « Quand j'avais trois ans, papa et elle ont vécu séparés pendant un an. J'ai habité le Kansas avec papa, elle est partie pour New York. Elle a dit à papa qu'elle avait eu un avortement et depuis ce jour-là je suis gratifiée d'un frère imaginaire. »

Je me suis envoyé un double whisky tout en digérant ces informations. J'ai pensé qu'il y avait sans doute anguille sous roche à Bozeman. J'avais raison. La cousine censée lui donner une voiture à Bozeman n'existait pas non plus. « Environ une fois par an, maman pète les plombs. Papa le supporte. Il vient d'une famille quaker, jamais il n'envisagerait de divorcer. En comparaison des autres couples d'universitaires que je connais, ils ne sont pas si malheureux que ça ! »

Elle a compris que j'étais complètement décontenancé et a posé la main sur la mienne. J'ai mangé un cheeseburger médiocre (viande décongelée), puis nous avons fait quelques parties de billard. Elle était un peu plus petite que Marybelle et très jolie. Elle m'a confié qu'elle avait plusieurs petits amis, mais qu'à l'automne elle entrait au MIT grâce à une bourse de doctorat. « J'aime les pierres, dit-elle. Naturellement, je me fais du souci pour papa et maman, mais ils pratiquent cette danse depuis vingt-deux ans. »

Elle m'a interrogé en détail et, quand je lui ai dit que j'avais encore à peu près quarante-cinq États à parcourir, elle a lâché : « Cool. »

J'étais un peu éméché lorsqu'elle m'a raccompagné au motel, de l'autre côté de la rue. Ils avaient réservé pour moi une chambrette au sol couvert de linoléum. Ça m'a rappelé mon enfance. J'ai adoré.

Idaho

Je me suis réveillé à trois heures du matin en respirant l'odeur désagréable de bourbon et d'oignon qui venait de ma bouche. J'avais une érection agaçante, alors que je désirais seulement être un moine reclus dans une cellule fraîche lisant un texte latin à la lueur d'une bougie. J'ai lutté pour retrouver mes esprits et chasser l'image du fils de Marybelle plongé dans le coma de la malaria en Afrique noire, ou celle de sa riche cousine désagréable qui se demandait si elle devait vraiment donner sa vieille voiture à Marybelle. Comment nous débarrasser pour de bon du mensonge ? Hier en fin d'après-midi, quand je me suis arrêté prendre de l'essence à Lewistown, j'ai lu dans le journal de Great Falls un article qui disait que quatre-vingt-cinq pour cent de nos troupes en Irak croient que Saddam était derrière le 11-Septembre, même s'il est prouvé que c'est entièrement faux.

En buvant trois verres d'eau froide qui m'ont fait mal à la poitrine et à la tête, j'ai ressenti le désir violent de lire des livres. Une émotion oubliée depuis l'époque où, trente ans plus tôt, je croyais encore que les livres me sauveraient peut-être la vie. C'était avant que je renonce à enseigner et décide que, si jamais je lisais encore un livre du calibre de *Publicités pour moi-même* de Norman Mailer, ma tête allait exploser comme celle de John Kennedy. Je me suis recouché après avoir regardé par la fenêtre vers le sud, espérant apercevoir l'étoile Delta Corvi, cachée par un haut massif de lilas. Au lieu de quoi j'ai revu l'image de Marybelle courant en petite culotte vers le sommet de la colline, ce qui a redonné un peu de tonus à mon absurde érection. Je me suis seulement autorisé un sourire en me rappelant que j'étais désormais affranchi de sa présence.

C'était presque le cas, mais pas tout à fait. Peu après cinq heures du matin, à l'heure où les premiers oiseaux se mettent à gazouiller, j'ai discrètement quitté ma chambre. Il y avait de la lumière dans les trois autres chambres. Au moment où j'ai posé la main sur la portière de ma voiture, Marybelle est sortie de l'ombre avec un gobelet en plastique contenant du café bien fort. J'ai senti l'odeur du café avant de voir Marybelle.

« Ces putains d'androïdes se lèvent tôt, a-t-elle dit en riant. J'espérais que tu resterais ici une journée pour visiter les fouilles. Tu sais que tu es vieux et que Daniel ne se sent pas menacé par toi.

— J'ai enfin compris que c'est toi qui tires sur tout ce qui bouge, pas lui, dis-je en blaguant.

— On peut voir les choses ainsi. Ta queue va me manquer, à défaut de tes conseils à la con. Et puis débrouille-toi pour que ton portable reste chargé et allumé. Ce bidule te sert à pouvoir le charger dans ta voiture avec ton allume-cigare. Je sais que je vais avoir besoin de te parler. »

La lumière montait rapidement. Sara est sortie en chemise de nuit. Elle m'a tendu un autre gobelet plein de café, plus une tortilla et des haricots dans une serviette en papier. J'ai embrassé la main chastement tendue de Marybelle. Sara a levé les yeux au ciel. J'ai remarqué que sous la chemise de nuit ses tétons pointaient un peu plus fièrement que ceux de sa mère, puis je suis parti au volant de ma voiture en pensant avec futilité que la sexualité ne peut rien pour la condition humaine. Peut-être devrais-je rejoindre New York pour communiquer cette information cruciale aux Nations unies.

J'ai roulé vers l'ouest sur la Route 2 tandis que le soleil se levait dans mon dos et j'ai entendu ma mère glapir de sa voix furieuse et métallique : « Comporte-toi en garçon de ton âge ! »

Un bref coup d'œil dans le rétroviseur a révélé un visage qui m'a rappelé celui que j'avais après dix jours de gnôle et de parties de poker au camp de chasse au chevreuil. J'avais les yeux cernés comme si je venais d'enchaîner plusieurs enterrements. Dr A aimait évoquer le cas si fréquent d'hommes âgés qui tombaient raides morts en pleine aventure adultérine. Avec sa rudesse habituelle, il m'avait dit que Vivian m'avait quitté pour des raisons en partie biologiques, Fred semblant être un bailleur de fonds plus efficace pour l'hiver imminent de mon ex. Vivian n'était pas le genre de femme à garder une cave pleine de rutabagas, de pommes de terre et de carottes comme ma mère, qui faisait aussi trop de conserves de tomates et mettait trop de pommes à sécher. Vivian croyait à l'argent déposé à la banque, mon point faible. Dr A, qui frôlait en permanence la banqueroute, disait qu'il attirait les femmes à cause de ce mythe du médecin riche. On ne peut pas lutter contre la biologie, insistait-il, et je suis tombé d'accord avec lui, car je venais de sacrifier beaucoup de choses pour le seul plaisir de ma bite.

Souffrant un peu de ma solitude retrouvée, j'ai mis une station de radio afin de me tenir compagnie, mais j'ai aussitôt éteint quand j'ai entendu l'expression « attentat à la voiture piégée ». J'ai jeté un coup d'œil vers le siège du passager, le nid désormais vide de Marybelle, et j'ai ressenti un doux soulagement mêlé à la sueur due aux piments de la tortilla et des haricots de Sara. Cette fille penchée au-dessus de la table de billard, le derrière relevé comme le cul d'une chatte, m'avait semblé merveilleuse. Arrête ça, me suis-je dit. Sara avait passé au Mexique la moitié de sa première année de fac, et elle a déclaré qu'elle comptait bien y retourner après la fin de ses études. Quand je lui ai demandé pourquoi, elle m'a répondu qu'on ne pouvait pas évoquer le Mexique en jouant au billard à Malta, Montana, et que je devrais aller y faire un tour en voiture quand je serais en Arizona. Elle trouvait mon projet « dément » mais aussi « séduisant » ; lui plaisait surtout mon puzzle, que j'utilisais comme un guide aussi valable qu'un autre pour la vie.

Mes récriminations dues à mon comportement avec Marybelle n'étaient pas assez fondées pour durer longtemps. Quand la partie éthique de mon cerveau disait « Honte à toi » avec la voix de ma mère, j'entendais aussi mon père évoquer le chien de son enfance, qu'il avait surnommé Ralph le Brave. Un jour, son propre père avait tué un ours de taille moyenne surpris en train de dévorer un cochon de lait, Ralph s'était rué sur la bête et avait perdu une oreille dans le feu de l'action, ce qui lui donnait un air asymétrique. Ralph rapportait les canards et les grouses, il tenait les ratons laveurs à l'écart du jardin, il dénichait les chevreuils blessés et, lorsqu'il est mort, à l'âge de quatorze ans, la plupart des chiens du village l'imitaient. Ralph était assez massif, mais trop méfiant pour accomplir de grands exploits. Il y réfléchissait à deux fois avant de se lancer. Je n'ai jamais vraiment cru mon père quand il racontait que Ralph, qui ne mangeait pas les fruits tombés de l'arbre, grimpait dans les pommiers parce qu'il aimait les meilleures pommes. Ou que Ralph a un jour attrapé une grosse truite brune en train de frayer, sauvant ainsi la vie de mon père qui s'était perdu une nuit en forêt et allait mourir de faim. Je ne doutais jamais de ce que disait mon père, mais je lui ai quand même demandé comment on pouvait mourir de faim en une seule nuit. « Je ne m'intéresse pas à ce qu'on croit être la vérité, m'a-t-il alors répondu, mais à ce que je ressens, et cette nuit-là j'ai eu si faim que j'aurais pu bouffer le cul d'une truie. J'ai fait griller cette énorme poiscaille et je l'ai partagée avec Ralph, qui était fier d'avoir fourni le dîner. Il a engendré une portée de chiots avec une petite femelle errante qui s'est planquée dans un trou sous le grenier à grain. Un matin, Ralph a rapporté un faon qu'il avait tué, et tu aurais dû voir les chiots se jeter dessus. Leur jolie petite gueule était toute rougie de sang. »

Lorsque j'ai fait halte pour déjeuner à Browning dans la réserve indienne Blackfeet, je me suis rappelé combien les cheminots semblaient plus drôles et heureux que les paysans. Alors que j'entrais en ville, j'ai vu un jeune Indien courser une fille montée sur un gros poney. Ce gamin courait vite, mais il n'a pas réussi à la rattraper. En guise de déjeuner, j'ai mangé un délicieux morceau de pain grillé avec des haricots blancs. Les larmes m'ont envahi les yeux sans que je comprenne pourquoi. J'aimais bien préparer une potée de haricots, mais maintenant je n'avais plus ni cuisine, ni chienne, ni épouse, ni ferme. J'ai soudain ressenti la même chose que, gamin, quand j'avais fait mon premier trajet en ascenseur vers le rez-de-chaussée, à Grand Rapids. Qui et où était le conducteur ?

J'essayais de rassembler les derniers haricots quand le téléphone a sonné au fond de ma poche.

« J'ai besoin de toi, a-t-elle dit.

— Ça fait une sacrée trotte vers l'ouest, pour me rejoindre. » Mes larmes m'avaient mis un chat dans la gorge.

« C'est pas drôle, Cliff. Tu ne vas quand même pas m'abandonner à Malta. »

J'ai coupé la communication, l'écran minuscule s'est éteint. J'ai levé les yeux et avisé la serveuse dodue à peau foncée que mes larmes rendaient perplexe.

« Mon chien vient de mourir, ai-je dit.

— Quand le mien a été abattu parce qu'il tuait des poulets, ça m'a foutue par terre. »

Elle m'a tendu mon addition, puis tapoté le crâne. J'étais tout bonnement le énième Américain débile en liberté. J'ai rallumé le téléphone portable. Marybelle avait peut-être des serpents invisibles plein les cheveux, mais elle constituait mon seul contact humain dans le vaste Nord-Ouest. Le téléphone a aussitôt sonné.

« Plus jamais, plus jamais, n'éteins plus jamais ton portable.

— J'ai dû me gourer de bouton.

— Espèce de saloperie de menteur. J'ai besoin de toi. Tu me plais. C'est peut-être parce que j'ai toujours des dilemmes non réglés avec mon père et qu'il n'est pas beaucoup plus vieux que toi.

— Marybelle, tu racontes vraiment n'importe quoi. » Le rouge de la gêne venait de me monter aux joues.

« Tu n'as jamais essayé de me raconter des bobards. Tous les autres le font et ils se prennent une baffe. L'un dans l'autre, tu es plutôt gentil. Un peu lent, mais gentil.

— Merci.

— À plus. »

Elle a raccroché et j'ai continué vers l'ouest, mais devant le contraste frappant avec la beauté improbable de l'extrémité sud de Glacier Park je me suis mis à me lamenter sur mon sort : « Pauvre de moi ! » C'est ce que disait papa quand il se cognait l'orteil, emmêlait sa ligne en pêchant à la mouche, ou lorsqu'il lui manquait de l'argent pour aller boire une bière et que ma mère refusait de lui donner le moindre sou. « Pauvre de moi ! » Ce n'était pas un grand lecteur, mais de tous les personnages de roman, son préféré était l'âne Eeyore de A.A. Milne. Un jour de mon enfance, nous étions au saloon pour manger des hamburgers après la pêche, papa avait une jolie femme sur chaque genou, et il a dit : « Tout ce que je récolte, c'est des chardons. »

Je me suis bientôt demandé comment il arrivait à trouver marrantes tant de choses atroces, par exemple la mort de mon frère dans la mer cruelle. Il a bien sûr pleuré, mais il a ensuite répété à qui voulait l'entendre que ceux qui aiment l'eau devraient avoir le privilège de mourir dans l'eau. J'étais quant à moi au trente-sixième dessous. Un paysan a toujours un avenir devant lui : son boulot de paysan. En hiver, donner du foin à ses bêtes. Il faut secouer les cerisiers, pour ne pas laisser les fruits pourrir sur l'arbre. J'ai contemplé le vide de mon avenir avec davantage de terreur que lorsque je vivais dans la tourmente avec Marybelle.

Toujours sur la Route 2, je suis entré dans le long cou de poulet du nord de l'Idaho. J'ai balancé dans la rivière Kootenai la pièce du puzzle représentant le Montana. Quant à l'Idaho, il était rouge, on le surnomme l'« État joyau », sa devise est *Esta Perpetua*, Le seringa est sa fleur, et l'oiseau bleu de montagne, son oiseau, que j'ai vu dans un buisson à moins de trois mètres de moi lorsque je me suis arrêté pour pêcher. Je me disais que, si j'attrapais un poisson, je me hisserais à un niveau supérieur de l'existence. La pêche m'a toujours offert une bonne dose de sérénité, elle me fait davantage d'effet que le Valium et le Zoloft que prend Vivian pour apaiser des souffrances non précisées.

J'ai noué une mouche baptisée *wooly bugger* et attrapé une truite arc-en-ciel trop petite. De toute façon je n'avais plus de poêle à frire, car j'avais envoyé mon vieux poêlon Wagner bien-aimé à Robert, qui louchait dessus depuis belle lurette. J'avais oublié mes waders et je n'ai pas pu atteindre une partie du plan d'eau couverte de risées où je savais que les gros poissons se planquaient. Il y a un an, j'ai un jour pêché quatorze heures d'affilée pour me remettre d'une querelle entre Vivian et Robert, qui était de passage, à cause du bouquin intitulé *Da Vinci Code*. Robert méprisait ce livre pour des raisons esthétiques, et Vivian l'adorait parce qu'on y voyait Jésus profiter de Marie-Madeleine comme n'importe quel autre type. Vivian fait partie de ces femmes convaincues que les hommes ne cessent jamais de hurler en silence pour avoir accès à leur petite culotte. Elle a même traité Robert de « salope ». J'ai fui la maison à l'aube pour aller pêcher la truite.

Près de Bonner's Ferry j'ai filé vers le sud et Spokane, dans l'État de Washington. L'Idaho avait mal commencé et je n'avais ni l'énergie ni le désir d'améliorer les choses. Un présentateur radio a dit deux mots sur une chanson française et traduit en anglais cette phrase : *Tous les matins du monde s'en vont sans espoir de retour**. Me sentant soudain déprimé, j'ai pensé : « Cliff, il faut que tu te reprennes sérieusement en main. Fais une balade à pied de quinze kilomètres, un truc raisonnable. Toute ton existence est nouvelle, comme une pluie tiède après un bon film. »

Washington, pas D.C.

Dans ma transe amoureuse, j'ai oublié de renommer un bon paquet d'États et d'oiseaux. Me voilà encore distrait par des souvenirs du temps où j'enseignais : un élève, le fils abruti d'un travailleur social à l'esprit mal tourné, était indigné par l'existence simultanée de l'État de Washington et de la ville de Washington D.C. Le père était un type de droite qui, dans son travail, refusait d'accorder plus que quelques sous aux plus pauvres de ses interlocuteurs pour leur régime de patates frites. En fac, lorsque j'ai regardé un livre de reproductions de Van Gogh, son tableau *Les Mangeurs de pommes de terre* m'a rappelé les plus pauvres de nos voisins quand j'étais petit. En hiver leurs gosses arrivaient à l'école sans chaussettes, et au déjeuner ils mangeaient des sandwichs au ketchup.

Quand je me suis arrêté pour prendre de l'essence à Spokane, j'ai appelé mon fils à San Francisco. J'ai alors remarqué que j'avais reçu un message de Marybelle.

« Bob, tu apprendras sans doute avec intérêt que l'État de Washington est surnommé l'*Evergreen State* (l'État des arbres feuillus), que son oiseau est le chardonneret du saule, sa fleur, le rhododendron côtier, et sa devise *Alki*, ce qui signifie "Bientôt". Je n'y comprends rien.

— Papa, il est huit heures du MATIN.

— Tu as toujours aimé faire la grasse matinée, fiston.

— Tu devrais essayer. Tu n'as plus BESOIN de nourrir les bêtes à L'AUBE.

— Le bétail me manque vraiment, mais pas autant que Lola.

— Papa, tu n'es PLUS ce que tu as été. Je croyais que ton VOYAGE en bagnole t'aurait aidé à le comprendre.

— Une jeune femme m'a mis la tête à l'envers. Je veux dire, elle a quarante-trois ans, c'est peut-être un peu trop jeune pour moi.

— Papa, même dans mon univers tu ne peux pas SAUTER deux générations. C'est vrai quoi, je n'ai jamais jeté mon dévolu sur les oisillons.

— Je te demande pardon ?

— Peu importe. Bref, ta Marybelle m'a appelé. Elle m'a convaincu que tu as BESOIN d'une bonne thérapie. Quand tu seras ici à San Francisco, tu vas te POSER un peu et parler tous les jours à un de mes copains analyste.

— Comment a-t-elle trouvé ton numéro ?

— Sur ton portable, ou alors tu l'as noté quelque part et elle l'a lu. L'important, c'est qu'elle dit que ton angoisse indéterminée suinte par tous les pores de ta peau. Elle a ajouté que tu pleures souvent et que tu refuses toute forme d'affection.

— Elle m'a mis la bite en compote. J'ai dû acheter un onguent aux stéroïdes.

— Papa, il existe des dizaines de lubrifiants efficaces sur le marché. ACHÈTE juste un flacon de lotion Cornhuskers à l'ancienne.

— J'en ai plus besoin. Je l'ai larguée à Malta, dans le Montana, où elle a retrouvé sa fille et son mari. J'ai oublié de te dire que Marybelle est une sacrée baratineuse.

— Elle ne m'a pas dit qu'elle était mariée, mais c'est sans importance. Au fait, maman veut que tu lui parles. Y a de l'eau dans le gaz avec Fred. Elle prétend qu'il est seulement là pour le fric.

— Ta mère a divorcé en février. Je n'ai pas l'intention de lui parler. Elle m'a pris ma maison et mon boulot. J'en ai rien à foutre que cette salope calanche.

— Faut que ça sorte, papa. Donne de l'OXYGÈNE à tes émotions ! »

J'ai éteint le portable pour que Robert ne puisse pas me rappeler. Puis j'ai regardé les pompes à essence de la station-service en me demandant si je ne pourrais pas travailler dans un de ces lieux de passage. Un ami habitant près de Pelston m'avait autrefois proposé sept dollars de l'heure pour bosser dans sa station alors qu'il nous devait cinq mille dollars. Mais peut-être qu'il avait déjà remboursé cette somme à Vivian, laquelle avait empoché le pognon sans même m'en avertir.

En roulant vers l'ouest et Seattle sur la 90, j'ai essayé de comprendre la cause de toutes ces grosses mottes rondes dans les pâtures. Il y en avait tellement et qui s'étendaient sur tant de kilomètres qu'elles provenaient sûrement de quelque bouleversement géologique. Ça m'a rappelé cette image selon laquelle vivre c'est passer toutes ses journées à marcher du matin au soir dans un champ fraîchement labouré. Donc plein de mottes de terre. Le problème, c'est que tous les jours que Dieu fait il faut se trimballer dans ce fameux champ. Je ne me souviens pas d'avoir remporté trop de victoires éclatantes. Quelques semaines avant la rencontre fatale de Vivian avec Fred à la réunion de lycée de Mullett Lake, je me suis retrouvé assis sur le canapé à côté d'elle à tenter de minimiser sa énième déprime due au gros derrière. Je lui ai dit que, de toute évidence, son derrière ne faisait pas partie des cinquante pour cent les plus gros de notre région. J'avais récemment transporté jusqu'à Gaylord un taureau que je venais de vendre et, quand je m'étais arrêté au Burger King, il y avait une longue tablée composée d'une douzaine de dames d'âge mûr qui toutes mangeaient la même chose : deux Whoppers, des frites et un milk-shake au chocolat. La caissière m'a appris qu'elles se retrouvaient là tous les mardis pour discuter des innombrables « dilemmes liés à leur fibre morale ». Bref, j'essayais de convaincre Vivian que presque personne ne ressemble aux femmes des magazines, des films et de la télévision. Assis sur le canapé, j'ai néanmoins compris que ma cause était perdue d'avance. Vivian rentre à la maison, épuisée par ses affaires immobilières, en disant qu'elle a « les intestins en déroute » à cause de son boulot, un état que n'améliorent guère les Pepsi et les beignets au sucre glace. Au dîner, elle déclare qu'il est injuste que je mange « comme un porc » sans prendre un gramme à cause de mon boulot à la ferme. Je lui rappelle alors que, du temps où Robert était jeune et que nous travaillions de concert deux ou trois heures par jour dans notre potager et notre jardin floral, elle ne grossissait absolument pas.

« Je t'emmerde », dit-elle.

Les larmes coulent. Ma sauce spéciale poulet frit coagule dans mon assiette. Je reconnais que je ne suis pas à la hauteur de ses magazines et de sa télévision, sans parler de l'excitation que lui procurent son travail ou ses romans d'espionnage. Je suis trop banal et lent pour son monde ultra-rapide. Quand j'ai dit à propos de ses romans préférés qu'ils n'avaient pas besoin d'inclure le moindre complot, car le monde entier appartenait déjà à ces gens-là, elle m'a répondu : « Que connais-tu du monde ? »

Peut-être qu'elle avait raison. Aux infos du soir les présentateurs parlaient de plus en plus vite en espérant trouver quelque chose à dire, pendant que j'étais piégé dans les *Essais* d'Emerson.

À cinq heures de l'après-midi, mort de fatigue, je me suis mis à tapoter le siège à côté de moi comme si Lola ou Marybelle y était assise. Je me suis arrêté au Moose Lake Motel, lequel affichait complet, mais il restait une « suite junior » incluant un balcon qui donnait sur le lac. Debout à la réception, j'ai senti mes intestins se liquéfier à l'idée de dépenser cent vingt dollars pour une nuit, avant de relativiser. Il était peu probable qu'au pays des morts mes parents aient vent de cette transaction. Assis sur le balcon avec une bonne rasade de whisky, j'ai regardé les bateaux de pêche aller et venir bruyamment sur le lac. J'ai pensé que ce luxe aurait plu à Viv. Il y avait même un petit réfrigérateur, présence réconfortante, même si je n'avais rien à y mettre. J'ai allumé mon portable, il y avait sept messages de Marybelle, les trois derniers émis de Billings. J'en ai conclu qu'elle retournait à Minneapolis en avion pour voir son amie dans le pétrin.

J'ai tenu à ce que le whisky m'apaise avant d'écouter ces messages. Sur le balcon, j'ai eu l'impression d'être un missile ou une fusée qui venait de se libérer du contrôle au sol. Jusqu'à maintenant je n'avais pas remis en question la légitimité de mon voyage, mais je me suis soudain demandé si j'étais vraiment fait pour ça. La réalité semblait s'effondrer. J'étais assez sage pour comprendre que, la réalité restant la même, c'était seulement mon esprit qui s'effondrait. Je me suis demandé si je n'étais pas en train de faire une de ces dépressions nerveuses qui, une fois par an, semblait démolir Viv. C'était l'heure des infos, mais je suis resté sur le balcon tandis que les pensées sillonnaient mon cerveau comme les bateaux le lac. Au début de notre mariage, nous nous tenions la main sur le canapé pour regarder Walter Cronkite. Viv sirotait son schnaps au caramel et lançait : « J'aimerais bien que Walter soit mon papa. »

Le vrai père de Vivian était, l'un dans l'autre, un parfait connard. Quand il est mort, elle n'a pas versé des torrents de larmes. Il était ce qu'on appelle un « vantard », une authentique morve de sénateur.

Peut-être faisions-nous partie de ces couples qui explosent sur le tard. Je ne lui ai pas offert grand-chose durant ma période de retour à la nature, après avoir plaqué le lycée. Nous autres les profs de littérature qui prenons notre matière au sérieux, nous cultivons des idéaux élevés que nous collons sur nos existences comme des décalcomanies. Après notre mariage, la fille de la campagne qu'est Vivian a fait semblant d'aimer la nature, alors qu'en fait elle ne supportait pas les moustiques, les taons, les mouches noires, les araignées ni les serpents. La seule chose qui lui plaisait chez Lola, c'était que ma chienne tuait et dévorait les serpents noirs du jardin. Lola réclamait mon attention et mon affection une demi-douzaine de fois par jour. Elle aimait surtout se faire caresser le dos, sous le menton aussi. Sur mon balcon, je me disais que les humains aussi devraient peut-être se caresser avec une régularité comparable. Étais-je fait pour voler en solo ? Le temps le dirait. Pour l'instant, j'avais l'impression d'appartenir à une espèce disparue, d'être une vieille Studebaker abandonnée dans l'herbe.

Je suis descendu au restaurant du motel et j'ai savouré deux grandes assiettes de délicieux flétans que le patron du motel avait récemment pêchés en Alaska. Ce festin m'a rappelé ma peur panique des avions : dans mon prétendu tour des États de la nation il me faudrait laisser de côté l'Alaska et Hawaii. Une fois à San Francisco, je demanderais peut-être à Robert d'écrire les deux chapitres relatifs à ces États, où il était allé pour son boulot de repérage cinématographique.

Quand j'ai fini ma seconde assiette de flétans, j'ai senti les larmes me monter aux yeux en me rappelant combien Lola aimait la peau de poisson grillée. Et comme la serveuse indienne, la femme qui faisait le service dans ce restaurant a été troublée par mes larmes. Une fois de plus, j'ai expliqué que mon chien venait de mourir. Elle m'a rétorqué qu'elle avait été mariée trois fois et qu'elle regrettait que ses chiens n'aient pas vécu plus longtemps que ses maris. Je me suis alors demandé à quoi pourrait bien ressembler un vieux chien perdu âgé de soixante ans. La serveuse m'a tapoté le haut du crâne et je me suis senti attiré par elle, bien qu'elle ait été plus ronde que Viv. Son humanité, sans doute.

Je suis retourné sur mon balcon avec un petit verre de whisky, que j'ai finalement décidé de ne pas boire. L'alcool est déconseillé quand on a du vague à l'âme. Toutes ces attaques concentrées sur mon sens de la réalité mettaient apparemment dans le mille. J'avais toujours cru que je resterais marié avec Viv jusqu'à ma mort, et au cours des sept derniers mois je n'avais pas vraiment réussi à m'ôter cette idée de l'esprit.

Pour penser à autre chose, j'ai écouté les messages de Marybelle qui variaient depuis le premier « Garde ton portable allumé, espèce de sale trouduc » jusqu'au vibrant « J'ai besoin de toi » envoyé de l'aéroport de Billings, et au dernier message en provenance de Minneapolis, où elle disait qu'après avoir secouru son amie elle comptait sur moi pour lui payer un billet à destination de San Francisco dès que j'aurais retrouvé Robert. Ce dernier détail m'a laissé sur le cul. Je ne croyais pas désirer la revoir, mais d'un autre côté je n'avais pas vraiment envie de me retrouver tout seul. Le boulot de paysan avait exclu toute compagnie, mais après plusieurs décennies de cogitations solitaires je ne pouvais pas me vanter d'être arrivé à la moindre conclusion valable.

Je me suis couché à dix heures et comme de juste, à quatre heures du matin, j'étais parfaitement réveillé, prêt à accomplir des tâches indispensables si j'avais eu une grange. Je suis parti vers l'ouest après avoir élucidé le mystère du fonctionnement de la cafetière de ma chambre (le récipient destiné au café se trouvait sous le bec verseur). La traversée à l'aube de la rivière Columbia m'a donné l'impression d'être aussi majestueux que le paysage ineffable – une raison suffisante pour justifier ce long voyage en voiture. En prenant mon petit déjeuner à Kittitas j'ai étudié la carte, puis filé vers le sud et Yakima. Après la circulation infernale de Minneapolis, je voulais éviter Seattle et Portland, Oregon.

Oregon

J'ai découvert avec une colère irraisonnée que la pièce du puzzle figurant l'Oregon était violette. Pourquoi ? Peut-être cette couleur émanait-elle du seul esprit du créateur de ce puzzle, sans qu'aucun de nous puisse en comprendre la raison. J'ai fini par me dire que la couleur du satin dans le cercueil du pauvre Martin était aussi le violet. Au cours de l'année passée je m'étais rendu à l'enterrement de deux amis d'à peu près mon âge – le genre de chose capable à coup sûr de détruire votre équilibre mental. Martin enseignait l'histoire et il s'était accroché à son boulot jusqu'à ce qu'il puisse prendre sa retraite, deux ans plus tôt. Les gamins l'avaient surnommé Martin l'Abruti, même s'il était très respecté en tant que prof dur à cuire. Il s'habillait toujours en brun, fumait des cigares Crook trempés dans le rhum, et quand nous allions pêcher je devais lui enfiler ses appâts sur l'hameçon, car les vers et les vairons lui donnaient la chair de poule. Il ne supportait pas notre histoire nationale après la présidence de Eisenhower et refusait de l'enseigner. C'était un célibataire endurci, qui avait pourtant une liaison avec une veuve de Charlevoix, prénommée Patsy. Ç'a été mon autre enterrement. Patsy est morte d'un cancer des ovaires en janvier et Martin s'est gazé dans son garage le premier avril. Je m'étais bien dit qu'il pouvait envisager le suicide après le décès de Patsy, incapable qu'il était de vivre sans elle. Martin venait d'une famille de la classe ouvrière de Flint, et quand il a touché un petit héritage il y a quelques années, Patsy et lui ont fait la tournée des champs de bataille d'Europe. Il a pris des centaines de photos qui ne m'ont pas beaucoup intéressé, même si je les ai regardées pour lui faire plaisir. C'est difficile de se passionner pour des instantanés de Verdun et de la Somme.

En traversant Yakima, je me suis retrouvé en larmes. Martin était un spécialiste des horreurs qui avaient marqué l'Histoire. Il pouvait désigner les lieux de tous ces drames sur la carte du monde. Je faisais mon cours de littérature juste après celui de Martin, consacré à l'histoire américaine. Les quelques gamins un peu éveillés arrivaient très troublés dans ma salle, surtout les jours où Martin s'était servi de « l'Atlas de l'Indien nord-américain ». Cinglé des cartes, il croyait qu'on ne pouvait pas comprendre un événement sans le situer géographiquement.

Au moment où j'ai atteint Umatilla et lancé l'État de Washington dans la rivière Columbia, je me suis dit que m'inquiéter pour Martin revenait à m'inquiéter pour moi et mes six décennies d'existence. Mon cerveau s'est recroquevillé sur lui-même quand j'ai baissé les yeux vers la rivière. Une fois encore, j'ai eu l'impression d'avoir perdu mon contrôle au sol. Vivian, qui était légèrement paranoïaque, croyait que c'étaient « d'autres créatures » qui contrôlaient le monde ; mais en baissant les yeux vers cette grande et puissante rivière j'étais vraiment tout seul et ma propre trajectoire n'avait certes pas la netteté des berges de la Columbia. Une fille en robe verte, penchée au-dessus du garde-fou, exhibait ses cuisses bronzées. Je me suis senti mal à l'aise parce qu'elle était trop jeune, quatorze ans environ, pour que je la reluque. Je suis retourné à ma voiture en me sentant de plus en plus déboussolé par la réalité la plus simple.

Bon Dieu, reprends-toi ! C'était ce que disait souvent papa : « Reprends-toi ! »

Il inventait des histoires horribles pour argumenter son point de vue, en insistant sur le fait qu'elles étaient vraies. Un exemple : « Un gamin de ranch affligé d'un pied bot laissait ses chaussures boueuses dehors. Un matin, alors qu'il glissait son pauvre pied dans sa chaussure, un bébé serpent à sonnette qui s'était installé là pour la nuit l'attendait. Il a fallu couper le pied de ce garçon. »

J'avais droit à ce genre d'histoire quand j'étais triste après avoir cassé l'extrémité de ma canne à pêche, ou m'être foulé la cheville en glissant vers la deuxième base sur le champ pierreux qui nous tenait lieu de terrain de base-ball. Le message était le suivant : il peut toujours t'arriver pire. Mon père trouvait ça très drôle. Bien sûr mon petit frère Teddy était mongolien, mais à quelques kilomètres de chez nous une famille de paysans avait une fille de sept ans qui souffrait d'encéphalite et qui avait une tête si grosse, plus énorme que la plus énorme des pastèques, qu'à l'hôpital du comté ils la soutenaient avec une armature en métal. Pour mon père, qui avait été un jeune homme durant la Grande Dépression, la seule vraie calamité c'était de ne pas avoir de boulot, de ne pas avoir de « taf » comme il disait.

Cette idée m'a ramené à Martin, qui croyait que les Américains constituent un peuple unique, car un infime pourcentage d'entre eux sont victimes du hasard et des circonstances historiques. Pour la plupart d'entre nous, il n'y a pas de contrôle au sol tout-puissant qui nous ordonne d'aller ici ou là. Durant le cauchemar de la lutte pour les droits civiques, papa m'avait étonné en déclarant que, s'il avait été un Noir taillable et corvéable à merci, il aurait sans doute fait la guerre aux Blancs. J'étais un inconditionnel de Martin Luther King ; mon père, lui, parlait comme Malcolm X.

Ma rêverie m'a plongé dans la confusion. J'étais dans le nord de l'Oregon, incapable de me rappeler ce que Martin avait cru bon de dire sur les Indiens Umatillas. Un truc sur le fait qu'ils avaient rejoint les Yakimas pour faire la guerre aux chercheurs d'or qui les envahissaient. La nuit précédente, avant de m'endormir, j'avais regardé pendant quelques minutes une rediffusion des matchs de tennis de Wimbledon et les commentateurs bavards n'avaient cessé de parler de « fautes directes », une expression qui m'a plu. Je me retrouvais dans cette région désertique du nord de l'Oregon, où mes propres fautes directes diffusées par mon projecteur de cinéma cérébral sur l'immense écran du paysage me crevaient les yeux. Je m'étais montré beaucoup trop pleutre et indécis. J'avais laissé mon dégoût de l'enseignement bousiller mon amour de la littérature. À l'université, j'avais eu un excellent prof de littérature, un juif de Brooklyn. Il y avait davantage d'élèves intelligents que je n'en avais vu au lycée. Après les cours, un petit groupe d'entre nous accompagnions ce prof jusqu'à sa voiture garée dans un lointain parking. Nous buvions sur ses lèvres tout ce qu'il nous disait à propos de Theodore Dreiser, John Dos Passos, Hart Crane ou William Faulkner. Mon approche sentimentale de « la terre » m'avait fait perdre tout mon mordant, et j'avais fini par perdre aussi Vivian, sans doute parce que j'étais devenu un péquenaud, un rustre. Et voilà qu'arrive Fred dans sa fringante voiture de sport. Adieu, paysan.

Par inattention, je venais de rater deux bifurcations prévues par mon itinéraire. Je me suis arrêté à une station-service pour me renseigner sur une route panoramique. Un type âgé, plus vieux que moi, m'a indiqué des routes assez reculées pour être à l'abri de toute transmission téléphonique. Mon portable avait sonné trois fois alors que je roulais encore à proximité de l'Interstate 84, mais je n'ai pas eu la moindre envie de répondre. Deux de ces appels venaient de Marybelle, et le troisième de mon fils Robert. Qu'ils disparaissent donc dans le vide électronique de leurs pensées inexprimées. Je voulais comprendre pourquoi mon prof de fac n'avait pas un instant perdu son enthousiasme pour la littérature, même s'il passait pour l'homme le plus décrié de tout le département de lettres. Lors de notre dernier jour de cours, il nous a déclaré que, peu importait ce que nous faisions pour gagner notre vie, nous ne devions jamais oublier que nous étions des bipèdes dotés d'un cerveau. J'avais réussi à le faire, ou du moins j'avais essayé de toutes mes forces. Thoreau ne s'était pas baladé deci de-là comme un écolo-débile (pour reprendre une expression de Dr A), il était resté concentré sur des pensées profondes. Il y a plus d'un an, j'avais passé beaucoup de temps assis dans la cabane où les vaches vêlaient. J'attendais près d'un chauffage – car c'était une froide nuit de mars – qu'une vache que j'avais baptisée Nancy mette bas ; d'habitude elle avait besoin d'un peu d'aide. Assis là, je lisais un petit livre intitulé *De la maison brûlée au Paw Paw*, que Robert m'avait envoyé. Quand mon fils était gamin, nous restions souvent assis au milieu d'un fourré proche de l'étang, derrière la grange, à regarder les oiseaux. L'auteur se promenait parmi les monts Appalaches afin d'observer les oiseaux et pondre quelques pensées roboratives sur la vie et l'art. J'avais éteint en moi la faible ampoule de la vie de l'esprit pour faire semblant d'être exclusivement un Fils de la Terre. Une fois n'est pas coutume, Nancy a mis bas sans encombre. Il m'a seulement fallu tirer une fois ou deux sur un membre. Comme d'habitude, Lola s'est ruée sur le placenta, et j'ai dû l'empêcher de dévorer en entier cette nourriture trop riche, car je ne voulais pas qu'elle vomisse sur son coussin installé sous la table de la cuisine. Incroyable mais vrai, Robert a déclaré appartenir à un groupe de gays qui observaient les oiseaux à San Francisco. Il a ajouté qu'une fois par mois ils se lèvent tous à quatre heures du matin pour se rendre en voiture jusqu'à un endroit appelé Point Reyes. Il comptait m'emmener pique-niquer là-bas quand je serais à San Francisco.

J'avais cru que l'Oregon serait aussi vert que les photos de l'Irlande, mais près de Kimberly ce qu'on appelle le désert d'altitude était sec et brun. Je me suis dit que la verdure devait commencer à trois ou quatre cents kilomètres vers l'ouest et l'océan Pacifique. Contrairement aux vaches replètes du Nebraska, les rares bovidés que j'ai croisés étaient plutôt maigrichons.

Je me suis garé au bord de la route, puis j'ai gravi une colline dans la forêt d'Ochoco. Je n'ai pas reconnu le genre de pins parmi lesquels je marchais et qui avaient moins d'aiguilles que les pins du Michigan. Alors que je levais les yeux vers ces branches, j'ai trébuché, je me suis étalé de tout mon long et fait mal au buste, mon crâne ratant de peu un gros rocher. Bizarrement, je me suis mis à rire, mais d'un rire sans joie. J'ai lentement roulé sur le dos en ressentant une vive douleur au côté gauche. Quand j'étais gamin et que je me baladais en forêt, je brandissais mon bâton de marche en clamant « Je suis le roi de tout ce que je vois », sans doute une citation tirée d'un livre pour enfants. Il n'était pas très original d'avoir épuisé une forme d'existence pour en essayer une autre. Soudain, j'ai eu un incroyable coup de chance : un loriot de Scott à tête jaune et noir s'est posé sur une branche de pin, juste au-dessus de moi. Nous n'avons pas de loriot dans le Michigan, mais je le connaissais grâce aux cartes Audubon que je collectionnais au cours élémentaire. J'ai levé les yeux vers cet oiseau qui baissait les siens vers moi. Certains moments de la vie sont vraiment beaux, ai-je pensé. J'étais donc allongé sur le dos dans une forêt inconnue tandis qu'une pulsation battait par intermittence sous mes côtes, et voilà que pour me tenir compagnie arrive un oiseau aussi jaune que du soleil liquide. Mieux encore, cet oiseau m'a repéré et il s'est arrêté pour m'observer. Mon Dr A m'a appris que dans certaines cultures primitives (j'ai oublié lesquelles), l'âme des bébés morts à la naissance ou des fœtus avortés résidait dans les oiseaux. Je me suis alors demandé où se trouvait l'âme de ma Lola. Elle savait qu'il ne fallait pas enquiquiner les porcs-épics, car dans sa jeunesse elle avait eu la truffe hérissée de quelques piquants. Ces animaux continuaient malgré tout à la fasciner, et elle restait des heures assise sous un arbre pour les regarder. J'ai éliminé le porc-épic comme réceptacle de l'âme de Lola, avant de décider que ce sujet me dépassait. En ce genre d'affaire, la vie reste une énigme.

Je n'avais pas bougé, sinon pour respirer, et le loriot est bientôt descendu jusqu'à une branche inférieure située à moins de trois mètres de ma tête. Mon cœur palpitait au rythme des ailes de l'oiseau. Je savais que les loriots aiment le raisin et je me suis demandé si, pour mon visiteur, les boutons de ma chemise ne ressemblaient pas à des grains de raisin. Si je disais « Salut », l'oiseau s'envolerait. J'ai décidé de rester immobile aussi longtemps que le loriot demeurerait posé là et que la tâche agréable consistant à attendre son bon vouloir serait tout ce que je pourrais accomplir pour le moment. Notre monde s'était remodelé au point que seuls quelques êtres supérieurs étaient capables de soutenir sa cadence. De toute évidence, je ne faisais pas partie de ces gens-là. Le loriot aux couleurs presque criardes m'a rappelé l'époque où j'étais un malheureux étudiant de deuxième année qui nourrissait des pensées trop pesantes pour sa tête fragile. Durant près d'un mois j'ai été proche d'un poète étudiant de mon âge. Il appréciait ma compagnie à la cafétéria parce que je lui prêtais une oreille complaisante. Il lui semblait se situer au-delà du mouvement hippie, être « un voyageur spatial et solitaire dans l'histoire de la poésie mondiale ». Il n'avait pas un sou vaillant et sortait parfois de son sac à dos une conserve de spaghettis franco-américaine, qu'il ouvrait avec son couteau de l'armée suisse. Plutôt beau garçon, il était souvent accompagné par quelques étudiantes. Il affectionnait les T-shirts sur lesquels on pouvait lire en espagnol un vers d'un poète sud-américain, disant une fois traduit : « Le jour de ma naissance, Dieu était malade. »

Trois corbeaux sont arrivés, m'ont repéré et ont émis leur bruyant et inhabituel cri d'alarme. Mon loriot s'est envolé. J'ai descendu la colline jusqu'à la voiture, une paume plaquée contre ma tendre poitrine. Selon les « drôles d'infos » qui accompagnaient le puzzle, l'Oregon était l'État du castor, son oiseau, l'alouette occidentale de prairie, et sa fleur, le raisin de l'Oregon. La devise de cet État m'a fasciné : « *Alis Volat Propriis* », ce qui signifie : « Elle vole de ses propres ailes. » Ce serait formidable si cette devise incluait les hommes.

Californie

En début de soirée j'ai franchi la frontière de la Californie au sud de Klamath Falls, mais j'ai alors fait demi-tour pour retourner dans l'Oregon, convaincu qu'il était injuste de ne pas passer au moins une nuit dans cet État. Vous avez devant vous un fervent partisan de l'égalité ! Il est bien difficile de s'occuper de cinq porcelets sevrés, car tous jusqu'au dernier, hormis l'inévitable avorton, vont essayer d'avoir davantage que leur part de nourriture. Un comportement apparemment inscrit dans leur nature non démocratique. Selon le Dr A, nous devrions creuser une énorme auge à cochons dans la grande salle du Congrès américain. Il a même écrit une lettre au journal local pour défendre ce point de vue – et ensuite perdu les deux tiers de sa clientèle républicaine. La dernière fidèle était l'arrière-petite-fille d'un nabab du bois qui en était venue à mépriser tous les politiciens. Le premier Bush lui avait bien plu, mais elle trouvait que Junior était « un poltron ». Lorsqu'elle avait fait cette déclaration au bureau de poste, un instituteur d'une école voisine s'était demandé ce que signifiait le mot « poltron ».

Au bout de quinze heures passées au volant, j'avais la cervelle en compote et je suis tombé dans un fossé quand je me suis arrêté pour photographier un groupe de veaux Angus nés à la fin du printemps. J'avais toujours mal aux côtes suite à ma chute, et j'ai pensé que çà et là dans la campagne des personnes âgées tombaient parfois. Ces veaux ont seulement éveillé chez moi un intérêt passager, mais il y avait un taurillon qui a renâclé pour me manifester une colère joueuse. Je me suis tout à coup rappelé un certain printemps, plusieurs années auparavant, où une douzaine de mes veaux avaient attrapé la diarrhée bovine, heureusement pas une dysenterie, laquelle est très souvent fatale. J'étais debout plusieurs nuits de suite en compagnie des veaux et de leurs mères inquiètes. J'avais installé un lit de camp et un sac de couchage dans la grange pour ne pas déranger Viv, qui se montrait parfois très acariâtre quand je la réveillais par inadvertance. J'avais perdu une petite femelle et, par une aube triste de la fin avril, enterré cette pauvre âme derrière le râtelier de maïs. Cet enterrement avait stupéfié Lola.

Au sud de Klamath Falls je suis descendu dans un motel bon marché pour compenser mon extravagance de la veille au soir à Moose Lake. Je me suis servi un modeste whisky en réfléchissant au sens de la reproduction de tableau accrochée au-dessus du lit, qui figurait le sempiternel âne à l'œil triste et au cou enrubanné d'une guirlande de fleurs. Cette image d'âne me suivait-elle partout ? J'ai pris mon portable. La sonnerie était restée éteinte toute la journée, quelques mesures de l'ouverture de *Guillaume Tell*, que je trouvais agaçantes mais que Marybelle avait choisies à Valentine, Nebraska. Pour me prouver que la vie était équitable, l'écran minuscule m'a appris qu'il y avait eu trois appels de Marybelle, trois de Robert, et trois – incroyable mais vrai – de Vivian ; cette dernière nouvelle accélérant mes battements de cœur malgré la généreuse rasade de whisky que j'ai aussitôt bue. Ces appels étaient arrivés dans le désordre. Robert s'inquiétait de mon « bien-être ». Marybelle s'inquiétait parce que je refusais de « communiquer » avec elle. Vivian avait appelé deux fois en me demandant de la rappeler « immédiatement ». Lors de son deuxième appel, Marybelle m'annonçait qu'elle envisageait de se couper les cheveux, car c'était exactement ce que son amie avait fait juste avant d'être hospitalisée dans le secteur psychiatrique d'un hôpital voisin. Robert a appelé pour me demander la date et l'heure approximative de mon arrivée, puis il a rappelé pour dire qu'il venait d'évoquer avec Marybelle leurs craintes et préoccupations partagées quant à ma santé mentale. Lors de son troisième coup de fil, Marybelle exigeait de connaître l'heure prévue de mon arrivée à San Francisco. Elle me donnait aussi le numéro de téléphone d'une agence de voyages à Minneapolis, pour que je puisse lui communiquer le numéro d'une carte de crédit et payer d'avance son billet d'avion à destination de San Francisco.

J'ai été tenté de me servir un second whisky, avant de décider que l'abstinence était de rigueur. Quelque part au fond de mon cœur dolent, j'espérais que le troisième appel de Viv recèlerait une once d'agréable humanité. Mais non. Sa voix cassante m'a intimé l'ordre de rejoindre l'appartement de Robert avec la plus grande célérité et de lui envoyer par Fed Ex une procuration pour régler quelques détails juridiques relatifs à notre divorce. Je me suis aussitôt méfié de cette demande.

L'usage du téléphone était bien pire que de marcher sur une crotte de chien ou, la nuit, dans une bouse de vache fraîche. Alors que je traversais le parking du motel vers un boui-boui pour aller dîner, j'ai envié les premiers mineurs arrivés dans cette région cent cinquante ans plus tôt et sans téléphone portable. Papa m'a toujours laissé entendre qu'il avait une vie secrète à côté de celle où ma mère régnait en autocrate domestique. S'il vivait encore aujourd'hui, papa n'aurait certainement pas de portable, ce gadget qui transforme l'homme vagabond en une cible où le numéro vient se ficher à coup sûr.

Au boui-boui, le plat du jour, accompagné d'une bonne louche de sauce anonyme, de purée en flocons et de haricots verts en boîte était d'une dense médiocrité. Voilà un repas que Lola aurait apprécié. Loin de mes fourneaux, je perdais manifestement du poids. Je suis un cuisinier très moyen, mais j'essaie de m'améliorer. Il y a des années, Viv m'a dit : « Le sexe c'est fini, si tu n'arrêtes pas de mettre de l'origan partout. »

Avant qu'elle ne décroche son boulot dans l'immobilier, Viv était une vraie tigresse au lit. Elle achetait par correspondance des nuisettes qui coupaient l'envie de regarder la télé.

J'avais commandé une part de tarte aux pommes, mais il n'y avait que quelques tranches de pomme noyées dans une espèce de crème gluante. Il y a beaucoup de pommes par ici, dans le nord-ouest du pays, et je me suis demandé pourquoi ils mégotaient autant sur ce fruit. Tout en cherchant des fragments de pommes dans cette crème qui ressemblait à de la morve de vache, j'ai compris l'origine de mon léger malaise. J'ai fredonné quelques notes de la chanson *California, Here I Come,* « Californie, me voici ». Nous autres les étudiants en littérature étions globalement convaincus que la Californie était un endroit répugnant et que les effets de ces miasmes sur le restant des États-Unis étaient désastreux. L'industrie du spectacle souillait l'âme de notre nation. Ce genre de choses. Et maintenant j'allais pénétrer dans le ventre de cette gigantesque bête occidentale.

Plus troublant encore, dans un de ses trois messages téléphoniques Robert déclarait que Marybelle semblait vraiment avoir « la tête sur les épaules » et que les soucis divers et variés qu'elle se faisait pour moi paraissaient justifiés. Robert, qui s'est toujours passionné pour le langage, a sans doute fait l'effet d'un connard prétentieux à Marybelle, laquelle déblatère par paragraphes entiers au téléphone. A soudain jailli de nulle part cette pensée têtue que personne ne semble jamais connaître grand-chose à quoi que ce soit. On dirait bien que tous les éléments de notre culture marinent dans un grand sac plastique et que ces ingrédients sont profondément suspects.

Avant de m'endormir sous le regard de l'âne fleuri, j'ai reluqué les grosses filles véloces du tournoi de Wimbledon. Leur beauté d'amazone m'a poussé à me gratter les couilles en regrettant Marybelle. Ma mère me disait toujours de m'estimer heureux, et peut-être que j'aurais dû m'estimer plus ou moins heureux. Je commençais à m'endormir quand j'ai remarqué avec un ravissement absolu que je ne m'inquiétais pas pour ma récolte de cerises. Quand ce n'est pas le gel ou l'arrivée exceptionnelle d'un orage de grêle, qui m'a seulement causé quelques dégâts en 1988, il existe une multitude de calamités susceptibles de vous faire un mal fou deux semaines avant la récolte. Une tempête en provenance du lac Michigan risque d'abîmer les fruits, le genre de gros grain qui arrive dans un ciel noir d'encre, avec un vent de cent dix kilomètres heure. Mais le pire, c'est le temps humide, une calamité toujours possible dans notre région, bien connue des météorologues à cause de ses orages spectaculaires. La pluie déclenche une moisissure des feuilles de cerisier, laquelle résiste désormais aux fongicides que nous vaporisons. Nous avions quarante arpents de griottes et dix de bigarreaux. Quand il fait très chaud et humide, il arrive que les bigarreaux se fendent juste avant la cueillette. J'ai un moment envisagé de me reconvertir dans la pomme, mais trop de paysans font pousser des pommiers, il y a surproduction. C'est aussi vrai de la cerise, où l'offre dépasse de dix pour cent la demande.

Affranchi des exigences de l'agriculture et le cœur réchauffé par une amazone wimbledonienne hurlant de joie à l'instant de la victoire, j'ai éteint la télévision avant de sombrer dans un profond sommeil, pour me réveiller à quatre heures du matin après un torride rêve érotique où Viv apparaissait à l'apogée de sa sexualité, entre la trentaine et la quarantaine, avant que l'immobilier ne lui mette le grappin dessus. Nous étions des amants débordant d'énergie, pour ne pas dire plus. J'ai ressenti le désir de l'appeler, mais il était seulement sept heures du matin dans le Michigan, et puis elle était peut-être avec son amant. La jalousie, cette émotion éternellement désespérante, m'est alors tombée dessus. J'ai somnolé durant un quart d'heure, puis je me suis rappelé un rêve idiot que j'avais fait à la fac, où l'on me disait que je serais un homme heureux si je lisais la page 500 de tel roman, mais, quand je me rendais à la bibliothèque en toute hâte, je découvrais que ce bouquin contenait seulement trois cents pages.

J'ai repassé la frontière pour entrer en Californie, à l'aube, après avoir chassé de mon esprit tous les mauvais pressentiments de l'étudiant en littérature, ou presque. Le nord de la Californie offre un paysage extraordinairement beau et divers, sans commune mesure avec le chaos criminel des programmes télé basés à Los Angeles et adulés par Viv, où tout le monde joue au dur et baratine, où les voitures se poursuivent à des vitesses affolantes sur des autoroutes bondées. Bien sûr, la campagne qui entoure notre camp de chasse dans la péninsule Nord ne ressemble pas à Flint ou à Detroit. Dans ces régions reculées, on oublie aisément que l'Amérique est comme moi, au bout du rouleau. Je me rappelle très bien ma passion, digne de Whitman, pour le printemps sur le magnifique campus paysagé de l'université, et pour ces fleurs innombrables qui refusaient de pousser dans les régions plus froides de ma terre natale située tout au nord du Michigan.

Je m'étais promis d'être poli et de répondre aux appels de Marybelle, Robert et Vivian dès le petit déjeuner (chair à saucisse insipide, pâles œufs de poule anémiée, mais bonnes frites). J'ai choisi de commencer par le plus facile, Robert, qui n'a pas répondu. J'ai dit que j'arriverais le lendemain après-midi, ce qui me laisserait tout loisir de rassembler mes esprits, et de rouler vers l'ouest pour voir l'océan Pacifique. Viv semblait vannée et mélancolique. Elle ne voulait pas m'expliquer pourquoi elle avait besoin de ma procuration, ajoutant que toutes les explications nécessaires se trouvaient dans un e-mail qu'elle avait envoyé aux bons soins de Robert. Marybelle s'est réduite à un bain de boue dissonant, ce qui était quasiment prévisible. Elle m'a raconté que, de retour chez elle à Morris, un de ses anciens amants venait de débarquer et qu'il avait profité sexuellement d'elle après qu'elle avait trop bu par une soirée caniculaire. Je n'avais aucune envie d'entendre les détails. Elle a pleuré, car le mari de son amie souffrant d'une « fêlure » mentale venait de lui interdire de rendre visite à son épouse dans la clinique psychiatrique privée où elle résidait. Quand pourrait-elle me voir à San Francisco et quand allais-je m'occuper de son billet d'avion ? Je lui ai répondu « Dans quatre jours ». Je voulais passer un moment seul avec Robert.

Une fois de plus j'avais oublié de me débarrasser d'une pièce du puzzle, et j'ai fait halte près de Little Cow Creek, au nord-ouest de Redding, pour jeter l'Oregon dans l'eau sans le moindre regret. J'ai remarqué que la Californie était l'État doré, que son oiseau était la caille de vallée californienne, son slogan, *Eureka !*, et sa fleur, le pavot doré. En dehors de la fleur et de l'oiseau, tout ça m'a paru trop lié à l'argent.

Californie II

À la sortie de Redding j'ai filé droit vers l'ouest et l'océan à travers une zone appelée Whiskeytown, tout en remarquant qu'en l'absence de Marybelle je me contentais d'un seul verre par jour, un verre que je buvais uniquement pour me calmer les nerfs après tous ces kilomètres parcourus. Durant la dernière semaine de notre mariage, quand Viv était encore présente à la maison, nous avons tous les deux trop picolé. Tous les soirs Viv descendait au moins une demi-pinte de schnaps au caramel, et moi à peu près la même quantité de whisky canadien. C'était très dur pour Lola qui, déjà toute petite, ne supportait pas le moindre éclat de voix ni la moindre dispute. Ma chienne se réfugiait alors dans un recoin obscur de la cabane de pompage, où elle restait terrée jusqu'à ce que nous soyons endormis. Un jour que Viv transportait des courses dans la maison, elle avait laissé la portière de sa voiture ouverte ; Lola y est montée et elle a dévoré les cinq derniers beignets au sucre glace du paquet de Vivian. Ma femme s'est mise à hurler, et Lola a filé dans la grange, où elle est restée trois jours et autant de nuits. Dr A m'a appris que les gens qui prennent beaucoup de poids en un rien de temps ont toujours un vice à demi caché touchant à la bouffe. Pour Vivian, c'étaient les beignets et divers types de sodas.

Nous avons touché le fond l'avant-dernier soir, quand elle m'a dit : « Tu ne m'excites pas comme Fred. C'était le cas autrefois, Cliff, mais plus maintenant. »

J'ai vu rouge et j'ai lancé un lourd fauteuil en chêne à travers la baie vitrée ; mais ensuite, parce que la nuit était froide et venteuse, j'ai dû réparer la vitre. Viv m'a aidé à tenir le carton pendant que je m'occupais du ruban adhésif, et nous avons bien ri. Le lendemain nous nous sommes montrés plus civils et Lola, n'entendant plus aucun aboiement humain, est sortie de son trou. La dernière journée a été particulièrement pénible car Viv, qui n'était pas comme moi démocrate, n'a pas fait preuve de la moindre équité pour partager nos biens communs. Elle s'est même approprié une magnifique vieille pendule que les riches employeurs de ma mère avaient donnée à cette dernière, et dont j'avais hérité. « Tu ne t'en serviras jamais », m'a-t-elle dit. C'était la vérité.

Pendant la canicule estivale nous arrosions le jardin pour que l'herbe ne brunisse pas, mais Viv n'a pas fait le moindre effort pour déplacer l'arroseur et s'assurer que chaque partie du jardin ait sa juste ration d'eau. Les démocrates comme moi font attention à ce genre de détail. Quand on lance des grains de maïs aux poulets et que l'un arrive en retard, on lui accorde une poignée supplémentaire. Lorsque je donnais à manger aux cochons, je m'assurais toujours que j'avais à portée de main mon bâton de marche pour flanquer quelques coups bien sentis dans les côtes des gloutons et laisser l'avorton manger lui aussi à sa faim.

J'avais oublié d'éteindre le téléphone et il s'est mis à sonner sur la banquette arrière, cinq fois pour être précis. Je n'ai guère été tenté de ralentir pour le prendre. Toute ma vie j'ai accepté de répondre au téléphone, mais plus maintenant. Avec le divorce j'avais perdu environ la moitié de mes habitudes mentales quotidiennes, l'autre moitié semblait sur le point de se faire la malle. Mon idée consistant à changer les noms des États et des oiseaux m'avait paru très séduisante. Et puis, à ma manière, je commençais de réfléchir à Dieu. Ma mère m'avait traîné à l'église luthérienne tous les dimanches matin à l'aube, alors que j'avais follement envie d'aller pêcher ou de couper du petit bois avec mon père, ou encore de rendre visite à l'un de ses amis paysans qui possédait un équipage exceptionnel de chevaux de trait belges, lesquels remportaient toujours le concours de tir à la corde à la foire du comté. Papa déclarait volontiers que ces chevaux étaient « les dieux de leur monde ». Je ne savais pas très bien ce que ça voulait dire, mais je trouvais cette phrase splendide, et j'adorais toucher leur énorme museau tout doux.

Une fois arrêté à Willow Creek pour faire le plein, j'ai ébauché un geste en direction de la banquette arrière et du portable, aussi beau qu'un foie de poisson.

« Cliff, m'a houspillé Marybelle, tu n'apprendras donc jamais à répondre au téléphone ? Le téléphone n'en est pas un si tu ne t'en sers pas. Cliff, nous n'avons aucun avenir ensemble. Je vais quand même venir à San Francisco. Ce serait agréable d'avoir un billet en première classe, car je me sens toute patraque et claustrophobe. Le président d'une grande université américaine m'a un jour envoyé un billet de première classe pour me rendre de New York à Miami. Bref, je réfléchis à notre différence d'âge... » Le temps du message était écoulé, mais elle a aussitôt rappelé. « Dix-sept années, c'est pas rien, Cliff. Dans dix ans, tu en auras soixante-dix, et je serai passée de quarante-trois à cinquante-trois. Je doute forcément de ton activité sexuelle à cet... » Nouvelle fin de message. Le troisième était très simple : « Cliff, décroche ce putain de portable ! »

Je n'étais pas réellement attentif, car je regardais un motel situé en face de la station-service, de l'autre côté de la route. Le truc magique, c'était que ce motel faisait de la publicité pour ses kitchenettes comme de nombreux autres motels. Je me suis dit que je pourrais m'installer pour quelques jours dans un de ces établissements et me préparer moi-même à dîner. Ce qui me manquait cruellement sur la route, c'étaient les petits plats faits maison. Viv avait été une cuisinière passable avant que l'immobilier ne lui bouffe la vie. À partir de là c'est moi qui me suis occupé de la préparation du dîner, vu que d'habitude elle ne rentrait pas à la maison avant sept heures du soir. Franchement, au début ça n'a pas été brillant, mais je m'en tirais en suivant les recettes à la lettre, au moins la première fois où je me lançais. Et maintenant j'avais terriblement envie de ma tourte au poulet, l'un des plats que Robert m'avait demandé de préparer à San Francisco avec une tourte à la viande, des spaghettis aux boulettes, un ragoût au piment vert, et une recette de poulet frit du Sud que Dr A m'avait donnée après un voyage en Louisiane pour ce qu'il appelait sa « thérapie sexuelle ». Viv avait toujours eu un faible pour les plats très pimentés. Elle avait grandi dans le nord du Michigan à une époque où la cueillette des fruits réclamait des milliers d'ouvriers mexicains ; un grand nombre de nos familles locales s'étaient alors mises à la cuisine mexicaine. Aujourd'hui, avec les cueille-cerises mécaniques, les Mexicains ont presque tous disparu du paysage et ils me manquent. Quand j'avais treize ans et que je cueillais les cerises en juillet pour gagner un peu de fric, j'ai vu un jour une jolie petite Mexicaine émerger d'une haie en remontant son pantalon après avoir fait pipi. Dès que j'ai aperçu son triangle de poils noirs, le désir m'a submergé et j'ai bien failli tomber dans les pommes. Soudain, je ne suis plus si sûr que la prostituée de Minneapolis m'ait dit la vérité sur Dr A. Je ne l'ai jamais vu porter le moindre chapeau, en dehors d'une espèce de galurin orange tricoté comme une chaussette à la saison où nous chassions le chevreuil. Pourquoi aurait-elle inventé un truc pareil ? J'ai soupçonné que les prostituées voient sans doute des choses vraiment bizarres chez notre population masculine. Mais pisser dans un chapeau ? Une telle exigence a vraiment de quoi surprendre.

Je me sentais en pleine forme quand je suis arrivé, sur la côte, à Eureka. À l'âge de soixante ans, j'allais enfin voir l'océan Pacifique par une journée torride et lumineuse. Brusquement, j'ai eu une idée : la Californie devrait s'appeler Pacifica et l'on devrait rebaptiser le merle vulgaire et si commun Rubens, en l'honneur de sa grosse gorge arrondie. Je me suis rappelé que quarante ans plus tôt, pour un cours de littérature, mon professeur avait invité son mentor de Harvard, qui avait déclaré : « Au royaume de l'imagination absolue, nous restons jeunes jusque tard dans la vie. »

Sur le moment, aucun de nous autres les petits malins de la fac n'avait accordé beaucoup d'attention à cette déclaration, mais j'ai espéré qu'ici et maintenant ce soit vrai. L'énormité du projet me laissait sur le cul. Certes, il n'y avait que cinquante États qui avaient besoin d'un nouveau nom, et j'avais oublié combien d'espèces d'oiseaux nous avions en Amérique du Nord – il me semblait pourtant me rappeler que ce nombre tournait autour de sept cents. Au lieu de me retrouver tout bonnement à la dérive, j'avais désormais un os à ronger. Je pourrais emprunter à Robert des bouquins sur les oiseaux de l'Ouest, ou en acheter des neufs. Pour les États c'était plus facile, grâce à mon puzzle posé sur la banquette arrière. Je ne sous-estimais pas la futilité de mon entreprise, mais je me sentais respirer un oxygène tout neuf, au lieu de mariner dans mes éternels problèmes.

L'océan Pacifique a dépassé toutes mes espérances. J'ai d'abord cru que j'allais avoir une crise cardiaque. Lord Byron a dit : « Roule, profond océan bleu nuit, roule. » Oui, bien sûr... J'ai ensuite passé un jour et demi entre Eureka et San Francisco, en restant le plus près possible de la côte et en m'arrêtant une bonne vingtaine de fois pour encore me rincer l'œil. L'océan est devenu mon odeur préférée. J'étais absolument stupéfait, car aucune de mes expériences précédentes et aucune de mes lectures ne m'avait préparé à l'océan Pacifique. Les flaques laissées par la marée au milieu des rochers me fascinaient. Des milliers de créatures y grouillaient et s'y tortillaient. J'ai envisagé la race humaine en train de nager dans une immense flaque aux dimensions cosmiques. C'était une expérience mystique détachée de toute religion spécifique. Assis sur une succession de plages, j'ai regardé l'océan jusqu'à ce que l'océan m'envahisse la tête. Cette expérience était à mille lieues de l'idée américaine de Dieu vu comme un type se baladant au volant d'une benne à ordures bourrée de figurines en sucre qu'il lance à ceux qui le méritent et qui lui parlent correctement. L'océan était un dieu inconnu, galactique, et à sa manière paisible il jouissait de la lune un peu comme nous ; après tout, l'océan et ses marées n'obéissent-ils pas à la lune et à son attraction ?

Je me suis arrêté pour la nuit dans un motel près de Fort Bragg, une ville qui exhibait toute la vulgarité de n'importe quelle agglomération affligée d'une base militaire, sauf que Fort Bragg avait l'océan Pacifique. J'ai savouré un excellent dîner mexicain qui a ajouté une suée bénie à mon euphorie. Je savais bien sûr que je perdais la tête. Ma folie était peut-être grave, mais je ne faisais de mal à personne ni à moi-même. À propos de mon divorce, Dr A avait déclaré : « Le monde te fait la peau et tu n'as même pas l'air de t'en apercevoir. »

C'était sans doute vrai, mais je n'étais pas assez solide mentalement pour résister et me battre. Aller dans le sens du courant se révélait plus agréable. Au milieu de l'hiver, quand le divorce a été officiel, Robert m'avait demandé au téléphone :

« Serais-tu prêt à revivre avec maman ?

— Probablement », avais-je alors répondu.

Viv s'était toujours contrefiché des grandes idées, de la vie de l'esprit ou de la bonne littérature. Elle vivait tellement dans le moment présent qu'elle réussissait à me faire sortir de mes profonds accès de mélancolie. Au cours de l'année passée depuis cette maudite réunion d'anciens du lycée, la vie avait perdu tout caractère prévisible, mais c'est peut-être cette absence de surprise qui provoque la mélancolie.

J'étais légèrement éméché après les trois tequilas et deux bières Pacifico que je m'étais envoyées. Mes premières Pacifico, mais quelle autre marque de bière aurais-je pu commander ? De retour dans la chambre j'ai consulté mon portable, puis j'ai fait quelques kilomètres en voiture vers le sud pour atteindre un endroit nommé Cabrillo Point et dire bonsoir à l'océan. Dans leurs messages, Robert et Marybelle avaient exprimé leur inquiétude pour ma santé mentale et je me suis demandé quand tout ça avait bien pu commencer. Depuis qu'enfant je m'étais cassé le bras gauche, personne ne s'était jamais fait le moindre souci pour moi. Je n'arrivais pas à comprendre d'où venaient tous ces tracas, sinon de la pure méchanceté humaine, à commencer par celle de Marybelle ; Robert avait lui toujours eu besoin de s'inquiéter pour quelque chose ou quelqu'un. Et puis Marybelle s'était vaguement excusée de ses allusions désobligeantes à notre différence d'âge, en disant : « Il existe des médocs miracles qui permettent à un homme de rester sexuellement actif jusqu'à l'âge de cent ans. »

Face au Pacifique, j'ai éclaté de rire en m'imaginant en écureuil volant tout ratatiné, fondant sur de pauvres femmes innocentes, ma bite braquée vers la cible, prête à entrer en action.

Quand le soleil couchant a indiqué la Chine, je suis rentré en voiture à ma chambre, le cœur débordant de joie. Je me suis arrêté à un stop pour lancer un billet de cinq dollars plié en quatre à un jeune homme dépenaillé qui tenait une pancarte où on lisait : « Je cherche du travail pour manger. » Apparemment, c'est ce que nous faisons tous. Au dîner mes oreilles ont rougi quand j'ai regardé une jolie serveuse mexicaine traverser la salle d'un pas dansant avec ses plateaux couverts d'assiettes. Le juke-box diffusait de la musique mexicaine et j'ai eu l'impression d'être à l'étranger, au Mexique pour être exact. La musique et l'océan m'ont accompagné toute la nuit et je me suis réveillé une bonne dizaine de fois en me sentant chaque fois aussi heureux que Lola lorsque nous accomplissions les tâches matinales. Sur le chemin de la grange elle se pavanait en caracolant d'un pas fantaisiste, à demi tournée de côté.

CALIFORNIE III

J'ai atteint Sausalito à quatre heures de l'après-midi en me disant que j'allais appeler Robert avant de m'offrir un hamburger en vitesse. Robert ne dîne jamais avant huit heures du soir, heure à laquelle je serais à moitié mort de faim. Entre de brefs trajets en voiture, j'avais marché sur de nombreuses plages et, obnubilé par l'océan, oublié de déjeuner. Je venais de faire ma plus longue balade à Point Reyes, où j'avais observé un groupe de phoques à l'évidente jeunesse qui ne me quittaient pas des yeux. Adossé à un rocher, j'ai sombré dans les bras de Morphée et ils se sont approchés tout près de moi. Tout doucement, je leur ai dit « Salut », me demandant si la pensée et les rêves des phoques n'étaient pas entièrement immergés dans ces rythmes océaniques que je trouvais moi-même si apaisants. J'avais lu quelque part que les requins mangent les phoques, mais ce n'est pas un sort si tragique comparé à un séjour de longue durée dans une salle de cancérologie.

Je venais de quitter l'autoroute à Sausalito et j'approchais de la maison de Jack London, le héros de ma jeunesse, quand Ron est mort. Ron est le petit nom de ma Ford Taurus âgée de treize ans, qui frise les trois cent cinquante mille kilomètres au compteur. Le vrai Ron est un ami du lycée qui est mort quand son tracteur (un John Deere) a basculé en arrière et l'a écrasé alors qu'il arrachait une souche.

Ron était impétueux et il avait le pied assez lourd sur la pédale des gaz. Il avait une envie folle de finir le lycée pour entrer dans les marines. Il voulait aller au Vietnam et se battre pour notre « liberté ». En donnant à ma Taurus le nom de Ron, j'avais honoré sa mémoire désespérément fanfaronne. Lors de son enterrement à l'église méthodiste, l'oncle de Ron, un ancien marine également prénommé Ron, a déclaré que son neveu aurait fait un formidable marine, quoi que cela veuille dire.

Bref, j'ai réussi à rejoindre un parking au volant d'un Ron qui fumait tant et plus. Coup de chance, un Mexicain en train de siroter un café sur le siège d'une camionnette de la compagnie des téléphones a trottiné vers moi avec un extincteur. Quand j'ai soulevé le capot, des tourbillons de fumée ont jailli vers mon visage. J'avais pété le joint de culasse et tout le moteur était couvert d'huile. Les câbles électriques avaient commencé de brûler et le Mexicain a arrosé tout le moteur de mousse blanche avant que les flammes n'atteignent le carburateur, ce qui aurait mis le feu à l'essence.

« Ta bagnole est foutue », m'a dit le Mexicain.

Sur sa poche de chemise, j'ai lu son nom : « Fred ». « Merci, Fred. Je crois que ma voiture vient de monter au ciel. »

Il a éclaté de rire avant de retourner vers sa camionnette. Ce Fred m'a bien sûr fait penser à celui de Vivian, mais seulement durant quelques secondes. J'ai appelé Robert pour lui annoncer la mauvaise nouvelle et il a réagi au décès de Ron par un sonore : « Bon débarras ! »

Puis il m'a dit de longer quelques blocs dans la même rue jusqu'au No Name Bar. Robert avait un rendez-vous téléphonique avec « Pailletteville », il allait m'envoyer quelqu'un qui me conduirait chez lui.

Au bar, j'ai savouré un whisky et un magnifique sandwich jambon-fromage.

Une chose qui est devenue vraiment insupportable en Amérique, c'est que tout le monde s'empiffre de jambon dégueulasse. Le barman n'était pas occupé et nous avons parlé de Jack London. Mon accent bizarre a éveillé sa curiosité. Il a déclaré que Jack London était toujours très populaire en Russie. Je lui ai rétorqué que j'avais un jour allumé un feu de camp sous un pin couvert de neige et que, comme il fallait s'y attendre, la neige avait dégringolé de l'arbre et éteint mon feu. C'était une expérience littéraire. Mon anecdote a ravi le barman, qui a dit que la littérature était parfois dangereuse. Par exemple, quand il étudiait Dostoïevski à Berkeley, cette lecture l'avait plongé dans une longue dépression. Je lui ai répondu que mon ami le Dr A affirmait qu'on devrait coller sur la couverture de certains livres une étiquette indiquant le degré de nocivité du produit concerné. Histoire de me taquiner, Dr A répète souvent que ma dépendance précoce aux bouquins d'Emerson, de Thoreau et de Thomas Jefferson m'a rendu beaucoup trop sensible à la brutalité du monde contemporain.

Quand je suis ressorti des toilettes, le barman a dit : « Votre chauffeur est arrivé, monsieur. »

Il m'a indiqué un jeune homme en costume noir debout près de la porte d'entrée. Vivian a toujours aimé les films évoquant l'existence luxueuse de flambeurs tirés à quatre épingles qu'un chauffeur à l'élégante casquette promène çà et là en limousine. Mon chauffeur s'appelait Ed. Quand nous sommes sortis du bar, il a appuyé sur un bouton de sa clef, qui a fait démarrer sa grosse voiture noire et brillante, une BMW. Alors que nous allions récupérer mes affaires dans feu ma Taurus, j'ai appris que Ed avait grandi dans une bourgade agricole proche de Springfield, dans le Missouri, et qu'il était venu dans l'Ouest à cause de sa passion pour le théâtre. Il m'a ensuite appris que mon fils Robert lui avait trouvé ce boulot de chauffeur et qu'il emmenait souvent Robert à l'aéroport. Je lui ai bien sûr demandé pourquoi mon fiston ne pouvait pas se rendre tout seul à l'aéroport. Ed a éclaté d'un rire surpris avant de me révéler que Robert dictait parfois trente e-mails à son secrétaire sur le chemin de l'aéroport, quand il ne passait pas une bonne douzaine de coups de fil sur son portable. Je réfléchissais à tout ça quand une dépanneuse est arrivée pour remorquer ma caisse, elle aussi commandée par Robert. J'ai apposé ma signature au bas d'un imprimé, puis tapoté le capot de mon vieux Ron pour lui dire adieu. Naturellement, une voiture n'a pas de mémoire, mais celle-ci était associée à quelques bons souvenirs. Debout près de Ron, je me suis abandonné à une vision de Marybelle, les pieds posés sur le tableau de bord, exhibant le merveilleux intérieur de ses cuisses ainsi que son muffin peut-être divin. Les Grecs avaient l'oracle de Delphes, mais j'ai oublié ce qu'il disait.

L'appartement de Robert était beaucoup trop chic pour être confortable. Tandis que Ed le chauffeur rangeait mes affaires dans une chambre, Robert m'adressait du bureau de pitoyables signes de la main, car il était occupé au téléphone. Tout m'a rappelé une photo de l'un des magazines préférés de Vivian, genre *Maisons et Jardins.* Sur une étagère j'ai choisi trois livres d'ornithologie, puis je me suis assis dans un canapé si moelleux que j'ai craint de ne plus jamais pouvoir me lever. Je me suis endormi en regardant les loriots. Était-il juste qu'il y ait davantage d'espèces de loriots à l'ouest du Mississippi qu'à l'est ?

« Mon pauvre vieux papa, tu as l'air vanné, a dit Robert en me réveillant.

— Oh, c'est des conneries tout ça ! Je suis frais comme un gardon. » Je ne me suis pas vexé, car je venais de faire un rêve agréable où Lola était assise à côté de moi sur le tracteur John Deere.

« Papa, je viens de passer trois PUTAINS d'heures au téléphone. Je vais prendre un GRAND martini. Tu en veux un ?

— Et comment ! »

Robert portait des vêtements aussi chics que son appartement. Il a agité les martinis et la glace au-dessus de son épaule comme on le voyait faire dans les vieux films. J'ai longé le couloir pour me rendre aux toilettes et avisé sur le mur la photo d'un Noir à grosse bite, prise par un artiste répondant au joli nom de Mapplethorpe. Pour dire la vérité, j'avais l'air complètement ravagé dans la glace, mais je venais de faire trois mille cinq cents kilomètres au volant de Ron avant qu'il ne passe l'arme à gauche, sans parler de mes séances d'aérobic avec Marybelle.

Robert nous a préparé à dîner sur une cuisinière d'environ trois mètres de long. Ses plats étaient tellement bons que j'en ai eu les larmes aux yeux. Malgré tout ce qu'on a bien pu raconter à propos de la révolution culinaire en Amérique, sur la route je n'ai pas vu beaucoup de traces de ce prétendu chambardement. Il a fait griller une côte de veau, préparé des spaghettis avec simplement de l'huile d'olive, de l'ail et du parmesan, sans oublier une salade de légumes vert foncé très amers. J'ai remis de l'huile d'olive sur mes spaghettis – elle était délicieuse –, et je me suis dit que cette huile venait d'Italie, tout comme le vin venait de France, que tout ça devait coûter la peau des fesses, mais Robert, célibataire endurci, n'avait pas besoin d'économiser en vue d'études universitaires de gamins inexistants.

Nous avons surtout parlé de Viv et de notre mariage détruit. Robert a dit que tous les enfants veulent que leurs parents restent ensemble quoi qu'il arrive, et qu'il avait beau ne plus être un gamin depuis belle lurette, il ne voyait pas les choses autrement. Nous avons veillé assez tard de mon point de vue, c'est-à-dire jusqu'à onze heures, en évoquant toutes sortes de mariages possibles et imaginables. Il a voulu me faire avouer que j'allais me raccommoder avec Viv, mais je me suis trouvé incapable de lui faire cette promesse. Comment pourrais-je devenir le grouillot d'une agente immobilière très occupée, alors que je n'avais même plus de ferme ? Il a mis de la musique espagnole sur la chaîne stéréo, j'ai écouté une belle chanson, *Beige Dolorosa*, et j'ai aussitôt compris que ç'allait être le nouveau nom d'un oiseau d'habitude connu comme étant le passereau brun. Quand je suis allé me coucher, Robert a dit :

« Papa, papa, papa, je suis SÛR que maman t'aime encore. Simplement, elle doit résoudre tellement de dilemmes compliqués. »

Sur ma table de nuit, j'ai remarqué les papiers relatifs à la procuration et une enveloppe Fed Ex que Vivian s'était adressée à elle-même. Collé sur ces papiers, un post-it de Robert disait :

« Papa, ne signe pas ça. »

Je me suis réveillé comme d'habitude à cinq heures et demie du matin, ce qui était devenu un problème dans notre mariage. Viv se disait dérangée par mes heures de lever, même si je quittais le lit sans bruit et qu'elle ne semblait jamais se réveiller. Durant les dernières années de notre mariage j'ai dormi dans une petite chambre d'amis, ce qui permettait à Lola de sortir de la cabane de pompage pour me rejoindre avec un air victorieux. Viv refusait que je m'installe dans l'ancienne chambre de Robert, qui était plus confortable. Il était parti depuis dix-huit ans, mais elle gardait cette chambre en l'état pour les visites annuelles de notre fils.

J'ai mis le temps, mais j'ai finalement compris le fonctionnement de la cafetière high-tech de Robert. J'ai décidé de boire une tasse de café sur le spacieux balcon et de regarder le lever du soleil. Tandis que le ciel s'éclaircissait, je me suis dit que le soleil montait à l'est, derrière moi. Je l'ai vu scintiller sur le pont du Golden Gate. Quand on est sur la route, on a du mal à garder le sens de l'orientation. Tous les ans, les journaux parlent du nombre de gens qui ont sauté du Golden Gate, et j'ai espéré qu'à cet instant précis personne n'essayait de le faire. Et puis je me suis dit que le poids de toute cette pierre était peut-être un peu excessif pour un balcon, mais quand je me suis mis à quatre pattes afin d'en gratter la surface avec mon couteau de poche, j'ai découvert que c'était du faux grès. On n'est jamais trop prudent. Je ne me rendais pas compte que je chantonnais, ce que je faisais toujours sur le tracteur pour passer le temps, et puis je me suis entendu fredonner un air idiot de la campagne : « La bière qui a rendu Milwaukee célèbre a fait de moi un drôle de zèbre. »

« Papa, mais qu'est-ce que tu fous à chanter à cette heure ? » Robert était derrière moi, vêtu d'un énorme peignoir duveteux.

Je me suis excusé, mais il m'a répondu que de toute façon il aurait dû se lever dans une demi-heure. La veille au soir, il m'avait averti qu'il devait faire un saut à Santa Barbara dans le jet privé d'un producteur. Une comédie délirante sur trois épouses républicaines qui attendaient leur divorce à Reno était en cours de tournage. Deux semaines après le début du tournage, le producteur venait de décider de transférer la production en Colombie-Britannique à cause de l'énorme réduction de taxes proposée par les Canadiens. Robert s'envolait pour Santa Barbara afin de convaincre ce producteur qu'on ne pouvait pas « reconstituer » Reno en Colombie-Britannique. Par ailleurs, le réalisateur avait menacé de laisser tomber ce film.

Robert m'a préparé mon petit déjeuner préféré : saucisse, œufs brouillés et patates, tandis que lui-même mangeait un muffin au son et un yaourt. Lola quittait la pièce quand Viv mangeait un yaourt. Vivian menaçait alors Lola d'une cuillerée de yaourt, et Lola se mettait à gronder.

Au moment de partir, après m'avoir dit comment retourner à l'appartement quand j'aurais fait ma promenade matinale, et où se trouvaient les divers ingrédients pour préparer notre dîner (ma spécialité : les spaghettis aux boulettes de viande), Robert a enfin lâché le morceau : en fin d'après-midi, quand il rentrerait de Santa Barbara, il devait prendre Marybelle à l'aéroport. À la porte, il m'a tendu une lettre que Viv lui avait adressée afin de lui expliquer pourquoi elle m'avait plaqué. J'ai presque senti une voiture piégée exploser au fond de mon cœur.

CALIFORNIE IV

Où sont passés les morceaux de mon cœur ce matin ? Assis sur le balcon, j'ai lu et relu plusieurs fois la lettre de Vivian. J'avais pris les jumelles dont Robert se servait pour observer les oiseaux et, entre deux lectures, j'ai regardé sous le pont l'énorme flot de la marée descendante vider une partie du port et de la baie. Je désirais être l'un de ces hommes minuscules qui dans les livres pour enfants chevauchent le dos d'un oiseau. Viv commençait par « Très cher Roberto », car lorsque Robert avait dix ans il a décidé qu'il était un orphelin issu d'une famille noble italienne et exigé qu'on l'appelle Roberto. Viv s'est laissé convaincre, mais j'ai refusé, convaincu qu'il était déjà bien difficile de garder Robert en contact avec la réalité. Un jour, au dîner, Robert a demandé : « Papa, c'est quoi cette réalité dont tu parles tout le temps ? » Je n'ai pas su quoi lui répondre.

Voici la lettre de Vivian :

Très cher Roberto,

Tu sais que je suis une fan du téléphone et j'ai vraiment du mal à écrire mes pensées noir sur blanc, comme tu me l'as demandé. En un sens, mes pensées sont trop rapides pour le papier. Quand je suis au téléphone, je réussis peu à peu à exprimer ce que je veux dire. De nos jours, presque tout le monde procède ainsi. Je ne connais aucune femme de la campagne capable de se payer un pot de chambre qui n'ait pas de téléphone portable. En plus, je n'ai jamais été très douée pour les travaux d'écriture. En première année à l'université, j'aurais raté l'examen du cours « Sciences de la communication » sans l'aide précieuse de ton père. J'ai toujours admiré les dons de ton père pour le langage, même si ces dernières années il se contente de marmonner. Roberto, le mariage est fait d'une accumulation de petites choses. Jour et nuit, ton père parlait du temps qu'il faisait jusqu'à ce que j'aie envie de lui taper sur le crâne avec une poêle en fer. Et puis, c'est quoi le temps ? Quand nous avons fait notre voyage annuel chez Bahle à Suttons Bay pour acheter des fringues neuves, il a pris cinq chemises identiques en flanelle marron pendant qu'un peu plus loin dans la rue j'achetais une tarte aux cerises. Tu imagines ça ? Il n'arrêtait pas de me préparer des plats affreusement gras alors que je le suppliais d'arrêter, même si je reconnais qu'une partie de mes problèmes de poids est

due au Pepsi et aux beignets au sucre glace. Pour lui, mon travail dans l'immobilier est ce qu'il appelle « un boulot bidon ». Autrefois il prenait une douche par jour, mais depuis quelques années il rentrait de la grange en disant « Aujourd'hui j'ai pas transpiré ». Il puait exactement comme la grange. J'ai aussi cru comprendre qu'il fricotait avec une souillon nommée Babe qui travaille comme serveuse à la gargote locale. Il n'aime plus danser la polka, distraction essentielle à notre mariage. Plusieurs fois je l'ai surpris en train de chanter des airs country à Lola, sa chienne bâtarde qui ne m'aime pas. J'ai découvert un bouquin porno comique français dans son pick-up, un cadeau de Dr A. Il buvait beaucoup plus que moi. Voilà pourquoi je me suis tourné vers Fred afin de trouver un peu d'amour. Pour être sin-

cère, ton père me casse les pieds comme c'est pas possible.

Baisers
Maman

Dire que j'ai été scié relèverait de l'euphémisme. Je n'arrêtais pas de penser au dernier combat de Mohammed Ali contre Floyd Patterson, où Patterson encaissait une bonne centaine de coups de poing par round. Étais-je réellement un bouffon ou un naze, deux termes employés par les jeunes pour décrire un crétin qui se prend toujours les pieds dans le tapis ? J'ai quitté l'appartement en toute hâte, mais dans l'ascenseur je me suis trompé de bouton et je me suis retrouvé par erreur dans l'entresol de l'immeuble, ce qui m'a complètement déboussolé. Malgré la fraîcheur ambiante, j'ai commencé à suer à grosses gouttes. L'ascenseur a mis une éternité à remonter vers la surface. Quand je suis sorti ventre à terre de l'immeuble, j'étais au bord de l'asphyxie.

Bon, j'ai passé trois heures à crapahuter dans les rues qui montaient et descendaient, car San Francisco est bâtie sur de nombreuses collines. Thoreau, mon héros, répète à satiété que la marche vous débarrasse des maux de l'esprit, ce qui est vrai, mais seulement jusqu'à un certain point. J'ai essayé d'accélérer le pas en me disant que « plus c'est mieux », mais j'ai senti dans mon flanc la dague de Vivian et j'ai ralenti. Chinatown m'a fourni la meilleure diversion possible. Au cours de mon existence plutôt longue je n'avais jamais vu un spectacle pareil. Je portais toujours des œillères, comme un cheval de trait, mais les visions et les odeurs se sont frayé un chemin jusqu'à mon cerveau. Je n'ai pas pu m'empêcher d'acheter une cuisse de canard fumée au thé. Le propriétaire du magasin était tout chamboulé parce que j'avais les larmes aux yeux. Quand je lui ai expliqué que je venais de perdre ma mère, il m'a tapoté l'épaule pour me manifester sa sympathie. Bien sûr je ne mentais pas, ma mère était bel et bien morte, mais ça s'était passé quinze ans plus tôt. Chinatown m'a fait réfléchir à ce que Robert m'avait dit la veille au soir, à savoir que je devrais partir vivre dans un autre pays où je ne comprendrais ni les journaux ni la télévision, et où tout serait nouveau pour moi. Je lui avais rétorqué que j'étais incapable de monter dans un avion. Il m'a alors dit que je pourrais partir en voiture vers le sud, rejoindre la frontière mexicaine de la Californie ou de l'Arizona, et ensuite prendre un car. Robert a ajouté que j'avais besoin d'un nouveau monde pour me débarrasser de l'ancien. J'ai tenté de lui répondre que j'allais bien, mais il m'a alors contredit en déclarant que j'étais parti en voyage sans mon équipement de pêche et mes livres d'ornithologie. J'avais tout bonnement « fui le nid » comme un vieux coq cinglé. Il a ensuite essayé d'apaiser mon esprit en déclarant que Vivian avait lu trop de romans de Barbara Cartland, ce qui expliquait pourquoi elle s'était fait la malle avec Fred, qu'elle décrivait sans arrêt à Robert comme un homme « fringant », un mot guère utilisé dans ma région.

Bon, j'ai fait une pause dans un joli petit parc situé en haut d'une colline. Je me suis assis sur un banc et j'ai remarqué que j'étais entouré par trois hôtels très classe et une majestueuse cathédrale épiscopalienne. Les environs étaient d'une propreté impeccable, partout il y avait des parterres de fleurs, et au milieu de ce parc jaillissait une fontaine décorée de sculptures rigolotes qui à cette distance évoquaient des personnages de contes pour enfants. Quand j'ai allumé une cigarette, une dame qui passait par là m'a regardé comme si j'avais une crotte de chien dans la bouche. Vivian traversait mes pensées à toute vitesse, à croire qu'elle portait des baskets de compétition. Sa lettre prouvait clairement qu'elle me méprisait, mais les reproches qu'elle m'adressait étaient assez superficiels. La plupart des gens semblent vivre ainsi, ai-je pensé. À dix-neuf ans je m'étais senti attiré par elle, car elle était massive, appétissante et ordinaire. Comme on disait autrefois, elle était pleine de vie et de vigueur, et puis elle incarnait à mes yeux un bon antidote à ma mélancolie et à cette tendance méditative que ma mère m'avait apparemment transmise. Je suis tombé amoureux de Vivian en réaction à une petite aventure que j'avais eue avec une prénommée Aster pendant ma première année de fac. J'étais certain qu'Aster n'était pas son vrai prénom. Un jour, je suis entré dans le bâtiment du département art et je l'ai repérée en train d'accrocher au mur un de ses tableaux qui évoquait un embrouillamini de toiles d'araignées. Nous avons passé un mois sans presque jamais nous quitter, et puis elle m'a plaqué lorsqu'elle a compris que je n'avais pas les moyens de l'emmener à New York où elle rêvait d'habiter une chambre de bonne et de s'initier à la vie de bohème. Elle disait sans arrêt que l'université du Michigan était bourrée de philistins. Au lit c'était une vraie chatte sauvage, elle émettait même toute une variété de miaulements, prétendant que le chat était son animal fétiche. Cette minuscule jeune fille vivait dans une chambre minuscule où elle préparait du riz complet et des légumes sur une plaque chauffante. Elle disait que notre relation était vouée à l'échec si je continuais de manger des hamburgers. Mais quand j'ai commencé à faire la cour à Vivian, celle-ci mangeait souvent deux cheeseburgers avec des frites, le tout accompagné d'un milk-shake.

Soudain, assis là sur ce banc, je me suis rappelé un poème que lors de ma récente traversée du Montana j'avais entendu Garrison Keillor réciter dans le cadre d'une émission de radio consacrée à la littérature. Un poète nommé Blumenthal a écrit : « Je suis un homme simple et apeuré. » Cette description s'appliquait-elle aussi à moi, après ma troisième lecture de la lettre de Viv ? Si je mène cette existence solitaire à l'intérieur des frontières de ma peau, pourquoi ne puis-je contrôler la confusion de mes pensées ? Personne ne peut le faire à ma place. Ce n'était pas une question très originale, mais on dirait que je ne suis pas non plus un homme très original.

J'allais me mettre en route vers l'appartement de Robert pour préparer mon plat de spaghettis aux boulettes de viande, quand le portable a sonné au fond de ma poche. Comme tout un chacun, j'ai regardé l'écran en plissant les yeux, toutefois sans intention de répondre. J'ai attendu quelques minutes en admirant un beau nuage, puis j'ai écouté la voix de Marybelle :

« Cliff, ta compagnie me manque. Je suis arrivée à l'aéroport de Minneapolis. Tu ferais bien d'acheter quelques fringues pour ne pas ressembler à un péquenaud. Je te verrai au dîner. Mille baisers brûlants. »

Je n'ai pas vraiment été réjoui d'apprendre que je lui manquais. Je savais bien que mon plus beau pantalon kaki, celui que je portais, avait le bas des jambes tout effiloché et que mes chaussures aux talons éculés étaient vieilles d'une dizaine d'années. Du coup sur le chemin du retour j'ai fait du lèche-vitrines. Papa me disait toujours : « Pleurniche donc pas sur ton sort. » J'ai donc prié un dieu inconnu en achetant une paire de chaussures, deux chemises neuves, un pantalon noir en laine et un blazer bleu, pour la somme totale de neuf cents dollars, environ un pour cent de la valeur nette de mes biens sur cette planète.

En marchant dans Polk Street je me suis soudain rappelé que j'avais oublié sur le comptoir de la cuisine la clef de l'appart de Robert et le code d'accès griffonné sur un bout de papier. Cette découverte a transformé ma journée en bourbier. J'ai été distrait de mes pensées noires par le nombre incroyable d'hommes jeunes qui dans Polk Street semblaient être « de la jaquette flottante », comme on dit dans mon coin. J'ai alors pensé que, de la même manière que les paysans, ils se sentent sans doute plus à l'aise lorsqu'ils sont ensemble. Quand, voilà tant d'années, j'ai appris les penchants sexuels de Robert et que je suis allé voir Dr A, il m'a dit : « Chacun devrait être ce qu'il est. » Et Vivian m'a surpris en déclarant : « Ça ne m'a jamais intéressée de devenir grand-mère. Il y a trop de grands-mères. » Pendant des semaines nous n'avons presque parlé que de ça, puis nous avons renoncé à en parler. Nous nous sommes même mis à blaguer un peu sur ce sujet. Quand Robert est revenu à la maison pour Noël, je lui ai dit que je préférais qu'il soit gay plutôt que républicain. Il a adoré.

Je me suis retrouvé devant l'immeuble de Robert en me demandant quoi faire, puis je me suis rappelé que j'avais la carte de visite de Ed, ainsi qu'un téléphone portable au fond de ma poche. « Quel type brillant je suis », ai-je dit à voix haute. Il avait le code d'accès et la clef pour aider Robert à porter ses bagages, pour le réveiller parfois aussi, c'est du moins ce qu'il m'a assuré.

« Vous avez de la chance. Je suis à l'Embarcadero. Et puis Robert a appelé pour me prévenir qu'il a acheté pour vous un 4×4 Chevrolet Tahoe quasi neuf à un studio de cinéma qui vient de finir un tournage, et que Madeleine Stowe a conduit ce véhicule. Pas mal, non ? J'irai le chercher demain à Paso Robles. »

L'autre bonne nouvelle, c'était que Ed savait faire marcher le four à micro-ondes pour décongeler les hamburgers destinés aux boulettes. Ma situation s'améliorait petit à petit. Viv avait insisté pour que j'arrête de mettre des anchois dans mes boulettes, sous prétexte que son travail l'obligeait à rencontrer beaucoup de gens. « T'as qu'à te laver les dents deux fois de suite », lui avais-je rétorqué. Mon père adorait l'ail et les anchois. C'est une des choses que je tiens de lui. « Des goûts costauds pour des mecs costauds », disait-il volontiers.

Ed a aussi fait semblant d'admirer mes nouvelles fringues, mais j'ai tout de suite vu qu'elles étaient beaucoup moins belles que celles de mon chauffeur. Il est parti après m'avoir ouvert une bonne bouteille de vin français. En rejoignant la porte, il s'est mis à danser une petite gigue en chantonnant : « J'ai rendez-vous avec un vrai rêve. »

CALIFORNIE V

La mort fera de nous des inconnus pour nous-mêmes. Y croyais-je vraiment ? Je n'aurais guère su le dire, ayant fini en même temps la sauce des spaghettis et la bouteille de vin français, laquelle n'avait pas réussi à me rendre tout mon équilibre mental – ce que le vin parvenait toujours à faire par le passé. J'ai examiné l'étiquette de cette bouteille, c'était un bandol domaine Tempier, et malgré la couleur rubis du vin, on aurait juré en le buvant que c'était la lumière du soleil qu'on avait emprisonnée dans cette bouteille. J'ai allumé une cigarette. Vivian m'avait aidé à ne pas fumer pendant vingt-cinq ans, mais maintenant augmenter ma durée de vie ne me paraissait plus être un motif admirable. À l'extrémité opposée du comptoir de la cuisine, sur la pile du courrier de Robert, il y avait une pub au dos d'une revue intitulée *The Economist* qui disait : « Ne perdez jamais votre place dans le monde. » Ce serait pourtant agréable d'y penser, non ? Mais ce n'est pas une chose qu'on fait volontairement.

J'ai pris une douche, je me suis rasé, j'ai mis mes vêtements neufs, je suis sorti sur le balcon et je me suis assis avec les jumelles. Pour quelqu'un de la campagne, l'idée de gens vivant et travaillant empilés en innombrables couches successives a quelque chose de stupéfiant. Dr A a un ami à Chicago qui vit au quatre-vingt-dixième étage. Ça fait vraiment haut. Quand le vent souffle en tempête du lac Michigan, l'immeuble bouge un peu. Dr A m'en a parlé alors que nous rentrions en voiture de Traverse City, où nous venions d'écouter le discours d'un écologiste renommé qui m'avait fait l'effet d'un parfait crétin. Il a péroré d'une voix empâtée sur le gaz méthane qui montait des troupeaux de bovidés, et sur le défi consistant à transformer une nation de trois cents millions d'âmes en végétariens. Le clou du spectacle, ç'a été la bénédiction donnée par un vieux shaman ojibway. J'avais rencontré cet homme en allant chez grand-père avec mon père quand j'avais une dizaine d'années. À l'époque il était chaleureux mais aussi effrayant. Lorsque j'avais interrogé mon père, il m'avait répondu que cet homme était en contact direct avec les dieux et les esprits qui sur terre nous évitent pour survivre. « Nous sommes une nation de tueurs d'esprits », avait ajouté papa.

Bref, après le discours de l'écolo, ce vieux shaman doté d'une affreuse voix tonnante s'est dressé en tenant dans chaque main un cormoran au bec atrocement tordu à cause des insecticides agricoles. Il a déclaré que les fleuves et les rivières étaient les vaisseaux et les veines de Dieu, et l'eau Son sang précieux. Les lacs constituaient les lieux où Son sang se reposait de la fatigue due à l'acte incessant de la création. Un bon moment a passé avant que quiconque dans l'assistance ne puisse dire quoi que ce soit, il y avait pourtant là de vraies pipelettes. C'est sur le chemin du retour que Dr A a évoqué tous ces citadins empilés en strates successives afin d'économiser l'espace. Pour un homme qui se consacre à la science médicale, Dr A est parfois un peu barjot. Le dimanche, par exemple, il se balade en forêt en décrivant des cercles concentriques.

J'ai entendu la porte s'ouvrir et attendu une minute avant de quitter le balcon, car j'observais à la jumelle l'énorme courant de marée qui coulait sous le Golden

Gate – un plan d'eau guère indiqué pour faire de la barque. Et puis je repensais à Lola qui passait des heures assise au bord de l'étang à attendre que je lance un bout de bois dans l'eau pour qu'elle puisse aller le récupérer. Elle ne pouvait pas se débrouiller toute seule. La vie est ainsi faite. Voici la question qui se posait maintenant au vieux chnoque que j'étais : ai-je vraiment besoin de quelqu'un d'autre pour m'accompagner dans ce drôle de voyage ?

Quand je suis entré au salon, ils sont restés bouche bée. Je n'ai pas tout de suite compris que c'était à cause de mes vêtements neufs. « Bon Dieu, papa, tu ressembles à un golfeur professionnel », a lâché Robert pendant que Ed lui servait un martini. Marybelle s'est mise à rire. Elle n'avait pas exactement la boule à zéro, même si par sympathie pour son amie dingo elle s'était passé un bon coup de tondeuse sur le crâne. « Je me suis demandé un moment si c'était bien toi. » Elle continuait de rire.

Ed était en train de mettre la table du dîner et j'ai soudain pensé qu'il était peut-être « l'autre significatif » de Robert. Il m'a annoncé que le lendemain matin de bonne heure il prendrait le bus pour Pasos Robles afin d'aller chercher mon 4×4. J'ai réfléchi au besoin de fuite tout en réchauffant mes boulettes de viande et en jetant les spaghettis dans l'eau bouillante. J'ai permis à Robert de goûter à une boulette pas tout à fait cuite, car il m'a dit « Je suis tellement affamé que je pourrais bouffer le cul d'une truie », une espèce de dicton familial initialement transmis par mon père. Marybelle et Robert venaient d'avoir une discussion animée sur « le monde du théâtre », en particulier Ionesco, Genet et un contemporain nommé Bob Wilson. Cette discussion devait se poursuivre toute la soirée pour se finir sur mon hébétement total, le tout dans un argot bien senti que le vieil inculte que je suis ne comprenait pas vraiment. À un moment, Marybelle m'a entraîné dans le couloir devant la photo du Noir à grosse bite et m'a dit : « Notre amour est fichu. » Je n'ai pas pu m'empêcher d'acquiescer en silence. Nous nous sommes embrassés et, lorsque j'ai posé la main sur son joli derrière, j'ai senti tout mon corps vrombir comme un colibri. « Je suis tellement biologique », ai-je pensé.

Nous avons expédié le dîner en vitesse et tout le monde a sombré dans la somnolence jusqu'à ce que Ed prépare une grande cafetière et serve la glace à la pêche. Ces deux ingrédients ont bien requinqué Marybelle et Robert, qui ont alors repris leur discussion animée sur le théâtre. La seule chose qui m'a intéressé, c'est quand Robert s'est mis à parler de la dimension sociale des arts et de l'industrie des loisirs. Il a déclaré que sa mère avait regardé un bon millier de films merdiques et lu un bon millier de romans tout aussi merdiques, ajoutant que l'esprit de Vivian avait ainsi été endommagé de manière irréparable. J'ai senti mon cœur se serrer. Malgré sa lettre impitoyable, Viv me manquait parfois de manière poignante.

J'ai quitté la table, rejoignant le bureau de Robert pour examiner de plus près sa bibliothèque. Je voulais organiser différemment mes journées dès que je reprendrais mon voyage sur la route. Me lever comme d'habitude à cinq heures et demie du matin, rouler jusqu'en début d'après-midi, faire la sieste dans un motel, et puis lire un bouquin et travailler sur mon projet consistant à rebaptiser les oiseaux et les États d'Amérique. J'aimais l'idée de labourer un champ en friche. Il me semblait comique que tant d'années auparavant j'aie sermonné Robert pour qu'il affronte la réalité, lui qui me disait maintenant de « restructurer » ma réalité. Ce soir-là, la sienne paraissait bien fragile. Son projet de film partait en eau de boudin à cause de ce producteur qui tenait à ce qu'on reconstitue Reno en Colombie-Britannique.

Ça m'a rappelé que trois années de suite j'avais perdu ma récolte de prunes à cause du mauvais temps. Nous étions trop au nord pour cultiver des pruniers. La raison de mon entêtement, c'était la cupidité pure et simple, les prunes se vendant un dollar le kilo.

J'ai choisi dix livres, que j'ai emportés dans la chambre d'amis, en avisant d'un œil craintif la valise de Marybelle posée à côté de la mienne. J'ai compris que dans des recoins guère reculés de mon cerveau je prévoyais de filer à l'anglaise au petit jour. J'ai ouvert au hasard un volume d'Emerson en y cherchant une trace de sagesse, mais j'ai fait chou blanc. L'idée même de ne compter que sur soi semble banale quand on n'est pas certain de qui est ce « soi ».

Lorsque je les ai rejoints à table, Marybelle somnolait sur sa chaise tandis que Robert et Ed envisageaient d'aller boire un dernier verre dans un club. Ed m'a aidé à transporter Marybelle dans la chambre, où nous l'avons déshabillée et fourrée au lit.

« C'est la première fois que je déshabille une femme, a déclaré Ed en riant. On dirait qu'elle surveille sa forme physique.

— Je l'ai remarqué moi aussi, ai-je répondu. Cette baiseuse est capable d'arracher les couilles d'un singe en bronze, comme on dit chez moi. »

Robert avait l'alcool triste quand il m'a dit au revoir. Au moment de quitter la chambre, Ed m'avait annoncé qu'ils sortaient danser et je lui avais répondu « Pourquoi pas ? ». À la porte, Robert m'a dit : « Papa, tu vis une aventure formidable, tu es libre et tu entames une nouvelle vie. » Je n'ai pas pu m'empêcher d'être d'accord avec lui.

J'ai fini par m'endormir bercé par les légers ronflements de Marybelle. J'avais l'impression pas très agréable que dans cet appartement j'étais allongé au cinquième et dernier étage d'un énorme gâteau. Je n'arrivais pas à me sortir de la tête que la nature avait eu beaucoup trop d'influence sur ma capacité à réussir dans ce monde. J'étais un vieux taureau chair à saucisse qui avait un faible pour le coin le plus éloigné de la pâture, où l'herbe rejoignait les quarante arpents de forêt. Un taureau chair à saucisse est une bête à qui l'âge a ôté toute efficacité. On l'envoie à l'abattoir où il est transformé en viande froide bon marché. Un soir où il avait bu trop de vin français, Dr A a dit que les dieux nous assassinent non pas de sang-froid, mais avec toute la passion requise. Il venait d'essuyer un échec chirurgical cuisant en opérant un chasseur du Michigan à l'appendice explosé. Quand ses copains ivres l'avaient amené du camp de chasse aux urgences de l'hôpital le plus proche, l'appendicite était devenue une péritonite. Il y a vingt ans, lors de ma première rencontre avec Dr A, nous avons entamé notre amitié par une modeste querelle. Il a aussitôt perçu que j'essayais de vivre selon un « idéal » qu'il a qualifié de « littéraire ». J'étais furieux, mais ma bonne éducation m'a contraint à me montrer poli envers le nouveau médecin arrivé en ville. Il a ensuite manifesté tout son humour en ajoutant : « Les gens normaux n'essaient pas d'être des gens normaux, ils sont simplement désespérément normaux. » Peut-être que j'avais épousé Vivian comme une sorte d'idéal, mais ça me semblait parfaitement banal.

À quatre heures du matin Marybelle a fondu en larmes, ce qui m'a réveillé. Elle a prétendu que sa copine de Minneapolis devait subir des électrochocs en guise de thérapie. Je l'ai calmée, nous avons fait l'amour avec une discrétion stupéfiante, puis elle m'a révélé qu'elle se sentait orpheline parce que son mari allait demander le divorce. J'ai beaucoup douté de cette dernière information. Alors que j'essayais de trouver une réponse adéquate, Marybelle s'est rendormie. La veille au soir, quand elle avait les paupières qui tombaient, j'ai deviné un vide contre lequel je n'aurais pas pu faire grand-chose. Dès que Robert et elle parlaient du théâtre au contraire, son visage s'illuminait.

À l'aube, je suis sorti sur le balcon avec une tasse de café et j'ai regardé les nappes de brouillard qui masquaient à demi le paysage. J'avais pris avec moi un des livres que je comptais emprunter à Robert, les *Best American Short Stories* de Martha Foley, mais j'avais les mains trop faibles pour l'ouvrir, ma propre histoire me semblant interminable. Je me suis alors dit que, comme Marybelle, j'avais besoin de me plonger dans un nouveau projet avec la même énergie que celle que j'avais accordée à l'enseignement et à l'agriculture. De toute évidence, mon *moi* ne pouvait pas constituer une profession à plein temps. Les oiseaux et les États devraient me suffire pour un moment. J'avais piqué à Robert le bouquin de Sibley sur les oiseaux de l'Ouest et j'avais mon puzzle des États de l'Union. De quoi d'autre aurais-je pu avoir besoin ?

Je me suis endormi, pour me réveiller par chance en milieu de matinée. J'ai appris qu'un ami de Ed l'avait conduit jusqu'à Pasos Robles en pleine nuit et qu'il avait récupéré le 4×4 Tahoe à l'aube. Il était maintenant à la cuisine en train de prendre son petit déjeuner avec Robert et Marybelle, qui partaient visiter un bureau à louer pour Robert, lequel n'en pouvait plus de travailler chez lui. « Un truc comme ta cabane à outils, papa », a-t-il déclaré. Et soudain, cette cabane m'a manqué, son poêle à bois, ses livres et le coussin en peau de mouton pour Lola.

Après le départ de Robert et de Marybelle, je me suis mis à faire ma valise sous le regard stupéfait d'un Ed à peine capable de garder les yeux ouverts. Du balcon, il m'a montré le Tahoe gris. Malgré son état de somnolence, il paraissait sincèrement soucieux de mon bien-être. J'ai expliqué que j'avais changé d'itinéraire après avoir regardé la météo à la télé et appris qu'il faisait quarante degrés à Tucson, Arizona. J'allais me renseigner davantage, mais je garderais sans doute pour l'automne la rangée des États du Sud. Lorsqu'il m'a demandé ce qu'il devait dire à Robert et à Marybelle, je lui ai répondu de leur annoncer que je serais de retour d'ici neuf jours. Quand on est en roue libre, une certaine précision s'impose.

Arizona

Qui suis-je pour que la vie me déçoive ? Cette question me gêne. J'entends d'ici papa crier : « Arrête tes foutues jérémiades ! »

J'ai l'impression que mes parents meurent plusieurs fois par semaine en moi. Ils s'en vont avec une nuée d'oiseaux de nuit fuyant à tire-d'aile, disons des engoulevents qui prennent leur essor au crépuscule. Tout compte fait, mon frère Teddy était la personne la plus heureuse que j'aie jamais connue. Il n'avait pas beaucoup d'aptitude pour parler, mais il adorait la musique. Quand maman mettait la radio afin d'écouter de la musique classique, Teddy chantonnait des syllabes dépourvues de sens. C'était un vrai fan de Mozart, et dans toute la cuisine ou au salon il dansait comme un fou en écoutant Mozart. Au début je n'avais pas une grande passion pour les oiseaux, mais, assis sur le canapé près de Teddy, j'ai si souvent regardé avec lui des livres consacrés aux oiseaux que j'ai appris à bien les connaître. Quand Teddy se mettait à sentir mauvais, c'était souvent parce qu'il gardait dans sa poche un oiseau mort trouvé dans le jardin ou la forêt.

Je pensais à tout ça en franchissant le long pont à étages en direction d'Oakland, ce même pont qui s'était écroulé des années plus tôt lors d'un tremblement de terre. Je me disais que, si Teddy avait eu assez de ressources pour développer une attitude souveraine envers la vie, pourquoi n'en serais-je pas capable à mon tour ? Je m'étais toujours senti coupable de la noyade de Teddy, même si j'avais désespérément essayé de lui apprendre à nager dans l'étang de notre ferme. Nous avions quelques carpes dans cet étang, et Teddy avait invariablement voulu se laisser couler au fond pour vivre avec ces carpes.

Occupé à penser à Teddy, j'avais pris la mauvaise route. Je roulais vers l'intérieur des terres alors que je désirais longer la côte. Mon cerveau a fait ses calculs en une délicieuse fraction de seconde et je me suis dit que je pourrais rentrer par la côte après avoir visité l'Arizona, peut-être le Nouveau-Mexique, ainsi que le Mexique. À dire vrai, la chaleur me terrifiait. Papa et maman étaient tous deux à demi suédois. Papa disait souvent que sa famille était originaire d'une région située au nord du cercle arctique, dans le pays des rennes, et que lui aussi avait eu du mal à supporter les climats chauds. À l'inverse, Vivian aimait beaucoup la chaleur. Elle prétendait que ça lui huilait les articulations. Certains après-midi caniculaires, je rejoignais la minuscule rivière qui traversait notre parcelle boisée et je restais immergé jusqu'au cou dans un trou que j'avais creusé. Cette rivière sortant d'une source, l'eau y était beaucoup plus fraîche que celle de l'étang situé derrière la grange. Il y a des années, j'ai lu *Tropique du Cancer* et *Sexus*, les romans de Henry Miller, assis au fond de cette rivière en sirotant un pack de bières Pabst que j'entreposais là. À la fac, il m'était impossible de lire Miller comme tout le monde, pour cette raison bizarre que j'étais tombé sur une photo de l'écrivain où il ressemblait comme deux gouttes d'eau à mon père, et que je ne voulais pas associer le souvenir de mon père décédé depuis peu aux folles équipées rapportées par Miller.

Je m'étais laissé emporter par le flot de la circulation avec mon gros 4×4 Tahoe et maintenant impossible de tourner à droite. En plus j'avais mis en marche la climatisation et je ne voyais pas comment l'arrêter, d'autant que je ne voulais pas quitter des yeux les voitures qui me serraient de près. Je disais toujours à Viv : « Apprends à te servir de ta voiture. Lis la brochure », chose que je ne faisais jamais. Parfois j'étais vraiment un sacré emmerdeur. Toujours est-il que si la circulation ne s'améliorait pas, j'allais me geler le cul à cause de la clim. Durant mes longues journées de travail à la ferme, j'avais emmagasiné bons mots et formules chocs pour les balancer à Viv dès qu'elle rentrait du boulot. Un jour, j'ai réfléchi à la conférence donnée par mon professeur juif préféré sur D.H. Lawrence ; quand Vivian est rentrée à la maison, direction la douche, après s'être servi un petit verre de schnaps, et avoir mis sa cassette adulée de Barry Manilow, je lui ai cité la phrase de Lawrence, « La seule aristocratie est celle de la conscience », et Viv s'est mise à hurler : « Mais putain, ça veut dire quoi ? »

Je comptais rendre une petite visite à mon vieux copain de lycée Bert Larson, qui vivait à l'ouest de Tucson. Il avait participé à notre funeste réunion d'anciens élèves à Mullett Lake, histoire de vérifier que tout le monde avait filé un aussi mauvais coton qu'il le croyait, comme il disait. Ce jour-là, quand Vivian a mis tellement de temps à revenir avec Fred, Bert a dit : « Faut toujours se méfier des bivalves. »

Il était si pénible au lycée qu'on avait du mal à devenir son ami. En fait, il faisait partie des « estivants », mais à quatorze ans il avait refusé de rentrer à Ann Arbor avec ses parents, des botanistes célèbres – si l'on peut dire de professeurs qu'ils sont célèbres. Il s'est mis en cheville avec une veuve, et m'a raconté qu'il la baisait tous les soirs. Je ne l'ai pas cru, car cette femme était luthérienne, mais c'était peut-être vrai après tout. Bert portait un T-shirt où l'on pouvait lire *Résiste un max*. Il est allé à Harvard, mais y est resté moins d'un mois. Ensuite, il a pris un car direction Tucson et s'est inscrit à l'université d'Arizona parce qu'il voulait étudier la flore du désert et devenir ce qu'il appelait « un rat du désert ».

J'ai appelé Bert sur une aire de repos proche de la ville de Manteca, Californie, un mot qui, je le savais, signifie « lard » en espagnol. Dans ma jeunesse, disons quand j'avais douze ans, je mourais d'envie d'être mexicain. À cet âge, rien ne paraissait impossible. L'été, je travaillais à plein temps sur des fermes six jours par semaine et en gros on me traitait comme un adulte, vu que j'étais un gamin costaud. La famille de Bert ayant de l'argent, il n'était pas obligé de bosser l'été, ce qu'il faisait quand même par simple esprit de contradiction. Le samedi soir, nous allions dans la salle de la coopérative agricole où les ouvriers mexicains se réunissaient pour danser au son des accordéons, de quelques trompettes et d'un ou deux violons. Timides, nous restions en retrait. Ils installaient des barbecues, préparaient des lamelles de viande et des tranches d'oignon qu'on mangeait dans des tortillas avec une sauce pimentée. Bert était tombé follement amoureux d'une fille de notre âge, adorable mais presque aveugle, qui chantait dans l'orchestre. L'année suivante, elle n'est pas revenue dans le Nord avec sa famille et nous avons appris qu'elle était morte au Texas dans un accident de voiture. Bert est resté inconsolable, même si je savais qu'il n'avait jamais eu le courage de lui adresser la parole. C'est ça l'amour quand on a douze ans. Cette fille hors du commun chantait magnifiquement a capella. J'avais repensé à elle à Reed Point près du fleuve, quand Marybelle s'était mise à chanter d'anciennes mélodies.

Ed m'avait montré comment régler mon portable en mode vibreur. Lorsque je suis arrivé au motel de Kingman, Arizona, et que je l'ai sorti de ma valise, il y avait treize appels de Robert et Marybelle, plus deux de Vivian. Je me suis servi un petit whisky et suis ressorti pour bien sentir la chaleur désagréable, plus de quarante degrés d'après le panneau défilant d'une banque. Je n'ai pas l'habitude qu'il fasse plus chaud en dehors de mon corps qu'au dedans. De l'autre côté de la rue, un restaurant mexicain annonçait que son parking était complet alors qu'il n'était même pas six heures. Soudain, je me suis senti mieux : par cette chaleur extrême, la vie sur la route proposait des pensées inédites, et la première m'a poussé à rejoindre les toilettes de mon motel, à lâcher le téléphone portable dans la cuvette et à tirer la chasse. J'ai savouré ce que Robert appelle « un visuel génial » : le tourbillon concentrique de l'eau, un léger frémissement lumineux, et tout au fond la mort inéluctable d'une créature électronique qui a à peine poussé un petit cri. Sayonara, fils de pute, comme on disait dans le temps.

J'avais lancé dans la rivière Colorado la pièce du puzzle correspondant à la Californie en me disant qu'un grand État trouve une tombe appropriée dans un grand fleuve. Tout en finissant mon modeste verre, j'ai examiné la carte de l'Arizona, surnommé l'État du Grand Canyon. Son oiseau est le roitelet du cactus, sa devise, *Ditat Deus* (Dieu enrichit) et sa fleur, le saguaro, lequel est un cactus géant. Je ne savais pas qu'un cactus était une fleur, mais puisqu'ils le disent je suppose que c'est vrai.

Après ma chute de la semaine passée j'avais encore mal aux côtes et au dos. Cette douleur m'a rappelé ma jeunesse et les longues promenades où je portais Teddy comme un bébé indien, attaché dans un tissu sur mon dos. Il commençait par foncer dans les bois en rugissant, mais une heure plus tard il fatiguait et je devais de nouveau le porter sur le chemin du retour. Juste avant de mourir, Teddy pesait au moins cinquante kilos et c'était pour moi un sacré exercice.

Après ce qui m'a semblé être un très bon dîner mexicain traditionnel (chile relleno, tostada de poulet, enchilada au fromage, riz et haricots), accompagné d'une seule bière Pacifico et d'un petit verre de tequila Herradura (cinq dollars), je suis retourné à ma chambre de motel. Sur un coup de tête j'ai téléphoné à Dr A. Le début de notre conversation a été plutôt perturbant, car j'ai tout de suite compris que Robert et Vivian l'avaient appelé pour savoir s'il avait de mes nouvelles.

« Rends-moi un service, dis-leur que je vais bien. Je n'ai aucune envie de leur parler pour l'instant.

— Alors comme ça, tu me prends pour ton garçon de courses ? D'accord, à condition que tu me livres deux stères de bois à ton retour. Je souffre d'une infection du pancréas, je ne peux pas picoler, alors je passe ma vie au peigne fin. Franchement, ça n'a rien de très rigolo.

— C'est vrai que c'est pas marrant. On est obligés de regarder en arrière parce qu'on ne voit rien de nouveau par-devant. Au boui-boui, Babe disait souvent : "Une nouvelle journée, toujours la même merde."

— Et puis tu es obligé de tout te pardonner, parce que personne d'autre ne le fera pour toi.

— La curiosité me pousse à te poser une question : as-tu vraiment demandé à cette gonzesse de Minneapolis de pisser dans ton chapeau ?

— Eh bien, comme feu le président Reagan, j'arrive pas à me rappeler si je l'ai fait ou pas. Je ne porte pas de chapeau, mais ça n'exclut pas cette possibilité. Faut que je te dise que j'ai vu Vivian à Petoskey. Elle m'a déclaré que, si tu revenais, elle essayerait de te payer une ferme.

— C'est elle qui a voulu le divorce.

— Je sais bien. Je me contente de transmettre le message. Robert lui a appris que tu étais accompagné d'une jeune femme durant une partie de ton voyage.

Peut-être que la jalousie pousse Viv à revenir sur sa décision.

— Il faut que je tente d'y voir clair.

— C'est impossible. Tu essaies d'entamer une vie nouvelle à soixante ans, ce qui est tout aussi impossible. La seule chose que tu peux faire, c'est des variations sur ton thème habituel. Tu es un raton laveur acculé par les chiens de meute de la vie.

— Non, c'est pas vrai », ai-je dit.

Et j'ai raccroché le téléphone, cet appareil qui sous toutes ses formes est un accessoire suspect, sauf pour commander une pizza.

Je me suis endormi au crépuscule, après un agréable fantasme sexuel incluant la caissière du restaurant mexicain. Quand je lui ai dit que j'avais magnifiquement mangé, elle a littéralement rayonné de joie. Il n'y a pas beaucoup de femmes qui rayonnent de joie. Elle était un peu dodue, elle devait peser dans les quatre-vingts kilos, à peu près comme Viv, mais une étonnante douceur émanait d'elle ainsi que le parfum entêtant des fleurs sauvages. Quand nous avons échangé une poignée de main, sa paume était moite et mon entrejambe a frémi.

Je me suis réveillé à quatre heures du matin et j'ai bu du café en attendant le jour. J'ai regardé un moment CNN qui diffusait un débat sur les jeunes et la drogue. J'ai éteint le poste en me disant que ces petits chenapans étaient vraiment tout seuls. Ensuite, j'ai examiné l'atlas routier et repéré le Tonto Trail et le Mogollon Plateau évoqués par Zane Grey dans les romans que j'ai aimés autrefois. Les nobles cow-boys poursuivaient de lâches bandits et des fripouilles notoires. J'avais lu récemment que Zane Grey n'était lui-même pas très recommandable. Bien sûr, n'importe quel étudiant en littérature sait que les écrivains, peut-être à cause de leur jeunesse désargentée, ne sont guère meilleurs du point de vue éthique que les concessionnaires automobiles, les promoteurs immobiliers ou les courtiers en grains. Je me rappellerai toujours cet après-midi pourri de mars où un professeur nous a déclaré que Dostoïevski avait mis au clou son alliance pour filer en Crimée avec une gamine de treize ans.

Arizona II

En cherchant où habitait Bert, j'ai momentanément regretté d'avoir noyé mon téléphone portable alors que j'aurais pu m'en servir pour lui demander mon chemin. En ce milieu de matinée je manquais de concentration et je ressentais une certaine chaleur envers Vivian, malgré sa lettre infamante, néanmoins assez proche de la vérité. Je m'étais aussi laissé distraire par l'idée selon laquelle j'avais besoin de me débarrasser de tous ces « dilemmes » personnels (comme aurait dit Marybelle) afin de mener à bien mon projet sacré consistant à renommer les États et la plupart des oiseaux d'Amérique. Ainsi, je n'avais aucunement l'intention de modifier le nom de la bécassine. Mes problèmes de concentration venaient également de la flore inconnue qui autour de moi parsemait le désert. Parti à l'aube, j'ai roulé vers la célèbre ville de Flagstaff, avant de descendre de près de trois mille mètres d'altitude, depuis les forêts du nord jusqu'à la cuvette infernale de Phoenix, et tourner vers l'est en direction de Tucson. Quand j'ai repéré Sandarino Road qui franchissait la frontière du Saguaro National Monument, j'ai été sidéré comme si on m'avait brutalement transporté sur la planète Mars. J'ai fini par trouver le petit chemin de terre qui menait à l'endroit où Bert vivait, et la sinistre pancarte peinte à la main : « Propriété privée. Élevage de serpents. »

C'était une journée vraiment étrange, il faisait déjà une chaleur terrible en cette fin de matinée. Comme d'habitude, Bert n'était pas dans son assiette. Il portait toujours son T-shirt *Résiste un max*. Il fallait s'attendre à tout avec Bert. Une jeune femme prénommée Sandra et âgée d'environ vingt-cinq ans se promenait en fredonnant. Mais il était difficile de lui donner un âge précis, car même si son corps était plutôt attrayant, son visage était parcheminé et elle avait de mauvaises dents. C'étaient là les signes irréfutables de l'intoxication à la méthadone, une calamité qui depuis belle lurette faisait des ravages jusqu'au nord du Michigan, mais que les autorités remarquaient seulement depuis peu, tant elles étaient obnubilées par la relativement inoffensive marijuana.

Bert m'a montré toutes les traces de serpents sur son terrain sablonneux. Il m'a dit que les vipères se terraient à l'abri de la chaleur, ajoutant alors que la température du sol frisait les soixante-cinq degrés, de quoi faire fondre les semelles des tennis de ces malheureux immigrés clandestins qui essaient d'entrer dans notre pays pour y trouver du travail. Il a fait semblant de ne pas voir Sandra quand elle a pissé sans se cacher près d'un cactus nommé cholla. Elle était de toute évidence un esprit libre, ou une parfaite abrutie.

Au déjeuner nous avons mangé d'excellents sandwichs aux tomates du jardin et mon âme a alors frémi – depuis plus de trente-cinq ans c'était mon premier été sans jardin et sans tomates cultivées par mes soins. Bert avait appris par son ancienne amie, la veuve luthérienne aujourd'hui octogénaire, que Vivian m'avait plaqué. Pendant que nous buvions du thé glacé, il m'a conseillé de me tenir à l'écart des femmes âgées de moins de cinquante ans, vu qu'elles parlent une autre langue. Les mots sont les mêmes, mais leur sens n'est plus ce qu'il était autrefois. De l'autre côté de la table, Sandra caressait un minuscule lapin qui mordillait un bout de tomate dans son assiette.

En milieu d'après-midi, le soleil a viré au rouge à cause d'une lointaine tempête de sable. Bert a juré parce que les pluies étaient en retard. Il laissait des casseroles remplies d'eau un peu partout dans le jardin pour les serpents, mais il a dit que la plupart de ces reptiles fréquentaient son étang situé loin derrière la maison. Les gens du coin appelaient Bert en urgence pour qu'il aille ramasser les serpents à sonnette dans leur cour. Il a ajouté que les *roadrunners* (coucous terrestres) mangeaient les bébés serpents, mais pas les gros. Nous étions toujours attablés à la cuisine. Sandra léchait maintenant la tête du lapin comme pour lui faire sa toilette. La maison était très peu meublée, sauf le salon dont les murs étaient couverts de livres et qui contenait un bureau.

Nous sommes sortis par derrière, puis Bert s'est mis à crier et à pousser des jurons. Les vaches d'un voisin, des Brahma croisées avec une autre race, avaient démoli sa clôture pour se baigner dans son minuscule étang. Il y en avait plusieurs, dont les sabots avaient sans doute crevé le revêtement de l'étang, car le niveau de l'eau baissait à vue d'œil et les poissons étaient échoués. Bert a dit que c'étaient des tilapias. Quand il s'est mis à frapper les vaches avec sa canne, elles ont filé vers l'arrière de la clôture, qu'elles ont aussi démoli. Sandra a été chercher un grand panier, puis elle et moi sommes entrés dans l'étang pour sauver les poissons, mais la boue qui nous montait à mi-cuisses nous a bientôt empêchés de bouger. Bert est allé chercher son tracteur de jardin et une corde pour nous sortir de là. « Je peux dire adieu à mon élevage de poiscaille », s'est-il lamenté.

Nous sommes retournés à pied vers la maison et Sandra a alors prononcé sa première phrase : « Les poissons vont puer. »

Bert nous a rincés au jet d'eau. Dix minutes plus tard les premiers corbeaux chihuahua sont arrivés. Assis sous une banne en lambeaux, nous avons bu une bière froide. Moins d'une heure après, j'ai compté soixante-treize corbeaux rassemblés sur l'étang, occupés à dévorer les poissons et à se chamailler avec force cris.

Bart m'a ensuite accompagné jusqu'à une chambre d'ami où un vieux climatiseur installé dans la fenêtre bourdonnait. Je me suis senti soulagé en constatant que sur la véranda le thermomètre annonçait seulement quarante-trois degrés. C'était l'heure de la sieste, mais l'étrangeté de mon nouvel environnement m'a empêché de trouver le sommeil. J'ai feuilleté un livre illustré sur les cactus et j'ai observé les corbeaux par la fenêtre. Ils sont un peu plus petits que nos corbeaux du Nord, mais ils se comportent de la même manière. Brusquement, je me suis dit que Bert, en tant que scientifique – indépendant plutôt qu'intégré à une quelconque institution –, vivait et se comportait davantage en artiste ou en poète. Les anthropologues ou les botanistes étaient souvent aussi cinglés que les peintres. Des gens comme lui venaient passer l'été dans le nord du Michigan. Tandis que nous regardions les corbeaux en sirotant notre bière, je me suis plaint de la chaleur. Bert a demandé à Sandra d'aller chercher une carte, puis il m'a montré une région montagneuse à une centaine de kilomètres, toute proche de la frontière mexicaine, où il ferait sans doute cinq ou six degrés de moins ; j'ai décidé de m'y rendre dès le lendemain matin. Quand je lui ai demandé pourquoi il ne se séparait jamais de sa canne, il m'a répondu que l'année dernière, lorsqu'il était rentré chez lui après notre réunion de lycée, il s'était fait piquer par un gros crotale qui traînait à côté de sa boîte à lettres. Bert conservait toujours du sérum anti-venin au réfrigérateur, mais cette piqûre lui avait coûté quelques muscles de son mollet gauche, désormais affaibli.

J'ai dormi jusqu'en début de soirée et, quand je suis redescendu, Bert a réchauffé un peu de café, puis a posé une bouteille de tequila sur la table de la cuisine. Lui qui avait toujours été très adroit aux fourneaux remuait maintenant une casserole de menudo, un ragoût de tripes.

Nous avons soudain entendu un coup de pistolet à l'étage. Bert a hurlé « Sandra, arrête ton cirque ! », avant d'ajouter à mon intention que Sandra dessoudait sûrement des coyotes dévorant les derniers poissons au bord de l'étang. Il m'a confié que Sandra venait de Uvalde, au Texas, et qu'elle avait un faible pour les armes à feu. Il lui était venu en aide quelques mois plus tôt, alors qu'elle était en pleine crise de manque devant le Congress Hotel de Tucson. Depuis lors elle ne manifestait aucune envie de s'en aller.

À la tombée de la nuit Bert a allumé une lampe et on s'est installés sur la véranda pour regarder les serpents vadrouiller de-ci de-là à la recherche des rongeurs. Sandra s'est mise à déambuler au milieu d'eux, mais ils s'intéressaient seulement aux rongeurs et ils ne lui ont pas accordé la moindre attention.

« Impossible ici de garder un chien ou un chat en vie, mais Sandra adore leur compagnie », a dit Bert en repoussant de sa canne un reptile lové sur la marche inférieure de la véranda. Le serpent a soudain planté ses crocs dans le bois de la canne et en a cassé un, puis il s'est éloigné, souffrant sans doute d'une bonne rage de dents. J'ai ramassé ce croc brisé pour le garder en souvenir. En pivotant sur les talons, j'ai vu avec inquiétude Sandra retirer tous ses vêtements et se laisser tomber dans le hamac. Elle a dit « Tequila », Bert a acquiescé et je suis donc parti chercher la bouteille à la cuisine, où j'ai bu une longue rasade pour me calmer les nerfs. J'ai ensuite apporté la bouteille sur la véranda en détournant pudiquement les yeux.

« Une femme allongée dans un hamac est toujours fidèle, a déclaré Bert. C'est une question de physique, pas de morale. »

Sous la lampe et la lumière de la véranda qui éclairaient son visage, Bert faisait plus vieux que son âge. Je me suis dit que c'était probablement dû aux presque quarante années passées à crapahuter dans le désert. Il avait enseigné un moment à l'université locale, mais avait bientôt été « libéré » pour acquérir le statut de scientifique indépendant. J'ai alors supposé que moi aussi je devais certainement lui paraître vieux. Quand on passe le plus clair de son temps au grand air, on n'a guère de chance d'avoir le visage aussi lisse qu'un présentateur télé. Quelques années plus tôt, Vivian m'avait offert des produits pour l'entretien de la peau. Je lui avais dit que je ne pouvais pas aller déjeuner dans mon boui-boui préféré en dégageant l'odeur d'un habitué des bordels. J'ai eu du mal à reconnaître que ma petite tocade pour Babe avait commencé bien avant la crapulerie de Vivian à la réunion de lycée. Un jour, après que Babe a eu terminé son service du déjeuner, elle m'a demandé de monter dans son appartement pour réparer l'évacuation de l'évier. Ça m'a pris une bonne heure. J'étais à quatre pattes sur le sol de sa cuisine en train de beugler qu'elle ne devrait pas verser la graisse de bacon dans son évier, quand Babe est apparue en affriolante nuisette mauve. Elle m'a posé un chausson duveteux sur l'épaule et dit :

« Au boulot, mon gros ! »

J'ai aussitôt jeté aux orties toutes mes années de fidélité. Dr A prétend que la fidélité conjugale fait partie du contrat social mais que l'esprit humain est en réalité un marigot de sexualité vagabonde. N'importe quel luthérien sait ce que Jimmy Carter voulait dire quand il parlait de « la lubricité au fond de notre cœur ». Bien sûr, toute notre civilisation irait à la ruine si chacun cédait à la moindre incitation lubrique, mais il est tout aussi difficile d'imaginer que le Dieu d'Abraham et d'Isaac surveille en permanence nos parties génitales.

Il se faisait tard. J'ai aidé Bert à installer un écran grillagé à mailles fines sur la marche inférieure de la véranda pour éviter de découvrir un serpent en train de gravir l'escalier au beau milieu de la nuit. Sandra chantonnait des syllabes incohérentes à la manière de mon frère Teddy, puis elle a éclaté de rire, avant de vider son verre de tequila et de fondre en larmes. Elle a fini par s'endormir. Bert m'a alors envoyé dans son bureau pour prendre un drap sur le lit de camp. J'ai recouvert le corps de Sandra en pensant à la merveilleuse physiologie de la femme.

Nous avons parlé un peu de l'Irak, mais la fatigue l'a bientôt emporté. Bert considérait que presque tous les politiciens étaient des escrocs, et j'avais souvent déploré que nos gars soient envoyés là-bas avec un mauvais équipement qui ne servait à rien. À quoi sert donc un blindage, si l'on finit en mille morceaux ? Nous étions quasiment en train de roupiller sur notre chaise, quand Bert a relevé sa jambe de pantalon afin de gratter son mollet rabougri. Nous sommes tombés d'accord pour dire que les politiciens étaient pour la plupart les serpents à sonnette de la race humaine, puis nous nous sommes souhaité une bonne nuit.

Arizona III

J'ai rejoint à l'aube la frontière mexicaine, près d'un petit village nommé Lochiel qui en réalité se réduisait à quatre maisons et où se trouvait un poste de douane officiel aujourd'hui désaffecté. Je partageais le panorama somptueux d'une large vallée entourée de montagnes avec le soleil levant qui jouissait d'une perspective plus grandiose, mais la mienne me suffisait largement. Rien ne peut damer le pion au soleil, c'était du moins ce que prétendait mon institutrice de CE1, qui adorait nous flanquer une trouille bleue pour garder le contrôle sur sa classe. Elle avait ajouté qu'un jour, peut-être très proche, le soleil allait exploser et les flammes dévorer la terre. Dans notre petite école de campagne, nous n'avions pas toujours des instits de premier ordre.

Debout à côté de la voiture, je me demandais si j'allais prendre la gourde du surplus de l'armée que Bert m'avait donnée. J'avais bien l'intuition que je devais l'emporter avec moi, mais mes intuitions m'ont souvent joué des tours. Bert m'avait réveillé à trois heures du matin avec du café en me disant que c'était l'heure de décaniller. Le fait est qu'un authentique rat du désert se livre à ses explorations aux petites heures du matin, avant l'arrivée de la chaleur estivale. Il était tout excité, car il y avait de bonnes chances pour que la pluie tombe l'après-midi même. Assis dans son bureau, nous avions pris un café en évoquant le bon vieux temps et en regardant la chaîne télé consacrée à la météo. Il m'avait alors confié qu'il ne dormait jamais plus d'une heure d'affilée, voilà pourquoi il avait installé son lit de camp dans le bureau, tout près de ses livres bien-aimés. Puis il m'avait accompagné jusqu'à ma voiture avec une énorme lampe-torche afin que je ne me fasse pas piquer par un serpent à sonnette. Il y en avait deux ou trois, qui arboraient un gros ventre parce qu'ils venaient d'avaler un rat.

À la frontière, à force de contempler un pays étranger, je me sentais moi aussi excité comme une puce. Je me suis mis à marcher vers l'est en longeant la clôture frontalière, ravi par les gazouillis d'oiseaux inconnus et par le souvenir du chant de la jeune Mexicaine aveugle, le premier amour de Bert. Quand elle attaquait le « coucouroucoucou » de *La Paloma*, Bert et moi frissonnions de plaisir. Je me rappelle aussi qu'à la fac, quand je regardais la carte du Mexique, je m'emballais à l'idée qu'il existait un pays tout proche et en même temps à mille lieues des tourments banals liés à mon statut d'étudiant en littérature, un pays où je n'aurais pas à sacrifier toute une belle promenade d'octobre pour essayer de lire l'interminable *Faerie Queene* d'Edmund Spenser.

Je me sentais tellement transporté par l'endroit où je me trouvais que j'ai marché trop vite durant environ une heure et, lorsque j'ai ralenti, mes jambes m'ont paru en coton. « Agis comme un garçon de ton âge », ai-je alors pensé. Au loin, à peut-être huit cents mètres, j'ai vu une dizaine de personnes qui progressaient sur la crête d'une mesa beige avant de disparaître dans un goulet boisé. Sans aucun doute des migrants venus du Sud à la recherche de salaires meilleurs. Des prairies ondoyantes occupaient le fond de la vallée, et un peu au-dessus de l'endroit où je cheminais il y avait des bosquets de chênes et de genévriers. Mon étude de la carte avec Bert m'avait appris que les montagnes situées à l'est s'appelaient les Huachucas ; elles paraissaient assez proches, mais il s'agissait d'une illusion ; il m'était impossible de les atteindre.

Après avoir marché pendant deux heures, je me suis assis sous un chêne pour reprendre mon souffle. Deux heures dans un sens puis deux heures pour revenir, ce serait là ma limite. Il était huit heures et demie du matin et il faisait déjà chaud. C'est triste à dire, mais après avoir savouré l'une des meilleures cigarettes de ma vie je me suis endormi, pour me réveiller vers dix heures seulement dans une chaleur déjà accablante. Je me sentais déshydraté, seulement j'avais laissé la gourde dans ma voiture. Bah, qu'à cela ne tienne ! J'étais à une quinzaine de pas seulement du Mexique, un pays qui s'étendait au-delà de quelques fils de fer barbelés rouillés. J'ai franchi cette clôture à quatre pattes pour pouvoir ensuite me dire que j'avais mis les pieds au Mexique. Je me suis relevé et j'ai dansé une petite gigue, en réalité quelques pas de polka, puis je suis repassé sans encombre sous les barbelés et j'ai rejoint les États-Unis.

Je suis retourné vers l'ouest en marchant lentement afin de ménager mes forces déclinantes. J'aurais dû prendre un petit déjeuner plus consistant. De plus, les semaines passées au volant m'avaient ramolli les jambes. À mon âge il faut marcher une heure par jour pour rester en forme. Soudain, un 4×4 vert et blanc des gardes-frontières a surgi au sommet d'une colline avant de fondre sur moi à toute vitesse. J'ai levé les mains au-dessus de la tête pour adopter le geste universel de la reddition. Un jeune homme en uniforme a bondi du véhicule. L'étui du pistolet était déboutonné, mais il n'a pas sorti son arme.

« Je vous ai regardé à la jumelle. Qu'est-ce que vous fichiez là-bas ?

— Je faisais ma petite danse de milieu de matinée. »

Je n'ai rien trouvé d'autre à dire. Le garde-frontière ne semblait pas très bien savoir ce qu'il devait maintenant faire. Il a soupiré.

« Vous venez de commettre un délit en pénétrant illégalement au Mexique, et un autre délit en entrant illégalement aux États-Unis. Je peux voir vos papiers, monsieur ?

— Comment suis-je censé savoir où se trouve le Mexique ? ai-je demandé en lui tendant mon permis de conduire du Michigan.

— Des connards ont viré les pancartes. »

Il est retourné à son véhicule où la radio grésillait. Il s'est penché à l'intérieur pour parler dans un micro, mais je n'ai pas entendu ce qu'il disait. Il m'a ensuite lancé mon permis de conduire, avant de démarrer sur les chapeaux de roue. Il était déjà à quatre cents mètres quand j'ai pensé que j'aurais dû lui demander un peu d'eau.

J'ai encore marché une demi-heure jusqu'à ce que j'aie la tête qui tourne et les jambes en guimauve. J'aurais donné une fortune pour une gorgée d'eau. Il faisait à présent une chaleur diabolique. Je me suis assis sous un genévrier en me demandant si j'allais y arriver. « Cliff, ai-je pensé, tu t'es mis dans un sacré pétrin. » Toutes les bières et les tequilas que j'avais descendues avec Bert, j'en payais maintenant le prix fort. Quand je me suis touché la langue, elle était sèche comme de la poussière. J'ai remarqué que, depuis un moment déjà, j'entendais un bruit lointain en provenance des montagnes grises situées au sud et au Mexique, une espèce de canonnade comme dans un film de guerre, mais ma soif et ma faiblesse physique m'avaient trop obnubilé pour que j'y prête attention. Maintenant ce bruit augmentait. J'ai fait pivoter mon cul autour du chêne de façon à me retrouver face aux montagnes. Elles semblaient grossir et, malgré ma vision brouillée, j'ai observé les nuages sombres, de la même couleur que les montagnes, qui en arrivaient, puis d'énormes éclairs aveuglants. L'orage était encore à une vingtaine de kilomètres au sud. Je me suis mis à prier pour qu'il ne se déplace pas dans la mauvaise direction. Partout autour de moi, les ondes de chaleur vibraient au-dessus du sol – de telle sorte que la réalité même du paysage vacillait.

J'ai commencé à somnoler, mais bientôt senti un regard scrutateur posé sur moi. J'ai très légèrement ouvert les yeux et avisé un coucou terrestre qui, à cinq ou six mètres de moi, m'examinait d'un air perplexe. J'en avais aperçu un derrière la maison de Bert, mais à une trentaine de mètres, qui filait dans le désert. Il m'a semblé avoir de la chance de pouvoir observer celui-ci d'aussi près. J'avais lu dans des manuels consacrés aux oiseaux que le coucou terrestre était le membre le plus massif de la famille des coucous. Son nom – *roadrunner*, littéralement « coureur de route » – faisait partie de ceux que je ne modifierais pas au cours de mon projet, tout comme je laisserais tels quels la bécassine, l'avocette et le phalarope. Mais ce ne serait plus le « phalarope de Wilson », car les oiseaux ne sauraient supporter l'indignité de se voir affublés du nom d'un humain. J'avais envie de dire bonjour à ce coucou terrestre, mais je ne voulais pas effrayer mon volatile. De toute manière, j'avais la bouche trop sèche pour parler. L'oiseau s'est approché à moins de deux mètres de mes jambes allongées et je me suis alors dit qu'*elle* me croyait peut-être mort. Car je venais de décider qu'il s'agissait d'une femelle. Absurdement, je me suis rappelé avoir lu un article de journal sur un oiseau d'une tonne qui vivait dans la préhistoire. Ce qui faisait à peu près le poids d'une Volkswagen de l'ancien temps. J'aurais beaucoup apprécié d'en voir un. L'auteur de l'article écrivait aussi que cet oiseau ne pouvait pas voler. Je me suis imaginé poursuivre cette créature par monts et par vaux, comme on tente d'attraper un cheval de trait, à moins qu'à l'inverse ce ne soit ce volatile qui m'ait coursé à travers la campagne. J'ai pensé que ce coucou terrestre avait peut-être rencontré un Mexicain mort de soif. Bert m'avait dit que des centaines de migrants mouraient de soif à cause de la canicule estivale. Pendant ma randonnée j'ai remarqué de nombreux récipients en plastique vides qu'ils avaient utilisés pour transporter de l'eau. Le coucou s'est soudain accroupi comme une poule au nid, ce qui m'a confirmé que ce volatile me croyait mort.

Je me suis endormi, puis réveillé une heure plus tard, selon ma montre de gousset, dans la clameur des coups de tonnerre. À moins de deux kilomètres au sud, les éclairs zébraient et déchiraient le ciel noir en traçant des systèmes fluviaux où de petits affluents zigzagants rejoignaient le cours principal du fleuve. C'était d'une beauté saisissante qui contrastait avec le cauchemar que je venais de faire, où Vivian et ses amies participaient à l'une de leurs réunions de canasta durant lesquelles elles passaient à fond des chansons de Broadway et chantaient à tue-tête. Un vrai karaoké en provenance de l'enfer. Je me réfugiais alors dans ma cabane à outils avec Lola et j'allumais la radio.

Tout d'un coup, j'ai vu des rideaux de pluie se diriger vers moi. Mon cerveau a hurlé « Pitié, mon Dieu ! ». Cette pluie m'a frappé de plein fouet comme si on me giflait avec une serviette mouillée. J'ai ouvert grand la bouche tel l'engoulevent gobant des insectes. J'ai mis mes mains en coupe, j'ai léché l'eau qu'elles contenaient, puis j'ai retiré mes chaussures pour en faire des récipients. Elles se sont rapidement remplies d'eau dans ce déluge si violent qu'il m'a fallu fermer les yeux. La température, qui toute la journée avait dépassé les quarante degrés, a brusquement chuté de moitié. J'ai bu à longs traits l'eau au goût infect qui s'était accumulée dans mes chaussures, puis je suis reparti vers l'ouest et la voiture en baissant la tête, ce qui ne m'empêchait pas de suivre la clôture. Au bout d'environ une demi-heure l'orage est passé. Le soleil est revenu, mais j'ai remarqué que d'autres nuages noirs arrivaient du sud-ouest. Ma chemise était à peine sèche sur mon dos quand au loin j'ai aperçu mon 4×4. Jamais une voiture ne m'avait semblé belle, mais j'ai soudain trouvé la mienne absolument splendide. Le monde avait acquis une netteté saisissante et j'ai décidé que la pluie était la chose la plus parfumée de la terre entière.

Je me trouvais à une trentaine de kilomètres au nord du village de Patagonia, où j'avais quitté la grand-route avant l'aube, mais il m'a fallu une bonne heure pour y retourner. J'ai mis mon 4×4 Tahoe en position quatre roues motrices, puis j'ai démarré sur le chemin boueux. Une fois gravie, de justesse, la pente abrupte pour quitter la vallée, le gravillon de la chaussée a assuré une meilleure adhérence des pneus.

À Patagonia, je suis allé dans un restaurant mexicain où j'ai commandé une limonade et deux thés glacés. L'eau de la gourde laissée dans la voiture était très chaude, mais je l'avais bue jusqu'à la dernière goutte. En séchant, mes vêtements imprégnés de sueur devenaient tout raides. La grosse serveuse venait de me dire « T'as l'air complètement ravagé » avant d'éclater de rire. À cet instant précis, j'ai compris que j'avais bel et bien survécu à ma bêtise, car je l'ai trouvée plutôt sexy. J'ai dévoré deux pleines assiettes d'enchiladas avant de prendre une chambre dans le motel situé de l'autre côté de la rue. Il y avait une vaste pelouse au milieu de la ville et l'employé du motel m'a expliqué que c'était là qu'on parquait autrefois le bétail en attendant de l'expédier par chemin de fer. Les cow-boys conduisaient des milliers de bêtes à travers les montagnes, depuis la vallée où j'avais marché ce matin-là.

J'ai dormi trois heures, et ensuite, sous la douche, il m'a semblé que de ma vie je ne m'étais jamais senti aussi bien. Au bar du motel, j'ai pris une tasse de café, puis deux ou trois verres en compagnie de quatre types de mon âge qui se plaignaient de la difficulté qu'ils avaient à vivre avec leur maigre retraite. Je suis allé chercher mon atlas routier dans la voiture et ils m'ont indiqué quelques endroits agréables à voir au Nouveau-Mexique. Des jeunes sont alors entrés dans le bar. Ils ont réglé le juke-box beaucoup trop fort, du coup nous avons rejoint la rue au crépuscule pour aller dans une autre taverne, La Roue de Chariot. Mes compagnons discutaient des oiseaux, surtout des engoulevents qui virevoltaient au-dessus de nous. Dans certaines régions on les appelle « agaceurs nocturnes » et ici les gens les désignent du nom de « suce-chèvres », car on croit qu'ils volent le lait des chèvres. L'un de mes compagnons, qui se présentait lui-même comme « un écrivain raté », m'a dit que les autorités du Kentucky avaient découvert dans le journal d'un schizophrène échappé d'un asile la citation suivante : « Les oiseaux sont des trous dans le ciel à travers lesquels un homme peut passer. » J'en suis resté bouche bée. Je me suis pieuté à dix heures, légèrement perturbé par cette phrase.

NOUVEAU-MEXIQUE

J'ai quitté Patagonia le cœur léger à l'aube, après avoir bu une tasse du café infect qu'on servait dans les chambres de motel et qui me poursuivait à travers tout le pays. Pour faire du café, on ne peut pas se passer de café. J'étais en train de franchir le sommet de la colline sur la route de Sonoita, la splendeur du soleil levant me faisant cligner des yeux, quand j'ai donné un brusque coup de volant pour éviter un chien écrasé sur la chaussée. Mon cœur battait la chamade lorsque j'ai ralenti, puis reculé sur le bas-côté afin de traîner ce chien vers un fossé. Voilà des années que je rends ce service aux animaux tués sur la route ; je ne veux pas qu'ils achèvent leur existence transformés en galette sur le ciment ou l'asphalte. Je suis ensuite descendu de voiture et j'ai découvert qu'il s'agissait d'un jeune coyote à l'échine brisée. Parce que ses yeux papillonnaient encore un peu, j'ai posé fermement le pied sur sa nuque et j'ai appuyé de tout mon poids pour l'expédier dans l'autre monde, tout comme j'aimerais qu'on m'aide à le faire si j'étais aussi grièvement blessé que lui. Sans doute à cause des livres d'enfants lus autrefois, j'ai toujours considéré les autres créatures comme nos frères et sœurs. Quand Lola est morte, les sanglots qui se sont alors accumulés derrière mon sternum ont jailli de ma bouche sous la forme adéquate d'aboiements. Dr A, qui a toujours eu une demi-douzaine de bâtards de la fourrière qui cavalaient chez lui, a déclaré que les chiens et les jeunes enfants meurent toujours avec un regard étonné. Étant médecin, il sait de quoi il parle.

J'ai fait halte à Tombstone, décor de furieuses fusillades, pour prendre mon petit déjeuner. Il suffit de donner aux hommes les outils idoines, pour qu'ils s'entretuent. Assis à la table voisine, un couple de jeunes adeptes d'un style de vie alternatif se chamaillaient en finissant leurs céréales. Le jeune homme portait une chemise en daim à franges bleues, un anneau en or lui traversait le nez. La fille était une petite souris en short et T-shirt où l'on lisait un laconique « Républicains enculés ».

« Ce matin, au réveil, j'ai commencé à me prendre pour un Indien zen, a dit le garçon.

— Tu vas avoir du mal à me faire avaler ça, mon petit Danny.

— Tu sais quoi, je t'emmerde », a répondu le type avant de se lever et de sortir.

La fille m'a adressé un clin d'œil en payant sa note. Pour tout dire, elle avait un popotin parfait, que ce crétin fongoïde ne méritait pas.

Quand j'ai fait démarrer le Tahoe, un signal sonore provenant d'une rangée de boutons situés au-dessus du pare-brise s'est de nouveau déclenché, ce qui s'était déjà produit trois fois entre Patagonia et Tombstone. C'était un gadget baptisé *Onstar* que je savais être une sorte de téléphone, mais je me suis dit que quelqu'un cherchait à joindre le précédent propriétaire du véhicule. Ed, l'ami et chauffeur de Robert, m'avait appris que, si je voulais m'en servir, il fallait que j'appelle un numéro dans le New Jersey pour l'« activer », ce que je n'avais nullement l'intention de faire.

« Ici Jack Kerouac, ai-je dit.

— Papa, c'est pas drôle ! a crié Robert. Qu'as-tu fait de ton portable ?

— Je l'ai noyé dans une cuvette de chiottes. Il me harcelait.

— Papa, tu fuis tes responsabilités ! maman est malade, malade, malade. Elle souffre d'un diabète de type II. Il faut que tu rentres à la maison pour L'AIDER.

— Robert, ta mère m'a viré avec pertes et fracas. Trois de mes huit amis du camp de chasse ont un diabète de type II. Ce qui veut dire qu'ils prennent leurs cachets et renoncent entre autres aux sodas, aux desserts, aux pâtes, aux patates et au pain. Vivian va devoir vivre sans Pepsi, beignets ni schnaps au caramel, et ça n'est qu'un début.

— Bon, au moins appelle-la. C'est la moindre des choses. Elle m'a dit qu'elle a BESOIN de toi. »

Soudain Marybelle a été au téléphone et sa voix ne m'a pas exactement fait l'effet d'une aria de Mozart. En attendant l'attaque imminente, j'ai regardé cinq Japonais impeccablement déguisés en cow-boys descendre d'un 4×4 et entrer dans le restaurant.

« Cliff, je crois qu'il est temps que tu fasses preuve d'un minimum de maturité. Tu m'as dit que c'est toi qui faisais la cuisine dans ta famille, il est donc évident que tu es à l'origine du diabète de ta femme.

— C'est le Pepsi, les beignets au sucre glace, le schnaps au caramel, l'ai-je interrompue. Sans oublier ses orgies de biscuits Oreo, jusqu'à quinze d'un coup.

— Et même dans ce cas, à qui la faute ?

— Vivian ? ai-je suggéré.

— Ah merde, Cliff. Tu es en plein déni de réalité. Pour ma part, je vais commencer à travailler pour Robert dès septembre en tant qu'assistante, secrétaire multifonctions. Il y a un nombre incroyable de compagnies de théâtre à San Francisco, je pense qu'ici je vais pouvoir retrouver mon vrai moi.

— Et tu as été qui pendant toute ta vie ? » J'étais sincèrement intéressé.

« Va te faire foutre, Cliff. Ce que je veux que tu fasses, c'est revenir à San Francisco. Comme ça, je pourrai repartir avec toi jusque dans le Minnesota. Il faut que je rentre chez moi pour faire mes valises. Et de cette manière nous pourrons discuter de tous nos dilemmes. Pour être franche, Cliff, ta bite me manque un peu.

— Je ne peux pas revenir à San Francisco. Je suis en route pour Reed Point, Montana, cet endroit au bord du fleuve où tu m'as chanté toutes ces belles mélodies quand j'étais malade. Je vais louer un chalet là-bas, aller à la pêche et bosser sur mon projet relatif aux États et aux oiseaux. J'ai besoin de trouver une position de repli. » J'ai pensé qu'utiliser ce terme de *repli*, l'un des mots préférés de Marybelle, aiderait à faire passer mon message.

« Cliff, j'ai besoin de toi. Rapplique ici fissa. Robert veut te parler. »

J'ai raccroché en vitesse, puis enfoncé quelques touches de façon à me retrouver en relation avec le quartier général de *Onstar*. J'ai discuté avec une femme à la voix agréable qui, au bout d'un petit moment, m'a déclaré que mon abonnement avait été activé le matin même, ajoutant que, le véhicule étant la propriété de Robert, c'était à lui et à lui seul d'« autoriser la désactivation ». Fasciné par sa voix mélodieuse, j'ai renoncé. Une idée m'a alors traversé l'esprit : acheter un pistolet à eau et arroser ce gadget électronique jusqu'à ce que mort s'ensuive.

Ma bonne étoile m'a poussé à bifurquer pour prendre une petite route qu'un des types du bar de Patagonia m'avait indiquée sur la carte. Je me dirigeais vers le Nouveau-Mexique, coloré en violet sur le puzzle. Cet État est surnommé la « Terre enchanteresse », une perspective pour moi très alléchante. Mon ami le coucou terrestre est son oiseau, le yucca, sa fleur, et *Crescit eundo* (Il pousse sans cesse), sa devise. Je ne peux pas dire que je comprenne cette devise et j'ai dû me battre pour condraindre mon esprit à y renoncer.

Cédant à une impulsion subite, j'ai appelé Dr A, car c'était samedi et je savais qu'il serait chez lui avant ses consultations à l'hôpital. Il m'a annoncé une mauvaise nouvelle : la maison de mon grand-père avait à moitié brûlé à cause d'un yuppie qui avait essayé de bidouiller son tableau électrique. Elle était en vente à un prix défiant toute concurrence et il m'a suggéré de tenter de convaincre Vivian de l'acheter pour moi. C'était une idée stupéfiante, que j'ai laissée passer sans émettre le moindre commentaire – je suis lent à la détente. Il a alors ajouté que le diagnostic de Vivian n'avait rien d'alarmant, qu'elle devait simplement suivre un régime strict de diabétique. Il allait essayer de se libérer une semaine pour aller pêcher la truite et nous avons tiré quelques plans sur la comète pour nous retrouver dans le Montana. En enfonçant la touche qui coupait le téléphone, j'ai constaté avec un léger pincement d'inquiétude qu'un simple coup de fil suffisait à bouleverser sans prévenir tous les projets qu'on pouvait avoir. Je me suis rappelé avec mélancolie combien mon père avait désiré acheter la maison de grand-père, qu'il avait fallu vendre quand le vieux avait été atteint d'un cancer. Il n'avait aucune protection sociale, et tout l'argent de la vente avait été englouti dans la trop classique tentative ratée pour soigner son cancer du foie. Dr A m'a dit qu'il voyait souvent des personnes âgées dilapider leurs biens pour essayer de rester en vie à tout prix.

La beauté du paysage montagneux a bientôt dissipé mes pensées lugubres. Mes nouveaux copains de Patagonia m'avaient indiqué une vertigineuse route de montagne qui me conduirait jusqu'au site de la reddition de Geronimo, au pied du canyon de Skeleton. Je m'étais rappelé mon ancienne attirance pour une photo de Geronimo, ce guerrier que je prenais alors pour l'*hombre* le plus coriace du monde, dans un livre d'histoire.

La route était un peu glissante à cause des pluies récentes. J'ai roulé lentement, en position quatre roues motrices, m'arrêtant pour examiner un ensemble de grandes traces félines qui traversaient le chemin de terre et signalaient le passage récent d'un couguar. J'ai klaxonné pour faire dégager un groupe de vaches étiques qui ont détalé dans les fourrés. J'ai ensuite constaté que la descente était plus difficile que la montée. Sur l'autre versant de la montagne, j'ai entamé une glissade presque incontrôlable, la sueur me jaillissant soudain par tous les pores de la peau. J'ai repensé une fois de plus que nous autres qui venons de l'est du Mississippi avons rarement conscience des immensités vides qui caractérisent l'Ouest. À certains moments, elles paraissent assez effrayantes.

Quand j'ai atteint le canyon de Skeleton, j'ai décidé d'appeler Vivian. Elle a d'abord semblé vague et larmoyante, mais a retrouvé toute sa pugnacité habituelle dès que j'ai essayé de conclure un marché avec elle. J'ai dit que j'étais prêt à revenir si elle m'achetait l'ancienne maison de grand-père et assumait les frais de sa remise en état. J'aurais dû savoir que c'était là le terrain de prédilection de mon ex. Elle a répondu qu'elle allait y réfléchir, mais qu'en tout état de cause l'acte notarié serait à son nom et qu'elle me laisserait seulement l'usufruit de cette maison. Ainsi va l'amour. Elle a ajouté que Fred avait tenté de lui extorquer de l'argent en imitant sa signature au bas d'un chèque et qu'elle avait porté plainte. « La vie sans beignets, c'est vraiment dur », a-t-elle déclaré. Puis elle a louvoyé en évoquant la canicule, son affreux régime, son désir d'acheter un chiot Corgi. Elle trouvait déconcertant de pouvoir aimer encore un vieil imbécile comme moi.

J'ai fait une longue balade à pied sur la route dans la chaleur croissante, puis j'ai rejoint Portal en voiture pour trouver un motel de bonne heure, car je désirais réfléchir. La vie, qui jusque-là m'avait paru lambiner, s'emballait soudain. Au déjeuner (un cheeseburger au chili vert qui m'a fait transpirer), une serveuse âgée m'a dit que Nabokov venait souvent à Portal chasser les papillons. Cette information m'a davantage excité que le souvenir de la venue estivale de Hemingway dans ma région. Un jour, Vivian a même acheté une table et des chaises chez un fabricant de meubles qui avait lancé la *Hemingway Collection*.

Utah

Rien dans mon voyage ne s'était jusque-là déroulé comme prévu, ce qui prouve qu'au lieu de se contenter de lire des bouquins sur les États-Unis, il vaut bien mieux partir à l'aventure. Je veux dire regarder et sentir le pays. Il paraît que la télévision nous a tous rendus interchangeables, mais je ne l'ai constaté nulle part.

Soudain, alors que je traversais une vallée de montagne, une bouffée de ressentiment m'a envahi au souvenir du nombre incalculable de fois où j'ai dû enseigner Carl Sandburg, Stephen Vincent Benét, Edward Arlington Robinson et Robert Frost. D'accord, ce sont tous de bons poètes, mais cette répétition a été fastidieuse et j'en suis venu à préférer Edna St. Vincent Millay, que j'ai lue à l'université en descendant deux bières pour m'aider à ressentir ses émotions extrêmes. Le Frost qui figure dans les anthologies de lycée me rappelait affreusement les lettres hebdomadaires de ma mère quand j'étais en fac, des lettres bourrées de rappels cryptiques à mes *devoirs*, lesquels n'étaient jamais définis clairement. Elle aimait aussi écrire que mon père décédé aurait voulu que je *réussisse*, alors que lui n'avait jamais parlé de ce genre de chose, sinon pour dire que les gens qui réussissaient n'avaient pas une minute à consacrer aux activités essentielles de la vie, telles que la chasse, la pêche, la gnôle et les balades dans les bois. Les anthologies littéraires de lycée semblaient toujours loucher vers la voie médiane de la bonne citoyenneté, moyennant quoi elles laissaient de côté les meilleures œuvres. Au beau milieu de ces pensées confuses, je me suis arrêté pour lancer le Nouveau-Mexique dans une flaque de boue du bord de la route autour de laquelle voletaient des papillons nabokoviens.

J'étais en train de traverser la réserve navajo vers l'ouest à partir de Window Rock, quand en milieu d'après-midi je me suis laissé piéger par Vivian sur l'*Onstar*. Elle s'est déclarée prête à payer un premier versement pour la maison de grand-père si je rentrais tout de suite. « Rien à faire », lui ai-je répondu. J'avais la ferme intention de pêcher quelques truites de rivière et de retrouver Dr A dans le Montana. Elle est passée de la fureur aux larmes, me disant que Fred essayait de remettre leur liaison sur les rails : « Il n'écoute que lui-même. Il est incapable d'entendre quelqu'un d'autre », s'est-elle plainte avant de me raccrocher au nez.

Ce commentaire m'a rappelé Viv dans ses plus mauvais jours. Par exemple, elle refuse mordicus que le cosmos soit aussi vaste qu'il l'est. La nuit où nous sommes revenus de notre dernière soirée polka, les étoiles étaient particulièrement brillantes et nous sommes restés un moment dans le jardin situé derrière la maison. J'ai mentionné avoir lu que selon les astronomes il n'y avait pas douze milliards de galaxies, mais quatre-vingt-dix milliards. Viv est restée un moment silencieuse, puis elle a murmuré : « C'est le montant de la fortune de Bill Gates. » Comme je suis incapable de concevoir des sommes aussi faramineuses, j'ai répondu : « Je te parle des galaxies.

— Putain, Cliff, a-t-elle répondu, je ne crois pas un seul mot de ce que tu dis. »

Elle a rejoint la maison en laissant derrière elle, dans l'air de la nuit, une odeur de schnaps au caramel. J'avais espéré que nous ferions l'amour, mais je m'étais lâché sur les galaxies, sachant pourtant que Viv préférait les limites confortables de la Terre. Une fois Viv partie, Lola s'est approchée et je me suis assis dans l'herbe pour la caresser tandis que nous écoutions un couple d'engoulevents hululer près de l'étang.

L'appel de Viv m'a vidé de mon énergie. J'ai bifurqué vers le nord et Chinle. La climatisation de la voiture fonctionnait, mais le thermomètre incrusté dans le rétroviseur central indiquait trente-sept degrés. Je devais à tout prix échapper à cette effrayante canicule où même la nuit était aussi chaude que la plus chaude des journées dans le Michigan. Je me suis mis à imaginer un chalet dans le Montana, où je serais assis nu comme un ver sur la véranda à minuit et où j'aurais vraiment froid. Mon fantasme a légèrement bifurqué à Chinle quand je suis entré au Thunderbird Lodge et que j'ai découvert derrière le comptoir de la réception une adorable Navajo qui a aussitôt rejoint ma véranda rêvée du Montana. Contrairement à moi, elle ne pensait qu'au travail et ne s'est nullement intéressée au vieux chnoque blanc que je suis, sinon pour m'inscrire à une excursion avec guide dans le Canyon de Chelly qui devait avoir lieu le soir même, à condition qu'aucune pluie diluvienne ne s'abatte d'ici là sur la région.

Une fois dans ma chambre, j'ai examiné l'atlas routier à la recherche de l'itinéraire le plus pratique jusqu'à Colorado City, qui avait fait la une de tous les journaux à cause d'un scandale lié à la polygamie chez des mormons apostats. En entendant cette information pour la première fois, j'ai essayé d'imaginer ce que serait ma vie si j'étais marié à sept versions de Vivian. Autant se porter volontaire pour combattre en première ligne en Irak ou en Afghanistan.

Dans ma chambre de motel, je me suis remémoré la première fois que j'avais remarqué Vivian. Elle courait de base en base pour l'équipe féminine de softball. Elle en pinçait pour le bloqueur et deuxième homme de base de Boyne City. J'étais une âme timide à cette époque et elle était un peu trop massive à mon goût, mais j'admirais de tout cœur son audace et son énergie. Tout le temps de notre mariage, quand il y avait une maladie, un décès ou une blessure grave dans notre voisinage, Viv était toujours la première à proposer ses services, s'occupant elle-même de tout ce qu'il fallait organiser. Lorsque notre voisin Durwood a perdu une main à cause d'une ramasseuse de maïs défectueuse, Viv lui a dégoté un avocat hors pair à Suttons Bay, et maintenant Durwood et son épouse partent tous les hivers dans le Sud à bord de leur caravane grand luxe. Tout le monde décrit Viv comme « une battante ». Cela ne signifiait certainement pas que Viv allait manifester la moindre sympathie pour mon projet qui semblait désormais faire partie de mon destin – un mot lourd de sens, mais quel autre choisir ? Ce projet, il me faudrait le lui cacher, tout comme mon héroïne en fac, Emily Dickinson, tenait secrets la plupart de ses poèmes. Quand elle a fini par montrer ses vers à l'éminent éditeur Higginson, celui-ci s'est d'ailleurs comporté comme un crétin.

Je me suis endormi et j'ai raté mon excursion au Canyon de Chelly, perdant ainsi mon avance de trente dollars. C'est la vie. J'étais devenu complaisant, négligent même. Trente billets, c'était une journée de travail autrefois. Mais, en allant faire un tour à pied dans cette direction, j'ai aperçu un violent orage, puis les voiturettes de l'excursion sont revenues à toute vitesse, leurs passagers trempés jusqu'aux os. Debout sur le parking sous les rideaux de pluie, j'ai pris une douche revigorante, ne désirant rien d'autre sur terre que d'être trempé et au frais, humant la chaleur qui disparaissait du paysage rocailleux pour laisser place à l'odeur forte de la pluie.

Au chalet, j'ai eu droit à un merveilleux dîner de chile rellenos, des piments fourrés à la viande et au fromage. L'alcool est interdit à la vente sur la réserve navajo et je n'avais plus une seule goutte de whisky. Cette abstinence forcée a paru décupler la puissance de mes rêves. Des images extraites d'un livre d'enfants, *Les Vrais Exploits de chiens courageux*, n'ont cessé de surgir. Ma mère ne s'intéressait pas aux chiens, c'était donc mon père qui me le lisait. Il était alors assez tentant, ça l'est du reste encore parfois aujourd'hui, de désirer être un chien cavalant dans les montagnes, peut-être avec une flasque d'un précieux sérum attachée autour du cou pour sauver un lointain village en péril. Bref, dans mon rêve confus, ma course canine à travers les Alpes était accompagnée de petits éléphants, rescapés du périple d'Hannibal bien sûr, un autre récit historique que mon père adorait.

Toutes ces images m'ont empêché de bien dormir et je me suis réveillé pour de bon à quatre heures du matin. J'ai allumé la lampe puis découvert une mouche morte dans mon lit. Peut-être l'avais-je écrasée en me retournant, cette malheureuse. Après tout elle avait une tête et des membres comme moi. Par chance, j'avais acheté des sachets de café dans une supérette et je me suis préparé une petite cafetière bien corsée. Lors de ma course de chien à travers les Alpes, j'avais vu des nuées d'oiseaux dans le ciel rose crépusculaire. Quiconque a jamais ramassé un oiseau noir mort sait qu'il n'est pas vraiment noir. Dans un calepin posé à côté du téléphone, j'ai écrit « oiseau foncé ». Pas terrible, mais pas mal. Je n'avais absolument pas peur de la grippe aviaire, considérant cette menace comme similaire à la peur que Viv a eue du bug de l'an 2000 censé lui faire perdre le contenu de son précieux ordinateur.

J'ai foncé vers le cœur de l'Utah sur la Route 89 après avoir enterré l'Arizona sous une poignée de terre près de Kanab. L'étape entre Many Farms et Kayenta a été la plus magnifique de tout le voyage. Peut-être pour blaguer, les responsables du puzzle avaient peint l'Utah en vert, une couleur qu'on aperçoit seulement en altitude à cause des genévriers et de certains autres conifères. Pour se remplir la panse ici, une vache devait sacrément se décarcasser. Maintenant que j'y réfléchissais, je ne me rappelais pas avoir vu une seule vache grasse en Arizona. Peut-être que, tant dans l'Utah qu'en Arizona, les vaches maigrissent sur pied en attendant la verdure qui pousse après les pluies diluviennes de l'été. Bref, l'Utah se prend pour l'État de la Ruche, la mouette de Californie est son oiseau, le sobre mot *Industrie* sa devise, et le lis sego, que j'ai cherché en vain, sa fleur.

Marybelle a appelé alors que je sillonnais Panguitch à la recherche d'un introuvable magasin d'alcools. Pour une fois, elle était avenante plutôt que teigneuse, et elle m'a complimenté sur l'excellente éducation que j'avais inculquée à mon cher fils. Sur mes gardes, j'attendais une perfidie féminine, qui n'est jamais venue, sauf quand Marybelle m'a dit que je devais retourner auprès de Vivian pour l'aider à recouvrer la santé. Elle s'est toutefois plainte de son manque d'« exercices sexuels » et pour plaisanter je lui ai suggéré de faire une longue balade sur le front de mer de San Francisco ou de traîner un peu autour d'une des nombreuses universités locales. « Cliff, je suis à la recherche d'un partenaire digne de ce nom, d'une personne intègre, pas d'un connard à grosse queue. » Je me suis alors excusé, non sans une certaine sincérité.

L'Utah serait un État formidable si l'on pouvait en ôter Salt Lake City, dont les embouteillages ont essoré mon âme comme un vulgaire torchon. J'ai fini par atteindre une aire de repos au nord de la ville. Je tremblais de tous mes membres. Assis à une table de pique-nique, je me suis juré de ne plus jamais traverser une grande ville en voiture. Cette décision allait me coûter du temps et de l'énergie, et alors ? Quand une femme aux cheveux bleus passe à un centimètre de votre carrosserie à cent trente à l'heure en parlant dans son portable, on craint pour la République. Est-ce pour cette raison que les mouettes ont dévoré les sauterelles, sauvant ainsi les récoltes des mormons ?

J'ai atteint Dillon, Montana, à la tombée de la nuit, complètement abruti par quinze heures de conduite. Après avoir descendu trois verres et englouti une tranche médiocre de rosbif saignant, je suis rentré en voiture à mon humble motel et me suis endormi sur le parking, ravi d'avoir froid. Quand je me suis réveillé à deux heures du matin, un petit chien vraiment moche était assis au pied de ma portière, attiré par l'odeur des restes de rosbif que j'avais emportés dans un doggy bag. Je les lui ai donnés, ce qui ne l'a pas empêché de grogner quand je lui ai tapoté le crâne. Une fois dans ma chambre, j'ai essayé de retourner, pour ne pas être obligé de la voir, l'image de l'âne au regard triste et au cou enrubanné d'une guirlande de fleurs, mais le cadre était vissé au mur pour dissuader les clients de le faire. Je me suis endormi en souhaitant que Marybelle soit perchée sur mon nez, tel un griffon.

Montana (le retour)

Je ne suis jamais parti aussi tard de tout mon voyage. Au point du jour j'étais encore abruti par la longue étape de la veille – inutile d'y revenir. J'ai allumé la télé et mis la chaîne météo, puis je me suis rendormi après avoir appris que ce jour-là il ferait une trentaine de degrés dans le Montana. Voilà qui me changerait des putains de quarante degrés et plus que moi et les autres habitants de cette région venions de supporter dans le Sud. Je me suis encore réveillé à l'heure coupable de neuf heures. Le petit clebs de la veille grondait et grattait à la porte. Je l'ai fait entrer. Il a aussitôt décrit un cercle rapide, puis, comprenant que je n'avais rien d'autre à lui donner à manger, a filé ventre à terre. À cet instant précis j'ai décidé de l'adopter, à condition qu'il soit un vrai chien errant ou qu'il ait été abandonné par un client du motel. Il ressemblait au chien de mes rêves qui cavalait à travers les Alpes en compagnie d'éléphants miniatures.

J'avais une érection agaçante, mais je devais rester absolument concentré sur mon projet. J'ai jeté un coup d'œil dans le miroir en me passant de l'eau froide sur le visage pour me réveiller. J'ai murmuré : « Temps dévorant, émousse donc tes griffes de lion » en l'honneur de Shakespeare, que j'aimais toujours lire par intermittence – pour la même raison que j'écoute Mozart avec plaisir un demi-siècle après que ma mère me l'a fait entendre pour la première fois. J'ai essayé de chasser l'accès de mal du pays qui m'a brusquement pincé le cœur. J'ai compris que le mal du pays, comme l'amour conjugal, relève pour l'essentiel de l'habitude. Ce qui me manquait n'était plus là, ou alors sur le point de disparaître. Lola était au paradis des chiens, et la ferme, vendue à un courtier en Bourse de Chicago, allait devenir un haras. La grange et ma confortable cabane à outils seraient sans doute transformées en écuries, les cerisiers arrachés, le verger reconverti en pré, et notre vieille maison rasée pour construire à la place ce que Vivian décrivait comme une « demeure provinciale française », quoi que cela veuille dire. Je me suis consolé en me disant que la disparition d'un vaste pan de votre passé était synonyme d'une liberté nouvelle. *Fuimus fumus* ou quelque chose comme ça, disait Thomas Wolfe, mon héros en terminale. Je crois que ça veut dire la vie part en fumée.

À la réception du motel une dame en bigoudis (bleus) m'a expliqué que ce petit chien nommé Bob appartenait à l'une des filles qui nettoyaient les chambres. Elle m'a dit que Bob était une vraie peste, mais que tout le monde semblait apprécier son attitude répugnante. Elle a ajouté qu'il aimait le bœuf mais refusait le poulet, le porc et tout autre type d'aliments.

Dans la voiture une idée m'a troublé : comme personne déplacée, je n'avais aucun point fixe à partir d'où procéder à un minimum de recherches en vue de mon projet. Les noms d'oiseaux ayant besoin d'être modifiés de toute urgence requéraient des manuels d'ornithologie sur l'est et l'ouest du continent nord-américain, ainsi que mon imagination qui n'était pas exactement en veilleuse. Les États en revanche posaient des problèmes que je pouvais seulement résoudre en fréquentant une bibliothèque. L'*Encyclopaedia Britannica* ou un dictionnaire simplifié suffirait peut-être à aiguillonner mon imagination pour les nombreux États que je n'avais pas visités. Peut-être avais-je découvert l'œuvre d'une vie trop tard dans ma vie. Marybelle, cette as de l'informatique, trouverait sans doute aisément les informations dont j'aurais besoin, mais je ne voulais pas qu'elle m'abreuve de ses conseils. Toutes ces années passées dans la peau d'un authentique paysan avaient transformé mon cerveau en une boussole hasardeuse. Je ruminais comme les bovidés dont je m'étais occupé, mais je n'avais pas leurs trois estomacs pour digérer les informations disponibles. Le fait d'avoir lu une bonne douzaine de fois *L'Individualisme* de Ralph Waldo Emerson faisait peut-être de moi un être unique, mais le contenu exact de ma personne restait à définir. J'étais un boisseau d'intentions, mais me manquait le *cran*, ce mot éculé et méprisable qu'adorait ma mère. Ce mot que chérissait aussi Horatio Alger pour nous faire comprendre que, lorsqu'on a du *cran*, on peut se relever en se hissant par le col de chemise pour se faire une place au soleil.

Ce dont j'avais besoin avant tout, c'était d'un petit déjeuner, car je venais de quitter Dillon le ventre vide. Le rosbif caoutchouteux du dîner de la veille n'avait pas suffisamment vieilli, mais petit Bob le chien savant s'en était néanmoins régalé. La manière dont il exprimait sans vergogne ses désirs m'a rappelé que j'avais formé mes pensées les plus claires en pêchant ou en taillant les cerisiers. Il n'y avait pas de cerisiers dans la région où je me trouvais, mais de nombreux cours d'eau. Papa disait toujours que nous aimons les rivières parce que c'est ce dont nous sommes faits, nos vaisseaux sanguins, nos veines et nos artères sont en quelque sorte des rivières. Quoique je n'aie jamais été très sûr de la véracité de cette analogie, elle était plutôt saisissante. Après sa mort, ma mère a déclaré qu'il n'avait jamais eu un sens de la réalité bien développé, pourtant il n'a jamais arrêté de bosser.

J'ai bifurqué à Melrose alors que l'*Onstar* sonnait, mais je n'ai pas répondu. Mon projet requérait toute mon attention, et j'avais déjà été distrait par ma faim et par la vue d'un magasin d'articles de pêche. En tant que professeur de littérature, je connaissais l'histoire de dizaines d'écrivains qui essayaient d'accomplir leur travail malgré les innombrables distractions du monde et les obstacles dressés par leurs propres vices. Selon un de mes professeurs, ce qui sauvait les écrivains, c'était que, comme les politiciens, ils entretenaient l'illusion d'un destin personnel qui leur permettait de surmonter toutes les épreuves, en dépit du caractère parfois insignifiant de leur œuvre. Le destin semblait être un concept religieux, du même ordre que l'idée méthodiste de la prédestination.

Dans un bar-restaurant appelé le Hitch'n Post, une ravissante jeune fille au visage espagnol m'a servi des œufs avec des crackers, une sauce à la saucisse et de la chair à saucisse en prime. Un vieux grigou assis à côté de moi s'est mis à lorgner mon assiette en mangeant un bol de corn flakes. « Quel veinard… C'est le petit déj crise cardiaque du Montana. Je l'ai pas commandé depuis mon quintuple pontage », m'a-t-il dit.

Ne sachant quoi répondre, je lui ai demandé à quelle distance se trouvait la Big Hole River, et il m'a répondu : « À deux cents mètres vers l'ouest. » Dr A avait souvent pêché dans cette rivière après ses cours à la fac de médecine, et il m'avait dit de ne la rater sous aucun prétexte. La belle serveuse a remporté mon assiette sans m'accorder un coup d'œil et je me suis encore dit que, lorsqu'on arrive à la soixantaine, les femmes plus jeunes vous flanquent volontiers à la déchetterie biologique. Elle était fascinée par un jeune homme en chaise roulante, que je n'ai pas vraiment pu qualifier de « veinard ».

Je suis resté un moment dans la voiture pour réfléchir à cette matinée exceptionnelle où mon projet commençait à prendre forme. Je n'avais certes pas l'intention de devenir écrivain. Je suis beaucoup trop obsédé par les substantifs pour être écrivain. Ces gens-là doivent passer un temps fou à gonfler la périphérie des choses pour remplir un bouquin. Tous les jours, ils ont l'esprit obnubilé par leur travail, alors que je suis un simple marcheur. Tout ce que je voulais faire, c'était changer les noms de certains oiseaux et États qui réclamaient apparemment mon attention depuis un bon moment déjà. Et maintenant, assis dans ma voiture à dix heures du matin bien sonnées en cette mi-juillet, je me sentais appelé à réaliser cette tâche. Non, je ne parle pas de Moïse et de son buisson ardent, ni de Paul sur le chemin de Damas, j'étais simplement un paysan retraité confronté à un boulot qu'il fallait accomplir.

J'ai dépassé en voiture le magasin d'articles de pêche pour aller jeter un coup d'œil à la rivière et tester ses effets, que j'espérais apaisants. Je me suis garé, puis, debout au milieu du pont, j'ai baissé les yeux vers le mystère de l'eau. J'avais besoin de réfléchir à certaines embûches de ma vocation. Par exemple, l'alcool ferait-il obstacle à mon inspiration, ou bien contribuerait-il à me calmer si mon esprit s'enflammait trop ? Mon « alarme Hart Crane » s'est alors déclenchée. En première année de fac, j'ai rendu un jour une dissertation qui n'était que du verbiage, et mon professeur ulcéré m'a ordonné de bosser sur Hart Crane. Je lui ai proposé Edna St. Vincent Millay, mais il a repoussé mon idée en traitant cette poétesse de « traînée lubrique embourgeoisée ». C'étaient les années soixante, le qualificatif de « bourgeois » équivalait à une condamnation sans appel, et le soir mon prof aux cheveux frisés arborait son pantalon pattes d'éph' à la cafétéria des étudiants pour lancer : « Tout le pouvoir au peuple ! » Je ne savais jamais très bien de quel peuple au juste il parlait.

Bref, ce printemps-là, Hart Crane m'a fait vivre une expérience vraiment désolante. Quelle vie incroyablement malheureuse, pensais-je en me promenant parmi les fleurs au bord de la Cedar River sur le magnifique campus arboré de l'université du Michigan. Hart Crane m'a rendu fier de mon doux cinglé de père. Car celui de Crane avait été l'un de ces hommes d'affaires républicains à l'esprit torve qui de tout temps ont été une malédiction pour notre pays. Tout jeune homme, Crane buvait déjà comme un trou. Il s'est suicidé à trente-deux ans en sautant d'un bateau, l'*Orizaba*, dans la mer des Caraïbes. S'il n'ingérait pas de faramineuses quantités d'alcool, Crane se trouvait incapable de composer ses poèmes admirables mais cryptiques, et qui étaient d'une puissance formidable en comparaison des vers soporifiques de Sandburg ou de Stephen Vincent Benét. Les yeux baissés vers la rivière, j'ai alors fait le vœu de ne jamais avoir recours à l'alcool pour faciliter mon projet, ou alors de manière modérée.

Une angoisse soudaine m'a submergé dans le magasin d'articles de pêche quand j'ai remarqué que certaines cannes coûtaient jusqu'à sept cents dollars pièce. À mon arrivée, le propriétaire assis à un bureau était absorbé par son ordinateur, et j'ai cru apercevoir une femme nue sur l'écran, mais il a aussitôt enfoncé une touche d'effacement. J'ai regardé divers accessoires en me sentant transpirer de plus en plus. Hors de question de dépenser une fortune alors que Dr A apporterait tout mon équipement d'ici deux semaines environ. La seule canne que j'avais avec moi était une saleté démontable en cinq morceaux, un truc de voyage que je détestais.

« Ce matos coûte vraiment la peau du cul, dis-je.

— C'est un 4×4 à quarante mille dollars que vous avez garé devant chez moi.

— Un prêt de mon fils.

— J'ai du matériel pas cher pour débutants.

— Je pêche la truite depuis un demi-siècle.

— Alors peu importe que votre canne soit bonne ou pas. »

Il a été fouiller dans une pièce de derrière qui lui servait de stockage, puis il est revenu avec un équipement qui ne payait pas de mine, car il avait récupéré cette canne au fond de la rivière avant de la remettre en état. Je l'ai achetée cinquante billets. Je me suis dit qu'il faisait assez chaud pour patauger en tennis et que je n'avais pas besoin de waders, ce qui s'est révélé entièrement faux. Une fois équipé, j'ai rejoint en voiture un endroit appelé Notch Bottom – littéralement « Cul Coché » –, un nom qui m'a fait penser au sexe. Au bout d'une heure de pêche l'eau m'a semblé si froide que je ne sentais plus du tout mes jambes. Je m'en fichais, j'attrapais et relâchais des truites de rivière et puis j'apercevais des oiseaux que je n'avais jamais vus. J'ai pêché pendant environ neuf heures, jusqu'au crépuscule, en proie au même plaisir délicieux que mon petit frère Teddy quand il se jetait dans l'étang situé derrière la grange.

Montana (le retour) II

Lorsque je suis entré dans la rivière près de Notch Bottom, je croyais que l'eau me monterait aux genoux, mais elle était si limpide que j'ai mal évalué sa profondeur et elle m'a tout de suite englouti jusqu'à mi-buste. J'ai aspiré l'air à pleins poumons et senti mon zizi se recroqueviller dans mon bas-ventre. « Bah, tant pis », ai-je pensé en envoyant mes deux dernières cigarettes désormais trempées sur la berge, où je les retrouverais peut-être plus tard séchées après ce baptême désagréable.

J'ai pêché et encore pêché. Au début il n'y avait pas d'éclosion d'insectes, j'ai donc utilisé une mouche humide, une *wooly bugger* couleur olive, mais au bout d'une heure, vers midi, des insectes, qui ressemblaient aux éphémères vertes de chez moi, ont fait leur apparition. J'ai attrapé une demi-douzaine de truites brunes avec une mouche sèche, une Adams n° 16, inventée dans le Michigan. Cette éclosion s'est soudain interrompue, j'ai donc fait une sieste d'une heure sur la berge. Je ne savais pas combien de temps au juste j'avais dormi, car ma montre de gousset avait pris l'eau dans ma poche et s'était arrêtée. À mon réveil, j'ai aperçu une femelle élan et son petit, qui ont vite disparu parmi la verdure des peupliers sur le terrain plat de la berge opposée. En milieu d'après-midi, un autre insecte est apparu, en grand nombre. Les rides circulaires des poissons montant pour gober ont couvert le plan d'eau. J'ai réussi à imiter cet insecte avec une caddis n° 14. J'ai ensuite découvert que ledit insecte était une phalène d'épicéa. Je mourais de soif, mais n'osais pas boire l'eau de la rivière à cause de la présence possible d'un parasite nommé giardia. En fin d'après-midi, j'ai trouvé un ruisselet, une source minuscule qui sortait de la paroi rocheuse d'une falaise. J'ai rempli mon chapeau imprégné de sueur et bu ce qui m'a semblé être la meilleure eau de toute mon existence. En début de soirée, j'ai pris, sur une *coachman* en poil de daim, une truite brune de plus de trois livres, un poisson qui dans le Michigan aurait constitué le trophée d'une vie entière. J'avoue avoir eu les larmes aux yeux quand j'ai rendu cette créature divine à son élément liquide.

J'ai remarqué que la nuit tombait et passé une bonne demi-heure à me débattre au milieu des buissons pour retourner jusqu'à mon véhicule. J'avais retrouvé mes deux cigarettes. Tout en fumant, j'ai rebaptisé oiseau de feu le passereau occidental, en l'honneur de Stravinsky, un musicien que j'ai appris à aimer parce que ma mère le détestait. Si Viv était présente quand la radio diffusait du Stravinsky, elle hurlait : « Arrête-moi cette merde ! »

Malgré tous ces souvenirs tenaces évoquant des moments difficiles et désagréables, je ressentais encore de la tendresse pour Viv. Au début de notre mariage, lorsque Robert était petit et que je partais pêcher la truite, tous deux m'accompagnaient parfois. Viv préparait un panier de pique-nique contenant un poulet grillé selon une recette de sa mère. Il faut faire revenir le poulet dans de la graisse de lard fait maison, et certes pas celle qu'on achète en magasin. On laisse mariner le poulet toute une nuit dans du babeurre avec une bonne dose de tabasco, on l'enduit de farine, puis on le grille. Comme je n'avais rien mangé depuis le petit déjeuner et qu'il faisait presque nuit, le simple fait de repenser à ce poulet grillé me mettait l'eau à la bouche. Fin mai ou début juin, Viv et Robert trouvaient beaucoup de morilles et, une fois rentrés à la maison, nous préparions des truites aux morilles fraîches pour le dîner.

Malheureusement pour moi, quand je suis arrivé au Hitch'n Post, la cuisine était fermée et un bon repas était hors de question. La barmaid m'a préparé un énorme sandwich avec du pain de seigle, du jambon et du fromage, plus un bol de soupe à l'orge et au bœuf. Dans la glace des WC où j'avais été faire un brin de toilette, je me suis retrouvé nez à nez avec un comique homme des bois : couvert de coups de soleil, feuilles et brindilles collées dans ses cheveux et sur ses vêtements sales, mains aussi crasseuses que le visage, taches de sueur aux aisselles. Je m'étais colleté toute la journée avec mon premier amour. En mangeant, je me suis dit qu'au moment de quitter le Michigan je n'étais pas dans une forme mentale éblouissante, et cet abattement a perduré un bon bout de temps. La pêche avait ouvert une fenêtre dans la chambre de mon esprit, le grand air et la lumière nouvelle me prouvaient combien mon état d'esprit avait été sombre lors de mon départ. L'épouse. La ferme. La chienne. Envolées. Ce qui me restait : moi. Viv. Robert.

Une main montait et descendait devant mes yeux. Le propriétaire du magasin de pêche venait de s'asseoir près de moi et je ne l'avais pas remarqué. Nous avons bien sûr parlé pêche, mais après mon second verre je me suis senti trop somnolent et vacillant pour continuer. J'ai tant bien que mal réussi à me traîner jusqu'à mon motel distant d'une centaine de mètres, The Sportsman's Lodge, oubliant mon véhicule et trébuchant dans l'obscurité. J'ai éclaté de rire quand j'ai calculé que ma part de la ferme, le boulot de toute mon existence, équivalait à une rente annuelle de quatre mille dollars, une misère selon les critères d'aujourd'hui.

J'étais physiquement épuisé, j'avais toujours froid aux jambes à cause de l'eau glacée de la rivière, et j'ai dormi du sommeil de Cora, pour reprendre une expression de famille. Cora était une vieille truie qui au fil des ans nous avait donné une demi-douzaine de portées avant de devenir stérile. Enfant, j'avais piqué une telle crise de larmes quand papa avait voulu l'abattre, qu'il avait finalement renoncé à le faire, plaçant Cora sous ma seule responsabilité. Vieille et très obèse (elle pesait dans les deux cent cinquante kilos), elle passait le plus clair de son temps à dormir. Moi, j'étais un peu trop gros, mais Cora laissait mon petit frère Teddy monter sur son dos, faisant quelques pas avant de s'affaler et de se rendormir. Papa disait que Cora allait mourir à cause de toute sa graisse et du manque d'exercice ; du coup, un jour, tout seul, je crois que j'avais onze ans à l'époque, j'ai fabriqué avec des planches un étroit passage circulaire long d'une centaine de mètres. Je nourrissais Cora à l'extrémité opposéÈe de ce cercle, le plus loin possible de la porcherie qui jouxtait le râtelier à maïs. Nous cultivions beaucoup de fruits, des pommes, des griottes et des bigarreaux, des pieds de vigne donnant du Concord, pour le vin infect de papa, des poires et des pêches. Cora avait un faible pour les fruits, et quand je versais un grand seau de fruits dans son auge elle fermait les yeux et gloussait de plaisir. Confrontée à la pâtée et au maïs ordinaires, elle gardait les yeux ouverts. Après son repas, elle faisait deux étapes assorties de roupillons avant de rentrer chez elle, jusqu'à son abri situé sous le râtelier à maïs. Souvent, elle frémissait et agitait les pattes en dormant, comme si elle rêvait, et papa disait qu'elle rêvait sans doute de bouffe. Quand elle est enfin morte, évidemment dans son sommeil, j'ai mis trois jours à creuser un trou assez vaste pour l'accueillir.

Pendant le service funèbre, mon petit frère Teddy a tenté de sauter dans ce trou avec Cora, mais papa l'a serré fort contre lui. Ma mère n'a pas assisté à l'enterrement de Cora. Par la suite, Teddy collait souvent l'oreille contre le sol à côté de la tombe de Cora.

Au matin je me suis senti en pleine forme à cause d'un joli rêve sur le bœuf Stroganoff de Viv, sa seule autre recette valable en dehors du poulet frit. Elle utilisait une pinte de bonne crème de vache Jersey qu'elle achetait à un voisin, ainsi que des morilles séchées et reconstituées. J'ai pris mon café en essayant de prolonger cet état rêveur et j'ai décidé d'appeler Viv avant le petit déjeuner. Pour agrémenter la crème, je dégustais quelques poireaux sauvages que j'avais ramassés et mis en saumure. Nous utilisions notre meilleure viande de bœuf.

Je ne peux pas dire que cette conversation m'a fait chaud au cœur. Elle s'est résumée à une succession vertigineuse de chiffres, alignés par Viv dans le sabir de l'immobilier pour me convaincre que, « du point de vue fiscal », elle devrait me déclarer comme étant son employé pendant que je retaperais cette baraque, et que son investissement serait amorti si je la laissais vendre les vingt arpents du fond sur les quarante que comptait la propriété. J'ai refusé catégoriquement, car c'était l'emplacement du tertre où je m'étais assis avec l'Indien qui ne pouvait pas parler à cause de sa blessure de guerre. J'aurais l'usufruit de la maison et du terrain jusqu'à la fin de mes jours, Viv serait propriétaire en titre. « Et si jamais tu meurs en premier ? ai-je demandé.

— Alors le tout reviendra à Robert, gros bêta. »

Pas très engageant. Je lui ai aussi demandé si je serais payé, et elle m'a répondu « un petit quelque chose », avant d'ajouter que sous aucun prétexte je ne pourrais inviter mon « affreuse serveuse » à me rendre visite. Histoire de la taquiner un peu, je l'ai sondée pour savoir si elle s'attendait à ce que nous

nous remariions. Elle m'a répondu : « Non, je tiens à rester ouverte à toutes les options. Simplement, tu me manques de temps en temps. »

Voilà. Le mot « compromis » m'a toujours paru assez répugnant, peut-être à cause de mes nombreuses lectures des écrivains transcendantalistes de la Nouvelle-Angleterre, surtout Emerson et Thoreau, et des romantiques anglais. Byron faisait-il des compromis ? Pas vraiment, mais la longue route qui partait de Lord Byron pour aboutir à cette fan du prof d'anglais n'existait simplement pas. Je n'avais pas perdu tout mon bon sens. Certes, la ferme et Lola n'étaient plus là, et le fil qui me reliait à Vivian était bien fragile. J'avais dû renoncer à une grande partie de mon passé, mais pas à tout mon passé. Je pourrais vivre ma vie sur le terrain de grand-père, au beau milieu de la forêt d'État. Le minuscule chemin de gravillon qui y menait traversait un dense marais de cèdres avant de déboucher sur la clairière broussailleuse et le vieux bungalow Sears construit dans les années vingt, sans oublier l'autre cabane en papier goudronné. La pêche à la truite n'était pas trop mauvaise dans le coin. Quand j'aurais besoin de reluquer une femme, je pourrais me rendre à Cross Village, sur le lac Michigan, ou à Pellston. J'achèterais un bon équipement de camping, l'hiver je partirais vers le sud-ouest pour vivre dans le désert, et Bert serait mon professeur dans cette nouvelle discipline – mais je ne camperais jamais dans son jardin infesté de serpents. Tout ça devrait me suffire.

Une vision du corps de la petite amie droguée de Bert m'a donné envie de Marybelle et j'ai commis la légère erreur de l'appeler sur son portable.

« Cliff, Cliff, Cliff, mon cœur saigne pour toi, comme dit la chanson. D'autres parties de mon corps gémissent aussi d'amour. Ma vie s'épanouit merveilleusement. Hier soir, j'ai décroché le rôle de Blanche dans une prochaine reprise d'*Un tramway nommé désir*. Je ne comprends pas leur choix de l'acteur qui va jouer Stanley. C'est un gay aux bras tout minces. Ma vie s'épanouit merveilleusement, Cliff, tout ça parce que tu m'as mise en contact avec ton formidable fils. Ma place n'était pas à Morris, Minnesota. Je suis faite pour les lumières éclatantes de la grande ville. Par exemple, ce matin j'ai su avec une absolue certitude que mon fils venait d'être capturé par une guérilla en Afrique.

— Une guérilla ou un gorille ? » Je ne pouvais pas continuer de l'écouter sans rien dire.

« Bonne question. Savais-tu que les gorilles ont un pénis minuscule ? À peu près de la taille d'une cigarette filtre ?

— Non. Je l'ignorais.

— Bref, j'ai pris un café et je me suis dit : Marybelle, tu n'as pas vraiment de fils, alors comment pourrait-il être en Afrique ? Pour te résumer les choses, Cliff, à San Francisco je vis beaucoup moins dans un monde d'illusion. »

Et ainsi de suite. Mes pulsions sexuelles ont semblé diminuer au fil de notre conversation téléphonique et je me suis soudain senti navré pour moi-même. Papa m'avait un jour mis en garde contre cette complaisance, alors que je déplorais la perte d'une petite amie partie avec un quarterback. J'étais un première-ligne solitaire. Je me lamentais et me morfondais. Par une matinée glacée d'octobre, tandis que nous coupions du bois, il a décrété que l'apitoiement sur soi était une émotion désastreuse. « Regarde le monde, pas ton trou du cul », m'a-t-il alors conseillé. J'ai mis un moment à comprendre.

Je suis allé pêcher et me suis laissé surprendre par un violent orage de grêle. Les nuages sont arrivés par l'ouest, mais les montagnes m'empêchaient de voir bien loin dans cette direction. J'ai perdu une énorme truite brune qui aurait constitué la plus grosse prise de mon existence. Cette truite descendait la rivière à toute vitesse en empruntant un étroit couloir trop profond pour que je puisse m'y aventurer. J'ai essayé de ramper à travers les épais buissons qui longeaient ce chenal quand ma ligne a soudain molli. J'ai vu le corps massif de cette truite après qu'elle a décidé de prendre la poudre d'escampette. Puis les poissons ont brusquement disparu.

Il s'est mis à grêler alors qu'assis sur une bûche je réfléchissais à cette truite et à ce que je croyais être le bruit d'avions à réaction franchissant le mur du son vers l'ouest. Tous les pêcheurs expérimentés savent qu'ils ont très peu de chance d'amener à terre une grosse truite brune. Je ne prêtais aucune attention au changement de temps, tout occupé que j'étais à réfléchir, car je me disais qu'il était malhonnête de modifier le nom d'un oiseau ou d'un État sans les avoir préalablement vus des mes yeux. Je n'avais bien sûr aucune expérience réelle de la moindre intégrité artistique, mais les aspects théoriques de mon entreprise devenaient maintenant d'une actualité brûlante. Une espèce de grive que je n'ai pas reconnue m'observait dans un buisson tout proche. Je m'étais laissé dire qu'au cours de leur migration les grives s'arrêtent pour dormir pendant neuf secondes. Vous avez bien entendu : neuf secondes. Alors la grêle s'est mise à dégringoler d'un ciel noir que je n'avais pas vu venir, tant j'étais absorbé par la pêche. J'ai fui dans la rivière et trébuché au milieu du courant, en essayant de me protéger les yeux contre la mitraille des grêlons. Je suis tombé à plat ventre et j'ai dérivé dans le courant en tâchant de retenir ma respiration. C'était très bizarre, avec cette rivière couverte d'une nappe blanche en mouvement. J'ai rejoint à quatre pattes une berge escarpée et boueuse, puis marché en amont de la rivière vers l'endroit où j'avais repéré un vieux pick-up Dodge abandonné et chargé de pierres, d'où poussaient de l'herbe et des fleurs sauvages. En réalité, vu que j'avançais tête baissée, je me suis cogné le crâne contre le pick-up, puis égratigné le dos en rampant dessous. Merde alors, j'avais vraiment le cul gelé ! La température, qui jusque-là frisait les trente degrés, venait de chuter à sept ou huit degrés. Au lieu de prendre un petit déjeuner solide, j'avais commandé et emporté un sandwich au rosbif, dont le pain était maintenant détrempé par l'eau de la rivière. Qui voudrait manger du pain à l'eau de rivière ? Affamé, je me suis jeté sur la viande et les oignons, levant parfois les yeux vers la graisse qui suintait sous le pick-up. À ce moment-là, j'ai songé à faire une sorte de vœu artistique pour mon projet. Le *non serviam* de Joyce ne me convenait pas. Après tout, j'avais consacré le plus clair de ma vie à servir le bétail, les cerisiers, sans parler de Vivian dès qu'elle s'était lancée dans sa carrière immobilière et désintéressée de notre foyer.

Montana (le retour) III

À l'aube, alors que je filais vers l'est et Reed Point, j'ai commencé à soupçonner que mes plans étaient un peu bancals. Je ne me rappelais pas avoir vu le moindre motel dans ce village minuscule, et encore moins la bibliothèque dont j'aurais besoin pour mener à bien mon projet. J'ai quitté l'Interstate près de Whitehall, puis j'ai regardé la carte avant de décider que Livingston constituerait sans doute ma meilleure destination, me souvenant que cette ville m'avait paru plutôt petite lors de mon dernier passage à Big Timber.

La matinée avait débuté dans la confusion. À la radio, les informations en provenance d'Irak m'ont donné la nausée et je suis passé à une station de musique classique, pour entendre presque aussitôt qu'on avait utilisé la musique de Borodine dans la bande-son de *Kismet*. C'était l'unique morceau de musique classique que Viv adorait et que je détestais. J'avais entendu mon ex chanter sous la douche, surtout quand elle avait eu sa dose de schnaps : « Prends ma main, je suis un étranger au paradis. »

Je savais pertinemment que je n'étais pas l'objet de ses fantasmes. Entre deux romans d'espionnage elle lisait une bluette à l'eau de rose. J'avais ouvert quelques-unes de ces fadaises romantiques et remarqué que, lorsque le héros et l'héroïne baisaient, ils avaient tendance à flotter sur d'immenses vagues de néant. Un jour, j'avais caché son album de *Kismet* dans la cabane de pompage. Devinant que c'était moi le coupable, elle en avait acheté trois autres exemplaires à Traverse City pour me damer le pion. Mieux, dès qu'elle voulait me mettre en rogne, elle avait pris l'habitude de fredonner cette chanson.

Je me suis limité à quelques minutes de cogitations sur le mariage. Marybelle avait déclaré qu'elle adorait jouer sur une scène de théâtre parce qu'on a alors l'occasion d'être « de nombreuses personnes différentes, et pas une seule ». Ce que, bien sûr, elle était déjà. L'un des problèmes que nous avions, Viv et moi, c'était peut-être que chacun d'entre nous était une seule personne. Cette limitation venait sans doute du fait que, lorsqu'on naît et grandit à la campagne, les névroses sont à peine tolérées. On peut virer dingo, pourvu qu'on fasse son boulot. Dans le nord du Middle West, le devoir passe avant tout. Être feignant ou en retard au travail est un crime d'État. Tu bois un café et vas nourrir les animaux de la ferme avant de te nourrir toi-même. Là, garé au bord de la route, j'ai vainement tenté de comprendre la monotonie laborieuse du mariage. Un corbeau perché sur un poteau de clôture m'a observé un moment, puis il a pivoté sur ses pattes et chié. J'ai interprété cela comme une coïncidence plutôt qu'un signe. Lors de la cérémonie du mariage, on prononce le mot *unis* pour évoquer ce bon vieux sentiment sacré, mais aussi *éloignés*.

L'*Onstar* a sonné et j'ai aussitôt pensé à le mettre hors d'état de nuire avec un pistolet. C'était Robert, qui semblait ivre et larmoyant.

« Papa, je viens de passer une nuit blanche en proie à une grande joie, parce que mes parents se remettent ensemble.

— Eh bien, je me dirige vers la maison, mais l'affaire n'est pas encore tout à fait dans le sac. »

Il était six heures du matin à San Francisco et je m'attendais à un vrai bain de boue.

« J'ai regardé les coordonnées GPS et vous vivrez à soixante-cinq kilomètres l'un de l'autre, ce qui n'est pas EXACTEMENT romantique, mais c'est un début. MA VIE a connu de nombreux bouleversements, mais ces souvenirs de toi, maman et moi marchant main dans la main au milieu des CERISIERS au coucher du soleil m'ont permis de tenir le coup. Je suis tellement reconnaissant pour la manière dont vous m'avez élevé. Merci. Merci.

— Pas de quoi. »

Sa voix se brisait et je me suis mis à transpirer malgré la fraîcheur matinale. « Papa, la voiture est maintenant à ton nom, si bien que tu peux résilier l'abonnement de l'*Onstar*. Mais, s'il te plaît, ne le fais pas. C'est une ligne de vie pour notre famille. »

Sa voix devenait pâteuse et nous nous sommes dit au revoir après une lamentable discussion sur la manière dont je pouvais aider Viv à supporter son diabète qui impliquait une abstinence complète de beignets. Par pitié, éteignez les violents incendies de beignets !

Pour l'instant, il n'y avait plus de pièce du puzzle à jeter dans un cours d'eau, en tout cas pas avant que je n'entame mon voyage suivant, qui selon moi aurait lieu durant l'hiver. À quoi bon se presser quand on n'a pas grand-chose à faire ? J'allais au bercail en traversant tous ces États où personne sans doute n'aura repêché ces petites pièces imbibées d'eau. Mon rêve m'ayant interdit de retraverser le Mississippi, j'allais être obligé de faire un détour par le nord et International Falls, décrivant une grande boucle autoroutière destinée à ne pas souiller mon paysage onirique. Maints artistes ont reçu de leur cerveau endormi d'excellents tuyaux prophétiques. Je n'étais certes pas encore un artiste, mais j'avais le sentiment d'une vocation, un peu comme James Joyce au bord de l'estuaire quand il a vu cette jeune fille remonter sa robe sur ses cuisses. L'art aime la biologie.

Mes pensées m'ont ramené vers la veille au soir et un incident désagréable au bar du Hitch'n Post. Je savourais un généreux pousse-café après avoir mangé un célèbre plat du Montana, le steak de poulet frit sauce crème, et bavardais à bâtons rompus avec une femme bien habillée, âgée d'une trentaine d'années, qui était institutrice à Dillon, au sud de Melrose. Elle était ce que nous appelions « une mocheté », mais sa laideur était si spectaculaire qu'elle en devenait séduisante. Et puis elle dégageait une subtile odeur de lilas, un parfum qui a toujours mis mes hormones en émoi. Nous étions en train de parler des joies et des souffrances de l'enseignement quand deux cow-boys ont fait leur entrée, l'un très gros et l'autre petit, tous deux un peu éméchés. Elle a agité la main en disant « Voici mon mari », ce qui m'a surpris car elle venait de m'apprendre qu'ils avaient déménagé de Seattle l'année précédente et je ne voyais pas comment elle aurait pu épouser un cow-boy à Seattle. Je commençais à comprendre que les vrais cow-boys arboraient un chapeau au galon trempé de sueur, une peau prématurément vieillie par les intempéries et des vêtements élimés, quand le plus petit des deux a bondi entre nous et presque jeté sa femme à bas du tabouret. Il portait des fringues typiques de l'Ouest et flambant neuves, dont une absurde cravate lacet ornée d'une turquoise.

« Fais gaffe, mon pote, a-t-il éructé comme si c'était moi qui venais de bousculer sa moitié.

— Bien sûr, ai-je répondu avec un haussement d'épaules.

— Je suis prêt à te dérouiller le cul ! a-t-il alors crié.

— Arrête tes conneries, Freddy, a fait son gros copain en levant les yeux au ciel pour s'excuser auprès de moi.

— Je crois bien que je vais te dérouiller le cul, a répété Freddy en serrant le devant de ma chemise dans son poing.

— C'est guère probable. Tu es un petit garçon vacher et moi je suis un gros paysan. » Je souriais pour tenter de désamorcer le conflit.

« Freddy, espèce de sale connard ! » a alors sifflé sa mocheté d'épouse. Elle l'a attrapé par l'oreille, lui a tordu le lobe, puis l'a traîné jusqu'à la porte du bar, la tête du mari penchée vers la paume de la femme. Et tout a été fini. Une vieille dame et deux ou trois vrais cow-boys ont éclaté d'un grand rire.

J'ai été distrait par la radio où une voix masculine désincarnée a annoncé qu'une cuillère à café d'étoile neutron pesait un milliard de tonnes. L'amateur de littérature que je suis est d'abord passé à côté de cette information, pour s'étonner de l'incroyable résistance de cette petite cuillère. Je me suis ensuite émerveillé de la densité de mon propre corps, tout en entrant à Bozeman, une ville de moyenne importance. Après moult réflexions, j'ai décidé que je n'avais pas besoin d'une bibliothèque, mais seulement de mes manuels d'ornithologie et d'un livre décrivant nos cinquante États. Je commencerais par changer les noms des États et des oiseaux que je connaissais déjà, après quoi les voyages et l'observation des oiseaux me permettraient d'achever progressivement mon projet. J'ai pensé non sans tristesse que je ne finirais peut-être pas ce travail avant de mourir – une appréhension parfaitement naturelle. Keats a écrit : « Quand je redoute de peut-être cesser d'être avant que ma plume n'ait moissonné mon cerveau foisonnant... » Voilà une merveilleuse manière d'évoquer l'instant fatal où la viande crue percute le sol. Mon cerveau n'était pas exactement foisonnant, mais l'héraldique convient à la nature, et les oiseaux ne méritent tout bonnement pas les noms banals dont nous les avons affublés.

En faisant le plein à une station-service dans les faubourgs de Bozeman, j'ai une fois encore constaté avec étonnement qu'il n'existe aucune limite aux ravages qu'un cerveau exerce parfois sur lui-même. Le jeune homme debout derrière la caisse avait des anneaux minuscules dans les sourcils, le nez et les oreilles, peut-être un signe du nouvel Ouest. Il m'a dit être originaire de Columbus, près de Reed Point, cette ville où je ne devais surtout pas rester si je désirais vraiment un peu d'*action*. Quand je lui ai rétorqué que je préférais la solitude, il m'a dit qu'à Reed Point la solitude me sortirait par le cul et que Livingston était « bourré à craquer de chattes consentantes ».

De retour dans ma voiture, je me suis demandé pourquoi je désirais tant la solitude quand je venais d'y goûter durant vingt-cinq années en travaillant à la ferme. J'allais avoir droit à une nouvelle et copieuse dose de la même chose en retapant la maison de grand-père, une bonne vingtaine de kilomètres me séparant alors de la possibilité d'entrevoir une femme. Et puis Dr A, qui allait arriver, ne supporterait sans doute pas Reed Point. Au camp de chasse, Dr A partait le soir en voiture pour Grand Marais ou Newberry, et là-bas il faisait la fermeture des bars. Il me rappelait un poète avec qui je partageais un petit bungalow sordide à Lake Lansing en première année de fac. Tous les soirs il sortait faire la fête en citant un vers de Rilke qui disait : « C'est seulement dans l'arène grouillante que le cœur apprend à battre. » Je trouvais que ce Rilke était un poète plein de verve – en ouvrant un de ses livres j'ai ensuite compris toute l'étendue de mon erreur.

J'ai fait une halte à la librairie de Bozeman, qui s'appelait Country Bookshelf, et j'ai acheté un livre pour adolescents sur les cinquante États de l'Union, plus deux livres sur les grizzlys et les serpents à sonnette du cru. Puisque j'allais escalader une montagne sauvage, je tenais à me renseigner avec soin sur la faune locale. Cette librairie abritait un certain nombre de séduisantes employées qui pas une fois n'ont croisé mon regard, préférant observer ce qui se passait juste au-dessus de mon crâne et me remettre une fois encore à ma place dans la déchetterie biologique.

À Livingston, je me suis rendu au syndicat d'initiative et je n'ai guère mis longtemps à trouver un bon endroit où descendre. Il venait d'y avoir une annulation pour une location temporaire sur l'île de Ninth Street, au beau milieu de la rivière Yellowstone. En ressortant pour aller jeter un coup d'œil à ce logement, j'ai appelé Dr A sur son portable car le prix de la location était assez élevé. Dr A m'a répondu que dans son cabinet il avait une jolie femme dans les étriers, et que pour rester professionnel il pensait sans arrêt à « maman et sa tarte aux pommes ». Il serait libre dans cinq jours et tenait absolument à ce que nos quartiers d'habitation se situent à proximité de *la vie nocturne*, quelle que soit la nature de cette vie. Il s'était fait mal à la cheville lors d'une promenade récente et m'a donc demandé de trouver un petit bateau à louer, ainsi qu'un guide pour la semaine.

La maison était parfaite. J'ai fait du plat à l'agente immobilière, une femme potelée, néanmoins vaguement séduisante, comme presque toutes les femmes que je croisais maintenant que j'étais loin de Marybelle. Je me suis baladé sur l'île après avoir examiné la cuisine aménagée, soulagé de pouvoir me faire la cuisine. Le bras principal de la Yellowstone se trouvait à l'ouest de la maison. Il semblait si impressionnant que j'ai craint de m'y aventurer avec des waders. Un bras d'une belle largeur mais moins profond coulait à l'est ; il était idéal pour la pêche, et je me suis senti ravi de pouvoir m'adonner à mon activité préférée à deux pas de l'endroit où je dormirais. Comme il faisait beau et très chaud, j'ai décidé de piquer un roupillon, d'aller ensuite faire quelques courses et de pêcher plus tard dans l'après-midi.

Je me suis installé sur un fauteuil relax et dans mon sommeil j'ai été vivement attiré vers Viv (pardon pour ce mauvais jeu de mots) lors d'un rêve si torride que je me suis réveillé, une demi-heure plus tard, trempé de sueur. L'année qui avait suivi notre mariage et bien avant qu'elle ne soit enceinte de Robert, Viv et moi avions retrouvé une douzaine d'amis de fac pour passer le week-end à Houghton Lake, une assez sinistre station balnéaire fréquentée par les cols bleus de Flint et de Detroit. Nous nous sommes tous retrouvés au Lagoona Beach Motel. À notre arrivée, j'ai demandé au réceptionniste très chic si l'orthographe correcte du nom du motel n'était pas « Laguna », et il m'a alors répondu : « Vous êtes quoi ? Prof d'anglais ? »

Tout le monde a éclaté de rire. Viv et moi étions anti-drogue, mais ce week-end-là nous avons fini par fumer plein d'herbe et par boire comme des trous. La marijuana a transformé Viv en une implacable tigresse sexuelle et je suis rentré à la maison avec d'authentiques contusions. Pour dire les choses sans détour, elle braillait, gémissait et geignait tant et plus. Nous nous sommes tous baignés à poil pendant la nuit. J'étais tellement défoncé qu'une fois sous l'eau je n'ai pas tout de suite retrouvé le chemin de la surface. Trente-sept ans plus tard, je me suis réveillé en colère, car j'étais sûr d'avoir vu un certain Bob jouer sous l'eau avec les gros seins de Vivian.

Montana (le retour) IV

Dès que j'ai été bien réveillé sur ma chaise longue, j'ai cédé à la panique, je me suis rendu compte que cette journée d'août était le premier anniversaire de notre fatale réunion d'anciens élèves, une journée qui vivra à jamais dans l'infamie, ou quelque chose comme ça. Nous n'étions guère emballés à l'idée de nous rendre à cette réunion, surtout moi, car je n'avais aucune envie de rentrer de Mullett Lake un dimanche soir, parmi le flot de touristes furieux de réintégrer leurs prisons urbaines. Mais pas une seconde je ne m'étais douté que j'allais ramener à la ferme une Vivian cuitée aux genoux honteusement tachés d'herbe.

Assez ! Assez, a littéralement hurlé mon cœur tandis que je me débattais pour m'extirper de ce fauteuil relax, dont le bouton de réglage était coincé. À l'université s'était posée la question de savoir si Thoreau avait un jour connu le plaisir de l'union sexuelle ou s'il était resté un moine de la nature. Cette réunion d'anciens élèves avait fait voler ma vie en éclats avec toute la puissance explosive d'une voiture piégée chiite. Et mes rêves vagabonds me disaient qu'il y avait encore quelques pièces à recoller.

Par bonheur, il était assez tard dans l'après-midi pour que mon esprit dérive vers la faim banale des créatures terrestres, et l'image d'une côte de porc bien épaisse dans une poêle en fer a chassé les turbulences du divorce. Viv n'a jamais aimé les côtes de porc, convaincue qu'il s'agissait là du « plat du pauvre » ; du coup, Lola et moi nous les partagions au déjeuner. Un professeur d'histoire a dit que le porc avait été le carburant de l'expansion de notre empire vers l'Ouest, les cochons ayant joyeusement suivi les convois de chariots qui transportaient leur repas du soir.

En route vers le centre-ville de Livingston pour faire mes courses, je me suis arrêté à un bar nommé The Owl (« La Chouette », un joli nom pour un oiseau, surtout *barn owl*, la chouette effraie) afin de boire un coup et de trouver un endroit où acheter du porc fermier. C'était un bar fréquenté par les gens du cru, pas par les touristes. Tous semblaient picoler à vitesse grand V. Les travailleurs sont rarement de petits buveurs. Au lycée, nous faisions des concours de descente de canettes, et mon ami Bert avait appris à vider la sienne sans avaler, si bien qu'il a gagné tous ces concours où il n'y avait aucun prix remis au vainqueur sinon le plaisir de la soûlerie.

Au Owl j'ai appris où acheter mon porc et j'ai aussi fait la connaissance d'un quadragénaire acerbe, qui m'a donné sa carte de guide de pêche. En sortant du bar, je me suis rappelé que Dr A m'avait dit avoir commandé deux caisses chez un caviste, des caisses que je devais récupérer. Je ne vais jamais dans ce genre d'endroit, que je trouve aussi intimidant qu'une boutique de vêtements pour homme. J'achetais d'habitude une grosse bouteille de Gallo Hearty Burgundy chez l'épicier, même si je reconnais que, lorsque j'allais manger chez Dr A, j'appréciais son penchant ruineux pour les vins français. Il expliquait à qui voulait l'entendre qu'il finançait son budget vin en se montrant complaisant envers quelques hypocondriaques. Les deux caisses coûtaient quatre cent soixante-dix dollars. J'ai été ravi que Dr A ait payé d'avance avec sa carte de crédit. Ça me semblait beaucoup de vin pour les cinq jours que mon ami passerait ici, mais après la fermeture des bars il avait tendance à ramener des *demoiselles* chez lui.

En chargeant le vin dans le Tahoe, je me suis tourné pour écouter deux jeunes femmes séduisantes, appuyées contre une vieille Volvo garée près de mon 4×4. Les femmes qui insinuent que je ne suis pas très intéressant reconnaissent volontiers que je sais écouter, ce qui implique aussi que j'ai parfois une oreille qui traîne. L'une de ces deux femmes était accompagnée d'une poussette d'où un petit salopard grassouillet m'observait avec une méfiance non dissimulée. Elle expliquait à sa copine, qui de toute évidence était une toquée genre Marybelle, que son bébé avait seulement appris à ramper en arrière, moyennant quoi les objets de son désir s'éloignaient toujours de lui. J'ai trouvé cette remarque étonnante et pleine de sens. L'autre femme a pris le relais pour évoquer son divorce imminent. Elle employait des mots comme « iconique », « fixation » ou « clôture ». Selon elle, l'obsession de son mari pour la pêche était « trop phallocentrique ». Un jour que nous avions rendu visite à la cousine de Viv à Suttons Bay, j'avais entendu un groupe de femmes parler ce genre de baragouin, mais je n'avais pas la moindre idée de son origine. Même la très terre à terre Viv, qui autrefois avait seulement eu des *problèmes*, vivait maintenant des *dilemmes*.

Sur le chemin du retour, j'ai réglé la radio sur une station qui diffusait le cours du bétail. J'ai bien ri à l'idée que cette année j'aurais gagné beaucoup d'argent en vendant mes bêtes, surtout parce que le bœuf canadien était toujours soumis à l'embargo à cause de la maladie de la vache folle. Ça m'a rappelé l'année où dans le sud du Michigan (un État qu'il faudrait peut-être rebaptiser Ojibway ?) toute la récolte de cerises avait gelé au stade du bourgeon, et pour une fois notre récolte dans le Nord s'était très bien vendue. Dans l'agriculture, ta chance dépend souvent de la malchance de ton voisin. C'est un peu comme quand Toyota est en plein boum pendant que Ford se morfond.

J'ai eu un plaisir fou à préparer mon dîner. Sur le bureau installé dans l'angle de la pièce trônaient mes calepins, crayons, livres, prêts à entamer l'œuvre de ma vie. J'ai plongé mon énorme steak de porc dans l'œuf battu auquel j'avais ajouté du tabasco, du sel et du poivre, puis je l'ai roulé dans la chapelure italienne. J'ai utilisé une huile d'olive à douze dollars, qui m'a fait frissonner quand je l'ai achetée. J'ai ajouté trois têtes d'ail finement hachées et une boîte d'anchois à ma salade. La vie sur la route ne propose que d'insipides saveurs, voire répugnantes, ainsi l'infecte sauce vinaigrette qui arrive par tonneaux entiers. Je n'avais certainement pas vécu cette fameuse révolution gastronomique qui de toute évidence ne concernait que les villes et les gens à gros portefeuille.

Par bêtise et imprudence j'ai vidé toute une bouteille d'un vin que Dr A aimait particulièrement : le vacqueyras *Sang des Cailloux**. Dr A avait très souvent séjourné en France, mais la jeune prof de langue du lycée m'avait confié avoir entendu Dr A lors d'une fête, et son français était une suite d'absurdités dépourvues de sens, comme les gags au restaurant qu'on lisait dans le *Prairie Home Companion*. Quand je l'avais interrogé à ce sujet, Dr A avait seulement répondu que le son est plus significatif que les mots, « exactement comme les chiens qui aboient ». Il n'y a pas de doute, ce type est une énigme.

Mon corps ainsi lesté d'une bonne bouteille de vin, j'ai mal pêché après le dîner. J'ai emmêlé mon bas de ligne, perdu plusieurs mouches, je me suis contenté de rester assis sur un gros rocher et de regarder la nuit tomber si lentement qu'elle semblait monter de la rivière. Je suis rentré à la maison en trébuchant dans l'obscurité totale, j'ai mis la cafetière sur le feu car j'avais l'intention de travailler, puis je me suis endormi sur une chaise, me réveillant à deux heures du matin au son des engoulevents qui, derrière la porte grillagée, donnaient la chasse aux insectes. C'était un moment électrique et je me suis entendu déclarer à voix haute :

« Je n'ai plus une minute à consacrer au doute, cette profession à plein temps pour les profs d'anglais. Je dois suivre mon étoile, même s'il s'avère qu'elle est seulement l'une de ces poussières qui flottent en se tortillant à l'intérieur de mon œil. »

Quelle absurdité peut bien pousser quiconque à vouloir coller une décalcomanie de santé mentale sur notre époque ! Comme Thoreau, je dois marcher au rythme de mon tambour intime. Dix ans d'enseignement et vingt-cinq d'agriculture avaient entièrement détruit mon idéalisme juvénile. Mais je sentais maintenant qu'il recommençait à bouillonner en moi. À la fin du mois d'avril je prenais une fourche à foin, je partais dans les bois avec Lola qui caracolait devant moi, et je libérais la source des détritus qui l'encombraient, boue, feuilles et brindilles. C'était vraiment magnifique de voir l'eau pure jaillir vers le haut, inonder les poireaux sauvages, les arums, l'herbe au serpent et les lis voisins. J'avais renoncé à mes impulsions les plus pures au profit d'une vie entière consacrée au labeur, mais voilà qu'elles revenaient en force.

Assis à ce bureau au milieu de la nuit devant une tasse pleine de café, je distinguais mon reflet sur la vitre opaque de la fenêtre et la nouvelle lune perchée dans mes cheveux. Mon voyage sur la route commençait de toute évidence à entraîner mon esprit loin du monde soi-disant réel, vers l'univers des livres que j'avais tant aimés à la fin de mon adolescence. J'avais toujours considéré mon expérience universitaire comme plutôt désagréable, ce qu'en vérité elle avait été. À présent, les fantômes de tous ces livres et de toutes ces idées revenaient me hanter, la charge de fond très sexuelle de Marybelle m'avait sans aucun doute décoincé, ce dont je lui étais étrangement reconnaissant. Juste après la fac, j'avais rêvé de vivre ce que je qualifiais alors d'une expérience à la Henry Miller, et ce rêve était resté en attente jusqu'à ce que j'aie soixante ans – peut-être trop tard dans la vie pour désirer que cette expérience se renouvelle tout de suite. Nom d'un chien ! Quelle femme !

Au cœur de la nuit, face à mon calepin vide, il me semblait revivre le temps du vêlage au début du printemps quand, assis dans la cabane avec une bouteille thermos j'examinais encore et encore mes vaches pour voir si elles avaient du mal à mettre bas. Elles étaient d'une grande patience malgré leur inconfort et, quand l'une de ces femelles en plein travail se penchait contre moi pour se faire consoler, je me sentais de quelque utilité dans ce monde.

C'est vers quatre heures du matin, après plusieurs tasses de café et un verre de bourbon pour me calmer les nerfs, qu'un modeste éclair m'a frappé. Je venais d'arpenter la pièce en jetant quelques coups d'œil à une étagère bourrée de ces livres hétéroclites achetés puis abandonnés sur place par les vacanciers – vous voyez ce que je veux dire, *Comment faire fortune en trichant*, ou *Le Zen du chocolat*. Dans un coin, j'ai découvert *L'Atlas des Indiens d'Amérique du Nord*, un bouquin appartenant à la bibliothèque de Livingston et qu'on aurait dû y rapporter trois ans plus tôt. Aussitôt, j'ai à mon tour poussé le cri « Eurêka ! ». Chacun des États de notre Union devait porter le nom indien de la tribu qui occupait initialement cette région. C'était aussi simple que ça. J'en ai eu la chair de poule et je me suis servi une bonne rasade de quatre heures du matin pour fêter l'événement. Je suis sorti dans le jardin et j'ai levé les yeux vers les étoiles en me rappelant le vers de Lorca sur « l'énorme nuit pressant sa taille contre la voie lactée ». Vers le sud j'ai discerné les contours des monts Absaroka. J'avais l'intention de gravir le plus élevé avant l'arrivée de Dr A dans quelques jours. Je me rapprocherais alors, sinon de Dieu, au moins de ces étoiles resplendissantes qui semblaient forer des trous minuscules dans mon crâne, une forme de trépanation destinée à soulager la pression de ma création.

Je suis allé me coucher, mais mon esprit tourbillonnait comme une fugue de Bach pour orgue. Quand je fermais les yeux, je voyais des montagnes et des étoiles, mais aussi Cora ma truie domestique, et puis la chatte de Marybelle qui descendait vers mon visage, Lola transportant dans sa gueule et comme un trophée un rat musqué mort, Viv me criant dessus parce que je n'avais pas appris tel pas de polka. Je voyais aussi d'authentiques horreurs datant de salles de classe et d'un lointain passé : mes tentatives pour apprendre à mes crétins endormis l'analyse grammaticale, l'accord des participes, ou pour les faire réfléchir aux événements récents. Ils étaient censés regarder Walter Cronkite tous les soirs à la télé, mais le faisaient rarement. Ou, encore pire, mon bref colocataire d'autrefois, le poète qui mangeait les spaghettis franco-américains à même la boîte de conserve et répétait sans arrêt : « L'art est une maîtresse cruelle. »

De toute évidence, je n'aurais jamais dû descendre toute une cafetière pour créer quoi que ce soit, c'était là une erreur de débutant. Dès les premières lueurs du jour, je suis sorti. Je me suis assis sur une chaise de jardin et j'ai tendu l'oreille pour écouter les oiseaux. Il n'y en avait pas beaucoup, le mois d'août étant pour eux la saison de la mue. Quand on change de plumage et qu'on ne peut plus voler, on la boucle.

Les moustiques me piquaient, mais je m'en fichais car je me demandais si le Michigan devait être rebaptisé Ottawa, Chippewa ou Potawatomi. Ce dernier nom était un peu trop difficile à prononcer pour être largement adopté.

Montana (le retour) V

J'ai trouvé vraiment bizarre de finir par m'endormir à une heure où, paysan, je m'étais levé durant vingt-cinq années. Les yeux mi-clos, j'avais observé une sittelle entreposer des graines dans l'écorce d'un grand saule. Ayant lu que les sittelles amassent parfois jusqu'à trois cent mille graines en une saison, soit des dizaines de fois plus que ce dont elles auront jamais besoin, j'ai décidé de l'appeler oiseau banquier. Avant de rentrer d'un pas vacillant pour échapper aux moustiques et aller me coucher, j'ai longuement contemplé la montagne que j'avais l'intention d'escalader à mon réveil. Ce ne serait pas à l'aube, qui pointait déjà. J'étais prêt à essuyer un échec dans ma tentative d'ascension, car je devinais vaguement qu'elle ne se réduirait pas au seul fait de gravir une pente abrupte. Ma lamentable conception de l'existence en termes de victoire ou de défaite provenait, qu'on le veuille ou non, d'une culture qui faisait comme si la vie était plus stable qu'elle ne l'était vraiment. Les contours étaient bel et bien brouillés, qui se modifiaient telle la forme infiniment variée d'une rivière.

Je me suis levé à neuf heures, et j'ai avalé un sandwich à l'œuf frit et au porc. On ne gravit pas une montagne avec pour seul aliment un bol de céréales, c'est du moins ce que je pensais. À cause de la cafetière vidée au milieu de la nuit, je souffrais de migraine, chose rare chez moi, mais je n'avais aucune aspirine sous la main, l'homme aux habitudes modérées et non artistiques que j'étais n'ayant jamais souffert de la moindre migraine. Ma douleur s'est transformée en migraine carabinée lorsque j'ai traversé le pont de Ninth Street et vu une fille qui courait en compagnie d'un vieux chnoque comme moi – sans doute son père ou un homme aux pouvoirs secrets, c'est-à-dire plein aux as. La fille portait un short rose, son derrière et ses cuisses étaient absolument magnifiques, si beaux que mon cœur a changé de vitesse. J'ai ralenti pour laisser le temps à mes neurones d'enregistrer minutieusement la splendeur de ce derrière et, en croisant la joggeuse, j'ai remarqué que son visage à la fois détendu et concentré appartenait à une authentique « *Belle Dame sans Merci** ». Immédiatement devenu aussi lubrique qu'un taureau, j'ai appelé Marybelle sur l'*Onstar*, pour apprendre que son « boss » n'autorisait aucun appel personnel sauf à l'heure du déjeuner ou après six heures du soir. J'avais beau désirer entendre sa voix sexy, cette consigne m'a amusé. Quand Robert était en classe de troisième, il avait dirigé avec l'autorité d'un adjudant-chef ses camarades de terminale jouant dans sa pièce de théâtre. Je me suis arrêté dans le parc de Livingston et j'ai fait semblant de chercher quelque chose sur le siège avant pour laisser passer les joggeurs. La fille m'a adressé un regard méprisant, comme si elle savait ce que j'avais derrière la tête. Son compagnon à la respiration sifflante était couvert de sueur, alors qu'elle ne transpirait nullement. Dr A m'a confié qu'il s'occupait de plusieurs joggeurs âgés qui ont rétréci de quelques centimètres à cause du tassement de leurs hanches et de leurs genoux. Il a ensuite ajouté qu'aucune créature en dehors de l'homme ne pratique le jogging.

Mon excursion en montagne a vite tourné à la farce. J'ai redécouvert mon âge réel. Certes, j'ai toujours aimé et pratiqué la marche, mais les semaines passées au volant de la voiture m'avaient flingué les jambes. Au petit déjeuner, j'avais téléphoné au syndicat d'initiative pour savoir où commençait le sentier. Quand je me suis garé à Pine Creek, j'ai oublié ma gourde car je lisais un panneau qui conseillait de se montrer *prudent* avec les grizzlys. Ces animaux ayant sans conteste l'avantage sur nous, je ne voyais pas très bien comment on pouvait se montrer *prudent*. Je n'allais certainement pas refaire tout le chemin jusqu'à la ville pour acheter un aérosol « poivre », ainsi qu'on m'invitait à le faire.

J'ai grimpé pendant quatre heures en faisant exactement cinquante-trois brèves haltes et en m'accrochant aux arbres pour m'aider à avancer. Mes jambes flageolaient, vacillaient, tremblaient, indépendamment de ma volonté. Mes pieds, enfermés dans des baskets qui m'enserraient les chevilles, me faisaient mal. Vers quatre heures de l'après-midi, j'ai fait demi-tour et j'ai eu un bref aperçu de la cime des arbres. Deux vieilles dames (d'environ mon âge) en tenue de randonneuses m'ont dépassé en souriant. La descente m'a mis les tibias en compote. Des jeunes gens qui montaient vers moi ont remarqué mon visage grimaçant et l'un d'eux a dit : « Feriez mieux d'acheter des bonnes pompes de montagne. » Sans blague. Je me suis arrêté pour me placer sous une petite cascade après avoir ôté de ma poche mon portefeuille ; que j'ai évidemment oublié là. J'ai dû remonter cent affreux mètres pour le récupérer. J'ai alors réalisé que l'un de ces jeunes types me rappelait l'un de mes trois copains étudiants en littérature à l'université du Michigan, qui s'était suicidé quelques années après sa licence. Je n'étais pas le seul à prendre au sérieux la vie et la littérature.

Quand j'ai atteint mon 4×4 Tahoe, il faisait sacrément chaud sur le parking. J'ai bien failli étouffer en buvant l'eau tiède de ma gourde. Mes pieds arrivaient tout juste à enfoncer les pédales de l'accélérateur et des freins. Je vivais bien entendu l'apogée de mon voyage. En retournant vers la ville je ne me doutais pas que le pire était encore à venir. J'avais tellement forcé sur les muscles et les tendons de mes jambes que pendant trois jours c'est à peine si j'ai réussi à pêcher. J'étais affamé et je suis allé directement au Bistro, juste en face du Owl Bar, m'arrêtant d'abord dans le bar pour m'envoyer en vitesse deux vodkas glacées. Je suis tombé sur le guide de pêche qui m'a dit que j'avais une tête de déterré. Je lui ai répondu que je venais d'essayer de gravir une montagne et il m'a demandé « Pourquoi ? » avant de se retourner vers la barmaid.

J'ai pris une table à la terrasse du Bistro pour pouvoir fumer. Comme par hasard ma serveuse était la merveilleuse joggeuse au cul sublime moulé dans le short rose. Il était encore tôt pour dîner, elle n'était pas trop occupée, on s'est donc mis à bavarder. Au début elle m'a paru complètement timbrée. Par exemple, quand je l'ai interrogée sur l'état de santé de l'homme âgé avec qui je l'avais vue courir, elle m'a répondu que c'était juste « un enfoiré de capitaliste comme tant d'autres » qui venait de s'installer dans le Montana, un courtier en Bourse originaire du Connecticut ayant décidé de devenir artiste-peintre. C'était la fille d'un mineur syndicaliste de Butte, ce qui expliquait son franc-parler un peu vieux jeu, un langage que je n'avais pas souvent entendu depuis la mort de mon père. Elle étudiait à l'université du Montana à Missoula, mais partait en octobre pour le Guatemala afin de travailler dans un orphelinat catholique. Mon cœur a bondi quand elle a déclaré qu'elle préférait les hommes âgés, comme son père, mais elle a alors ajouté qu'elle désapprouvait la drogue, l'alcool et le sexe. J'ai mangé une bonne tranche de flanchet et les meilleures frites de ma vie, le tout accompagné d'un grand verre de vin rouge, tandis qu'elle s'occupait de trois hommes d'affaires plutôt jeunes installés deux tables plus loin. Quand l'un d'eux lui a saisi le bras, elle s'est écriée : « Bas les pattes, suce-bite ! » L'homme a rougi. Ils ont terminé leur verre, puis ils sont partis. Quand elle est revenue à ma table, elle m'a demandé pourquoi en arrivant du Owl j'avais traversé la rue comme un infirme. Je lui ai expliqué ma mésaventure d'alpiniste. « Bravo d'avoir essayé » m'a-t-elle dit, avant d'ajouter qu'elle avait une amie qui pratiquait le massage thérapeutique, au cas où mes muscles seraient dans un état désespéré. Je n'ai pas pu m'empêcher de lui demander pourquoi elle était contre le sexe, la drogue et l'alcool ; elle m'a alors répondu que c'était en partie pour des raisons religieuses, mais surtout parce que tous les gens qu'elle connaissait avaient bousillé leur vie à cause du sexe, de la drogue ou de l'alcool. J'ai réglé ma note, en laissant un gros pourboire, et elle m'a alors lancé en riant : « Même vous autres les vieux, vous faites n'importe quoi. » J'ai levé les yeux et avisé son courtier du Connecticut qui à la porte du restaurant nous fusillait du regard. Elle m'a chuchoté qu'il la payait trois cents billets pour poser nue, en ajoutant : « Et il peint comme un pied. »

Durant le bref trajet en voiture jusqu'à la maison de location, je me suis promis de m'éviter bien des tortures en ne retournant pas au bar pour mater cette serveuse, qui s'appelait Sylvia, et pas plus pour lui parler. Il fallait absolument que je devienne un moine au service de mon art et que je m'attaque aux nouveaux noms des États avant l'arrivée de Dr A dans trois jours. Une fois chez moi, je me suis traîné jusqu'à la rivière, enrageant de savoir que ce riche salopard pouvait se rincer l'œil devant Sylvia nue. J'arrivais tout juste à dessiner un bonhomme avec des lignes et des ronds, mais pourquoi pas acheter un carnet de croquis et tenter ma chance ? Pour trois cents dollars, je pourrais m'offrir un souvenir indélébile susceptible de contribuer à mon projet. Dr A avait cité Freud qui disait que le refoulement sexuel aidait les artistes et les écrivains à créer. Trois cents dollars, c'était un sacré paquet de fric, une broutille pourtant si ça pouvait faciliter ma création artistique. J'allais passer de longues journées à retaper la bicoque de grand-père et ce serait agréable d'avoir un beau souvenir. Ce thème littéraire s'appelait « *carpe diem* ». Une autre expression latine apprise du temps où j'étudiais à l'université était « *noli me tangere* », ou « ne me touche pas », ce panneau invisible qui barrait l'accès à la chatte de Sylvia.

Je suis retourné vers la maison en clopinant, j'ai trouvé le téléphone portatif et je me suis installé dans mon fauteuil relax. J'ai appelé Sylvia, j'ai pris mes dispositions pour me faire masser par son amie et pour organiser une séance de pose dès le lendemain matin. Je lui ai demandé d'apporter un carnet de croquis, car j'avais oublié le mien à San Francisco. « Tu as déjà eu un carnet de croquis ? » m'a-t-elle demandé avec un rire cristallin. Je lui ai indiqué le chemin pour venir ici, puis elle a raccroché. Je n'étais rien d'autre qu'un vieux bouc éclopé assis dans mon fauteuil, occupé à remâcher un vers de Shelley que je détestais : « Sur les épines de la vie je saigne. »

J'ai dormi dans mon Relax entre huit heures du soir et deux heures du matin. Non sans mal, je me suis extrait du fauteuil, puis j'ai rampé quelques minutes par terre pour détendre mes muscles avant de réussir à me relever. Que les montagnes aillent se faire foutre ! ai-je pensé. Cette fois j'ai préparé deux tasses de café, au lieu d'une cafetière entière. J'ai disposé sur le bureau mes stylos-billes et mon intimidant calepin vierge. Contrairement à l'enseignement et à l'agriculture où jour après jour l'avenir était entièrement tracé, j'ai ressenti une liberté toute particulière en commençant à jeter sur le papier mes propositions pour renommer de nombreux États, c'était merveilleux. Il y avait pourtant un problème : les Indiens ayant été là bien avant les États, leurs territoires dépassaient les frontières définies plus tard. Il me faudrait en fin de compte faire des choix difficiles. Mais dans l'immédiat, je devais laisser toutes les possibilités ouvertes. Au bout d'une heure de travail, je me suis servi un verre de whisky et la liberté de mon esprit enfin libre m'a fait exulter. Thoreau avait souligné qu'une ferme possédait son fermier, et non l'inverse, mais je comprenais peu à peu que j'étais mon propre maître et que je pouvais m'adonner à la plus haute des vocations, bien que sur le tard. Je me suis mis en garde contre les déplorables effets secondaires de l'alcool, qui risquaient de brouiller les splendides caractéristiques tant de l'art que de la vie, tout en sachant pertinemment que je n'aurais jamais eu le culot d'appeler Sylvia si je ne m'étais pas envoyé deux vodkas au Owl et une bonne bouteille de vin pendant le dîner. Je me suis rappelé qu'un célèbre écrivain du Michigan d'ascendance irlandaise avait déclaré que l'alcool était la maladie du poumon noir des écrivains. J'avais fait preuve de tact avec Sylvia en commandant d'abord le massage pour qu'elle n'ait pas la trouille de me rendre visite toute seule. On ne m'avait jamais fait de massage et je ne savais pas très bien si ce serait de l'argent bien dépensé ou une simple étape vers mon but.

J'ai dormi comme un ange entre quatre et neuf heures du matin, j'ai pris un petit déjeuner léger avant de me doucher, puis je me suis assis pour attendre, en lisant dans un vieux numéro du *Reader's Digest* un article intitulé « Dix manières faciles d'entamer une conversation ». Elles ne sont pas arrivées à dix heures comme promis. Elles ne sont pas arrivées à dix heures et demie, ni à onze heures. Enfin, vers onze heures et demie, la masseuse, prénommée Brandy, s'est pointée avec un brancard pliant, et elle s'est mise à me faire mal. Elle m'a appris que Sylvia était en retard parce que sa mère, « une parfaite salope », venait d'arriver de Butte. Brandy avait un joli visage, mais elle était d'une virilité et d'une force très germaniques. Le massage a été horriblement désagréable, même si au bout d'une heure j'avais beaucoup moins l'impression d'être une loque humaine. Je ressentais malgré tout un désespoir sans fond à l'idée de ne pas voir Sylvia nue. Pendant que nous prenions un thé glacé dans le jardin, Brandy m'a taquiné en disant qu'elle avait lu dans le *New York Times* que les singes mâles renonçaient volontiers à leur déjeuner pour regarder des photos de culs de guenon. C'était une information bien décourageante sur la dépendance sexuelle, mais Dr A m'avait déjà fait part de cette mauvaise nouvelle.

Enfin, à midi, Sylvia est arrivée en courant sur le chemin, vêtue de son short rose. Elle m'a tendu un minuscule carnet de croquis, de la taille d'un paquet de cartes à jouer, en me disant : « J'ai pensé que tu devrais commencer ta carrière artistique par des petits formats. Nous conviendrons plus tard d'un autre rendez-vous. » Constatant mon abattement, elle m'a serré doucement contre elle. Elle avait les paupières légèrement gonflées de larmes. Sur quoi elles sont toutes les deux reparties.

Montana (le retour) VI

Je suis resté dans la maison. Le monde était un lieu dangereux. Je me suis concentré sur mon art comme si, dans une autre réalité, je plantais des poteaux de clôture.

Je n'ai pas réussi à pêcher plus d'une heure avant le vendredi matin, or dans la soirée je devais aller chercher Dr A à l'aéroport de Bozeman. Au cours des quarante-huit heures qui venaient de s'écouler depuis ma rencontre avec Sylvia, je n'avais pas laissé passer cinq minutes sans repenser à ce fameux short rose. Dans mon esprit, Sylvia se métamorphosait peu à peu en une vision moderne de Béatrice, cette jeune femme inaccessible qui avait nourri la *Divina Commedia* de Dante aussi sûrement que le porc avait alimenté notre migration vers l'Ouest et les puissants rivages de l'océan Pacifique.

J'ai pêché dans le petit bras de rivière tout proche de la maison, m'aventurant dans l'eau avec prudence car mes vieilles jambes n'avaient pas encore retrouvé toute leur mobilité. Je ressentais néanmoins une modeste fierté : mes cinquante États prenaient forme. Et puis j'avais préparé pour Dr A une bonne soupe au poulet à partir d'un poulet fermier entier acheté dans un magasin bio, une gousse d'ail, du maïs frais, des feuilles de sauge et deux tomates vaguement suspectes. Le Montana n'est absolument pas un État jardin, sauf pour les propriétaires de jardins privés. Dr A parle à tort et à travers de la cuisine internationale, mais il est trop impatient pour bien cuisiner. Plusieurs années de suite, quand son tour arrivait de se mettre aux fourneaux au camp de chasse, il nous a servi du rôti de porc saignant ou du poulet aux articulations sanguinolentes. Inutile de préciser qu'après une journée passée à se geler les fesses en forêt personne n'était vraiment content.

J'ai attrapé une petite truite arc-en-ciel d'une trentaine de centimètres, que j'allais remettre à l'eau quand derrière moi j'ai entendu une voix en provenance du massif de saules. C'était Sylvia : « Ne la relâche pas. J'adore le poisson. » Elle avait le souffle court et elle était en nage, mais il faisait presque trente-cinq degrés. « Ça t'arrive de ne pas courir ?

— J'ai commencé à courir à l'âge de douze ans pour supporter ma mère. Aujourd'hui j'en ai vingt et un, je cours toujours et ma mère est toujours ma mère.

— Qu'est-ce qui cloche avec elle ? » Je me suis approché de Sylvia avec le poisson, en proie au désir violent mais guère original de lécher la sueur sur sa peau.

« Le jeu. Les machines à poker dans les bars. Les machines à sous. Les billets de loterie. Les voyages en car à Las Vegas. Nous avons perdu notre maison pourrie à Butte. Papa l'a flanquée dehors, il vit maintenant dans un appartement avec mon frère. Je suis venue voir si tu veux que je pose.

— Je ne suis pas sûr que ce soit une bonne idée. Toute cette histoire m'embarrasse plutôt. » J'étais maintenant devant elle et le sang me congestionnait le visage comme si j'avais douze ans et qu'on venait de me surprendre en train de me polir le chinois dans l'église luthérienne.

« J'ai besoin de cet argent. C'est pour ça que je pleurais mercredi. Maman m'a piqué les six cents billets que je n'avais pas encore mis à la banque.

— D'accord », dis-je tandis que mon cerveau se liquéfiait en Jello citron avec rondelles de banane.

Sur le chemin de la maison, j'étais incapable d'aligner deux mots. J'ai répondu avec difficulté à ses questions quand elle m'a demandé comment je gagnais ma vie. Elle a été ravie de m'entendre dire que j'étais un paysan à la retraite, car son grand-père maternel était un paysan originaire de Big Sandy, Montana. J'ai ensuite avoué que j'avais été prof de lycée pendant dix ans, ce qui a fait bâiller Sylvia. Alors que nous approchions de la maison et de l'heure H, je me suis senti à la fois pris de vertige et de folie. J'étais sur le point d'acquérir un souvenir permanent et je ne voulais pas que des terroristes passent à l'attaque avant qu'elle n'enlève ses vêtements. La pureté de ma lubricité était malgré tout légèrement tempérée par les frasques inquiétantes de sa mère. D'insupportables parents gâtent toujours nos fantasmes virils les plus crus.

« Au cœur du matin vert / le culte de l'amour est possible », dis-je en citant un poème tandis que Sylvia ouvrait la porte et s'inclinait devant moi pour me laisser entrer. « Très peu pour moi, mon gars, a-t-elle répondu en regardant autour d'elle. Je ne vois pas ton chevalet ! Il faudra te contenter de me dessiner. » Elle a pris le petit carnet de croquis sur le comptoir de la cuisine, puis elle me l'a lancé. Elle riait. « La règle, c'est que tu ne peux pas t'approcher à moins de trois mètres, sinon je me tire.

— Je me demande parfois ce qu'est le désir. Est-ce tout à la fois un fardeau, un cadeau et une malédiction ? »

Assis à la table de la salle à manger, je tripotais le carnet de croquis, écrivant ART sur la première page, avant de lever les yeux tandis qu'elle se déshabillait rapidement.

« Tu es peut-être un paysan, mais je suis prête à parier gros que tu as étudié la littérature à la fac.

À Missoula, je connais plein de types comme toi, qui me balancent tout un tas de conneries prétentieuses alors qu'ils ont seulement envie de mettre la main dans ma petite culotte. »

Elle me tenait par les couilles. Dr A avait dit qu'avec certaines femmes on a plus de chances d'aller jusqu'au bout en leur parlant seulement de sujets élevés, comme la spiritualité. Sylvia, maintenant entièrement nue, exécutait des mouvements fluides sur le tapis du salon, des gestes qui, m'a-t-elle appris, faisaient partie de sa « routine taï-chi ». C'était pour elle une manière de passer le temps durant les ennuyeuses séances de pose. Je clignais des yeux, pour les transformer en objectifs jumeaux tandis que je prenais des photos mentales en vue d'un usage ultérieur. Quand les tempêtes de novembre frapperaient le nord du Michigan et que, debout derrière la fenêtre, je regarderais la neige chassée à l'horizontale à travers le paysage, je pourrais fermer les yeux et voir Sylvia nue. Je n'avais pas admiré beaucoup de corps nus au cours de mon existence, mais c'était de loin le plus beau, même en tenant compte des magazines spécialisés. Malheureusement, la lumière déclinait dans la maison. Soudain pris de vertige, j'ai posé la tête sur la table de la salle à manger. Je perdais conscience parce que j'avais oublié de respirer. Sylvia s'est précipitée vers moi, mais j'avais la vue si brouillée que je distinguais à peine son pubis, son nombril et les tétons roses de ses seins en forme de pommes. Des pommes McIntosh, pas les grosses Wolf River.

« Nom de Dieu, ne meurs pas ! a-t-elle hurlé.

— J'ai oublié de respirer. » J'ai inhalé entre les dents et la pièce a retrouvé ses contours habituels.

Alors le téléphone a sonné. En fait, il a sonné trois fois en un quart d'heure.

« Je ne suis pas là », ai-je dit. Sylvia a répondu en se présentant comme « la femme de ménage ». Le premier appel venait de Vivian qui a insisté pour qu'elle me laisse un mot disant de la rappeler au plus vite. Loin de détruire la magie du moment, j'ai beaucoup aimé l'instantané de Sylvia au téléphone. « Je crois qu'il s'est blessé en faisant l'ascension d'une montagne, mais il va s'en tirer. »

Puis Sylvia m'a demandé : « Qui est Vivian ?

— Mon ex. L'année dernière elle s'est barrée avec un prénommé Fred, et maintenant elle aimerait bien me récupérer.

— Tu vas retourner avec elle ? » Quand Sylvia s'est gratté le ventre, j'ai senti comme un spasme.

« C'est pas sûr. »

Le téléphone a encore sonné. Cette fois c'était Robert. Sylvia a répété l'histoire de l'accident de montagne, elle a raccroché, puis elle m'a dit d'appeler Robert au plus vite. Elle a repris ses exercices de taï-chi en me racontant que sa mère avait vécu avec un joueur professionnel de Las Vegas qui avait figuré au Top 50 des joueurs de poker du pays. Les choses se sont gâtées quand ce type lui a demandé de baiser avec ses amis.

« Quel dommage, dis-je. Je parie qu'elle est très jolie.

— Elle est canon, mais elle est prête à tordre les couilles de n'importe quel mec pour retourner à la table de black-jack. J'ai faim. Ça t'ennuierait de me faire griller ce poisson ? »

Elle a déplacé à la cuisine ses exercices de taï-chi pendant que je m'occupais du poisson et préparais une modeste salade. Cette migration vers les fourneaux m'a fait franchir la barrière invisible des trois mètres et je me suis coincé la queue sous la ceinture quand Sylvia s'est retournée pour répondre encore au téléphone. Cette fois c'était Marybelle qui voulait que je l'appelle pendant sa pause déjeuner, à treize heures, heure de Californie. C'était agaçant tous ces coups de fil, mais je devais laisser le téléphone branché à cause de Dr A qui aurait peut-être des problèmes avec son vol pour l'Ouest.

Les manières de table de Sylvia étaient délicieusement approximatives, et quand elle a dit « Tu sais faire griller le poisson, petit », j'ai rougi de plaisir. Ma mère m'avait inculqué de force des manières de table irréprochables. Combien de centaines de fois ai-je entendu « Mon petit Cliff fort et vaillant, ne mets pas tes coudes sur la table », ou « Ferme la bouche et mastique trente-deux fois avant d'avaler ». Même quand on n'avait plus rien dans la bouche, il fallait mastiquer trente-deux fois.

Une gouttelette de beurre jaillie du poisson grillé venait de tomber sur le haut du sein de Sylvia, avant de descendre lentement vers un mamelon rose. « Quel visuel ! » se serait écrié Robert. À peu près aux deux tiers du repas, Sylvia a levé les yeux vers l'horloge murale et s'est écriée : « C'est fini ! »

Lorsqu'elle s'est pudiquement retournée pour se rhabiller, j'ai eu une vue imprenable sur ses fesses musclées qui auraient remporté haut la main les jeux Olympiques si les organisateurs avaient eu assez de jugeote pour créer une compétition du plus beau cul. Sylvia a rapidement terminé son repas, puis elle s'est perdue dans ses pensées.

« Je dois dire que le pénis d'un homme est la chose la plus stupide à regarder. Quand j'avais douze ans et que j'allais à confesse, j'ai demandé à notre prêtre pourquoi, si Dieu désirait vraiment que nous prenions les hommes au sérieux, il les avait affublés d'un pénis en forme de gros ver de terre.

— Et quelle a été sa réponse ?

— Il a dit : "Je n'en ai aucune idée, ma fille." Appelle-moi si tu veux que je pose encore pour toi. »

Elle est repartie avec mes trois billets de cent dollars bien serrés au creux de la paume. Elle est passée devant la fenêtre comme un oiseau de proie. C'est donc ça, la vie d'artiste, ai-je pensé. J'ai réglé la radio sur une station de Bozeman et eu droit à une symphonie de Brahms qui était nettement moins intéressante que Sylvia nue. Mon cerveau papillonnait comme un colibri cherchant du nectar parmi les événements que je venais de vivre depuis un an. Marybelle relevait du plus pur hasard, disons comme une météorite qui tue un cerf. La seule autre période de ma vie où j'avais connu cette sexualité explosive avait été le premier mois de mon mariage avec Viv. Marybelle était arrivée si tard dans mon existence, tel un vœu absurdement exaucé, que je pensais beaucoup trop souvent à la simple survie.

Le téléphone a encore sonné, mais par chance c'était Dr A. Il était bloqué à l'aéroport de Minneapolis avec un retard de trois heures, et se limitait à cinq verres, pas un de plus. Dr A avait longuement parlé avec notre guide de pêche, je lui avais transmis son numéro, lequel lui avait dit que la météo annonçait de gros orages et qu'il nous faudrait rejoindre la rivière Missouri pour y pêcher si la Yellowstone devenait boueuse, ou peut-être retourner au Big Hole, où j'étais déjà allé, à condition que le niveau de l'eau n'y soit pas trop bas. Je me suis très vite aperçu que Dr A tuait le temps en m'appelant, je n'ai donc pas vraiment fait attention à ce qu'il me racontait. J'avais envie de retrouver le nord du Michigan, un foyer, une ferme qui ne serait sans doute plus là, du moins sous une forme reconnaissable. Je subodorais que les nouveaux propriétaires conserveraient l'ancienne grange, car les citadins trouvent que les granges sont jolies. La bicoque de grand-père dans la forêt devrait me suffire, et puis c'était l'endroit rêvé pour aménager un jardin.

Je redoutais certains aspects de la visite de Dr A ; pas la pêche, mais la gnôle. Voilà plus de dix ans qu'une fois par mois nous nous préparions un dîner de vieux garçons, décidant à l'avance quels sujets nous allions aborder, l'agriculture et la médecine étant bien entendu exclues. Ces dîners n'ont pas commencé comme des manies de célibataires, mais ni Vivian ni l'épouse de Dr A ne trouvaient nos discussions intéressantes, du coup elles allaient jouer au bowling à Petoskey. Dr A pensait que cette histoire de bowling était une couverture. Comme la plupart des maris excessivement adultères, Dr A s'inquiétait sans arrêt de la fidélité de sa femme. Bref, quand nous étions tous les deux ensemble, nous avions tendance à boire comme des trous. Dans mon cas c'était parfois une mesure défensive, je me saoulais seulement quand j'étais avec Dr A, lequel découvrait toujours des nouveaux vins qu'il nous fallait absolument goûter. Il avait tendance à boire le vin comme de la bière, vous voyez ce que je veux dire, deux petites gorgées préliminaires et puis cul sec à grandes goulées.

J'ai rejoint ma table de travail et me suis plongé dans le livre sur les États de l'Union que j'avais acheté à Bozeman. Si je respirais à fond, je discernais encore une trace du parfum de Sylvia. Après Brahms, la radio a diffusé la *Symphonie Jupiter* de Mozart, qui a soulagé ma mélancolie stupide.

Montana (le retour) VII

J'ai bu un bol de ma soupe au poulet apaisante, puis passé mes coups de fil qui se sont révélés agréablement futiles. Vivian voulait une adresse où m'envoyer ses fameux contrats, et lorsque je lui ai annoncé que je comptais rentrer d'ici dix jours, sa voix s'est adoucie pour devenir plus cordiale. Marybelle désirait seulement que je jette un coup d'œil dans ma trousse de toilette, car elle pensait y avoir laissé ses boucles d'oreilles dans le Nebraska. Elle a été aux anges quand je les y ai retrouvées ; la vision de mon tube de crème pour la bite au fond de ma trousse n'a rien eu de romantique. Robert était mécontent parce que j'avais annoncé à Vivian que je n'accepterais pas la part de la ferme revenant à notre fils. Je lui ai dit que je comptais placer mon argent à la banque, ce qui me rapporterait cinq mille dollars par an, plus les quatre mille de ma retraite d'enseignant. J'avais un toit et je pourrais me chauffer au bois. Je trouverais un boulot d'employé agricole ou peut-être un poste de gardien à l'école. « Papa, m'a-t-il répondu, ça fait dix-sept mille dollars en dessous du seuil de pauvreté. Et puis ne SIGNE aucun contrat avec maman sans d'abord les MONTRER à un avocat. Et il faut que tu aies la SÉCURITÉ sociale. »

Je ne lui ai pas dit que j'avais l'intention de vendre le luxueux 4×4 Tahoe pour acheter d'occasion le pick-up bon marché dont j'allais avoir besoin pour transporter les matériaux de construction jusqu'à la bicoque de grand-père. Je ne pouvais pas davantage lui expliquer combien il me tardait de jouer le rôle de mon vieux héros Thoreau dans une clairière au milieu de la forêt. Si l'hiver suivant je rendais visite à Bert, je camperais en plein désert.

Sur le chemin de Bozeman je me suis arrêté au sommet d'un col de montagne pour admirer un magnifique orage qui arrivait du sud – un événement banal dans le Michigan mais de toute évidence plus rare dans l'Ouest. Tim, le guide, m'avait prévenu que les orages risquaient de bousiller la Yellowstone pendant deux ou trois jours, mais je n'étais pas contre le fait d'arracher Dr A à la vie nocturne trépidante des bars de Livingston.

À l'aéroport de Bozeman, les passagers qui débarquaient arboraient un teint cendreux à cause de leur vol mouvementé. J'en ai entendu quelques-uns raconter aux amis venus les chercher que leur avion avait été frappé par la foudre – raison de plus pour ne jamais mettre les pieds dans ces cercueils volants. Dr A semblait particulièrement hagard, malgré les luxueux vêtements sport qu'il portait, comme la moitié des passagers de sexe masculin venus pêcher la truite dans le Montana pendant les vacances. Le mot « clones » m'est venu à l'esprit près du tapis roulant des bagages où ces touristes récupéraient leurs gros étuis contenant plusieurs cannes à pêche. J'ai haussé les sourcils devant Dr A pour lui poser une question muette.

« Carolyn entame les procédures de divorce, sous prétexte que je lui ai refilé un herpès par accident. Quand je pêchais dans la Manistee, j'ai eu une petite aventure avec une biker de Kalkaska. Carolyn va me tondre. Elle va me ruiner financièrement. »

Je me suis demandé comment on pouvait transmettre un herpès à sa femme *par accident*, mais je n'ai pas moufté. Dr A disait toujours que, pour une raison ou une autre, il était « ruiné financièrement », mais ce serait seulement son troisième divorce et une fois encore il était coupable. C'est devenu de plus en plus évident durant le trajet entre Bozeman et Livingston, quand il a reconnu avoir soigné sa femme pour ce qu'il a appelé « des cloques bénignes ». De passage à Chicago Carolyn était allée trouver le médecin de sa mère, lequel avait émis le diagnostic adéquat.

Nous roulions dans la queue du gros orage, ce qui me procurait une agréable diversion aux souffrances conjugales de mon passager. Dr A *pleurait dans sa bière*, comme nous disions autrefois. Il n'était pas plus innocent que Hitler, mais voulait qu'on ait pitié de lui au lieu de le couvrir d'opprobre. À cinquante-cinq ans, Dr A trouvait bien difficile d'être Dr A. Dans ce genre d'épreuve, l'homme mûr redevient le gamin de douze ans qui a laissé tomber le ballon au cours du match de championnat. « J'avais le soleil dans les yeux », pleurniche-t-il sous un ciel nuageux.

Nous avons fait halte au bar du Murray Hotel, car Dr A avait besoin de s'envoyer un martini en guise de dernier verre avant d'aller se coucher, or à la maison je n'avais que du whisky et les deux caisses de vin. Tim, notre guide de pêche, était là. Il nous a dit qu'un « tombereau de boue » s'était déversé dans la rivière, et que du coup nous allions devoir pêcher une journée à Big Hole et ensuite sur le Missouri pour laisser le temps à la Yellowstone de retrouver sa limpidité. Tout au fond, dans l'angle opposé du bar, j'ai reconnu Sylvia et Brandy la masseuse qui dansaient près de la machine à poker. Je me suis douté que l'autre femme qui les accompagnait devait être la très redoutée mère de Sylvia. Dr A a éclusé en un rien de temps un double martini au gin Sapphire, puis il en a commandé un autre. Je suis sorti avec Tim pour voir si la boule de l'attache du Tahoe convenait à la remorque de son bateau MacKenzie. Il m'a alors déclaré que mon ami ressemblait à un pré labouré par une roue de chariot et je suis tombé d'accord avec lui. J'ai évoqué une procédure de divorce et Tim a dit : « Ah, ça… »

Quand nous sommes retournés dans le bar, Dr A roupillait à demi sur son second double martini. Sylvia achevait une danse endiablée avec Brandy, puis elle s'est approchée du bar pour commander un ginger ale, suivie par sa mère qui malgré son indéniable pouvoir de séduction avait une lueur froide dans le regard. Nous avons échangé un bonsoir poli, et Sylvia a offert à sa mère un Jack Daniel's au Coca, cocktail improbable. Quand j'ai payé la tournée, Sylvia a dit : « C'est très gentil de ta part. » Je me suis senti frissonner de la tête aux pieds. Pourtant je trouvais vraiment bizarre de voir une fille s'occuper ainsi de sa mère et danser aussi passionnément avec sa copine comme si aucun homme sur terre ne lui convenait. C'est à ce moment-là que j'ai commencé à m'interroger : « Cliff, Sylvia serait-elle une fille de Sapho ? » Très probablement.

J'ai eu de la chance que Dr A soit assez comateux pour ne pas remarquer Sylvia et sa mère, deux femmes qui en temps ordinaire l'aurait allumé comme une fusée du 4 Juillet. Quand toute une portée de cochons de lait survivait, papa disait toujours « Merci, mon Dieu, pour cette menue bonté. » Le souvenir d'avoir nourri un cochon de lait au biberon m'a donné le mal du pays. J'ai porté Dr A comme j'ai pu jusqu'à sa chambre, où il s'est écroulé tout habillé, puis j'ai précuit quelques patates et mis des saucisses à décongeler pour le petit déjeuner.

À six heures du matin, quand Tim est arrivé, Dr A en assez bonne forme dévorait ce qu'il appelait lui aussi un petit déj « crise cardiaque ». Nous avons atteint Big Hole en deux heures et demie, puis pêché jusqu'à l'heure du dîner, avant d'aller manger au Hitch'n Post où Dr A a descendu une bouteille de

« méprisable » vin californien, après quoi il s'est endormi à huit heures du soir. L'épuisement nous a permis d'échapper à de vastes considérations sur la vie. Nous avions parfois dû traîner le bateau quand il n'y avait pas assez d'eau, et il avait fait très chaud, mais malgré cela et les piqûres de guêpe la pêche avait été merveilleuse : il y avait eu une éclosion de phalènes d'épicéa et les poissons montaient partout à la surface pour les gober. Dr A puait l'alcool comme si sa sueur était du gin pur. Il nous a seulement cassé les pieds au déjeuner, sur la berge de la rivière, lorsqu'il s'est lancé dans un résumé frénétique de ses trois mariages. Pour une fois, il n'a pas joué au mari offensé et blessé, il a même conclu son laïus en déclarant : « J'ai eu gain de cause dans toutes les discussions avec mes ex, même si j'avais toujours tort. » Dr A adorant discuter avec une sauvage éloquence, je savais que c'était tout à fait possible. Il a insisté sur le fait que c'étaient nos insatiables et délirants accès de fièvre glandulaires qui nous foutaient dedans. « Certains hommes, a-t-il dit, gravissent cent fois la même montagne, tandis que d'autres ressentent le besoin d'en gravir cent différentes. »

Tim, qui lui aussi avait été marié trois fois, a rétorqué que ses vagabondages s'expliquaient seulement par la quête de *la femme idéale**, mais Dr A a alors déclaré que c'étaient des conneries, car ce que nous croyons être la femme idéale peut changer toutes les semaines, et c'était sans doute la folie de l'instinct sexuel qui sauvait la démographie mondiale. Ils ont continué un moment à se chamailler ainsi. Je suis monté sur la berge pour rejoindre la voie de chemin de fer qui longeait la rivière. Un peu au-delà, il y avait un marais et un bassin alimenté par une source, qui contenait quelques grosses truites manifestement piégées là. J'avais connu une existence assez bourgeoise, les paysans n'ayant ni le temps ni l'opportunité de courir la gueuse. Dr A et Tim avaient eux connu la vie de la rivière, moi je ressemblais davantage aux poissons emprisonnés dans ce bassin isolé, mais ces derniers, eux, ignoraient peut-être qu'ils étaient enfermés dans un bassin isolé.

Nous sommes partis à l'aube pour rouler vers le nord et la rivière Missouri, près de Cascade, au sud de Great Falls. Il faisait assez frais à notre arrivée, mais vers midi le thermomètre indiquait déjà trente-cinq degrés. Nous sommes tombés en panne d'eau potable deux bonnes heures avant d'atteindre le site où nous pouvions quitter la rivière. Dr A s'est stupidement versé le contenu d'une bouteille d'eau potable sur le crâne, avant de s'excuser platement. Ni la truite ni le pêcheur n'apprécient ce genre de canicule, la journée a donc été entièrement gâchée. Dans cette région le Missouri est large d'une bonne centaine de mètres, c'est de l'eau de source cristalline absolument splendide, mais pleine d'herbes aquatiques à cause de la longue vague de chaleur. Penché par-dessus le plat-bord du bateau, j'ai repéré un grand nombre de grosses truites que nous dépassions et qui, assez raisonnablement, semblaient roupiller. Nous avons croisé un gros serpent noir, long d'environ deux mètres, qui traversait la rivière, quand à notre grande surprise ce reptile a attaqué notre bateau. Tim a dit que les serpents noirs tuaient et dévoraient les serpents à sonnette.

En route vers notre motel de Great Falls, et même après avoir partagé un gros bidon d'eau acheté dans une épicerie, nous avions l'impression d'être des loques. Dr A somnolait sur la banquette arrière en tétant une bouteille de vodka tiède qu'il avait sortie de ses bagages. Au dîner, nous n'avons même pas terminé nos steaks infects et Dr A s'est enfilé une jolie succession de doubles martinis. Nous sommes ensuite passés à un club de strip-tease où Dr A est tombé en extase devant une adorable effeuilleuse couverte de taches de rousseur. Il s'est levé en beuglant les paroles de la chanson *Mon cœur pleure pour toi !* Comme il ne voulait pas s'arrêter, des videurs aussi gros que des bikers l'ont flanqué à la porte. Il a pleuré tout le long du chemin du retour, et nous avons dû le porter jusqu'à sa chambre. J'étais inquiet, mais Tim m'a alors dit : « T'en fais pas pour ce trouduc. C'est un grand garçon. »

À l'aube, nous avons roulé pendant quatre heures vers l'est, au-delà de Livingston vers Big Timber, puis nous avons eu droit à cinq heures de pêche miraculeuse à la truite brune ; nous avons aussi vu sept aigles dorés plus neuf aigles chauves. Dr A a passé le plus clair de cette journée endormi à l'arrière du bateau, ratant presque tout.

Le désastre final a eu lieu durant la soirée, alors que nous savourions un délicieux dîner au Owl. Dr A, qui avait apparemment absorbé des amphètes, comme font certains médecins, a dérivé jusqu'au comptoir, puis pris un verre avec la mère de Sylvia et Brandy la masseuse. Lorsque Sylvia m'a servi une part de gâteau au chocolat et qu'elle a remporté l'assiette intacte de Dr A, elle m'a interrogé à son sujet. Je l'ai rassurée en lui disant que Dr A était un ami médecin originaire du nord du Michigan, ce qui a paru dissiper ses craintes. Mais quand je suis ressorti des toilettes, ils avaient disparu. J'ai fait un tour au Murray Bar et, vu qu'ils n'y étaient pas non plus, je suis rentré à la maison de location dormir tout mon saoul.

À sept heures du matin, une Sylvia éplorée est venue en courant m'apprendre que Brandy venait de téléphoner de Bozeman afin de lui annoncer que Dr A et la mère de Sylvia avaient pris le premier avion direction Salt Lake City avec pour objectif final Las Vegas. J'en suis resté sur le cul, mais j'ai déclaré à Sylvia que le moment était venu pour elle d'arrêter de chaperonner sa mère. Je lui ai préparé une omelette. Après en avoir mangé la moitié, elle a décidé de se rendre à mes arguments. Je l'ai ramenée en voiture à son appartement et elle m'a embrassé sur la joue, ce qui m'a donné un frisson à retardement. J'ai passé deux autres journées formidables à pêcher avec Tim, puis j'ai fait mes valises pour rentrer à la maison sans avoir reçu le moindre coup de fil de Dr A. Le dernier soir, Sylvia était en congé et elle est venue savourer ma recette personnelle de spaghettis aux boulettes de viande, un plat dont elle s'est resservie. Nous avons joué un moment au solitaire et regardé *La Loi de Los Angeles*. Je mourais d'envie de lui demander une autre séance de pose pour la bonne marche de mon projet, mais ça m'a paru déplacé. Devinant alors la profondeur de ma mélancolie, elle m'a accordé une fascinante prestation gratuite de trente secondes, relevant son corsage et faisant tomber son short pour exécuter une petite pirouette. Les larmes m'ont envahi les yeux, car je doutais de jamais la revoir. Je l'ai raccompagnée à pied jusqu'au pont de Ninth Street, où nous avons fait halte pour baisser les yeux vers les eaux agitées de la rivière odorante. « La vie est une rivière, ai-je alors dit. — Non, a-t-elle répondu, une rivière est une rivière et la vie est la vie. »

J'ai reconnu mon erreur en silence.

Michigan

J'ai tracé la route, comme on disait autrefois, laissant derrière moi les truites brunes et Sylvia. Je ne me suis même pas arrêté pour regarder les vaches. J'ai fui Livingston à l'aube tel un réfugié quittant un pays déchiré par la guerre, mais peut-être pas, peut-être tout bonnement comme un vieux chnoque rentrant chez lui. Près de Miles City j'ai parlé cinq minutes à Robert et puis une voix sortant de l'*Onstar* a dit que mon temps était écoulé, avant de me donner quelques conseils pour acheter du temps supplémentaire avec une carte de crédit. Je crois que cette voix venait du New Jersey. Robert était d'un enthousiasme délirant à l'idée que son papa rentrait au bercail pour voir sa maman, et je n'allais certainement pas le décevoir en déclarant que la principale raison de mon retour était de retaper la vieille bicoque de grand-père pour bénéficier de la solitude nécessaire à mon projet littéraire, que j'assimilais désormais au monde plus vaste de l'art. Aucun doute, j'étais au bout du rouleau. Mais qui sait ce que l'avenir me réservait ? À la fac, j'avais écrit quelques haïkus, que mes amis étudiants en littérature trouvaient atroces. Voici mon préféré :

Je désire regarder une vache
Sans que mon esprit dise « vache ».

J'ai atteint Jamestown au bout de douze heures de route. Après avoir avalé un sandwich à la poitrine de bœuf, j'ai disposé mes outils de travail sur la table de ma chambre de motel. La fatigue de la conduite m'a privé de toute intuition. Je suis retourné m'asseoir à la table avant l'aube et j'ai mis deux sachets de café dans la cafetière, qui ont fait de moi un rêveur parfaitement éveillé : je voyais le derrière de Sylvia dériver à travers la page blanche. Peut-on en conclure que la biologie est plus forte que l'art ? Sans aucun doute.

J'ai atteint Iron Mountain au crépuscule après quinze heures de route. Je suis allé chez Ventana's, un restaurant dont j'avais entendu parler. J'ai pris la spécialité baptisée *The Italian Holiday* : de la saucisse italienne, une énorme boulette de viande, des spaghettis et des gnocchis, le tout recouvert de sauce marinara. Ce monticule nutritionnel m'a fait dormir *pronto*.

Debout à l'aube une fois encore, j'ai atteint l'agence immobilière de Vivian au moment précis où sa secrétaire hautaine partait déjeuner. Cette jeune femme s'exprimait avec un accent qui n'appartenait qu'à elle, et elle était capable de me regarder sans me voir. Elle m'a montré la porte fermée de Viv en m'annonçant qu'une affaire était sur le point de « se conclure ». Je me suis endormi sur le luxueux canapé en lisant un article du *National Geographic* intitulé « L'Ouzbékistan face à son avenir ». L'avenir, comme toujours, s'avérait incertain.

« Cliff, tu ressembles à un étron fracassé par un hachoir à viande », a claironné Viv d'une voix sonore en me réveillant en sursaut.

Elle était toute pimpante en tailleur bleu, même si sa nouvelle coiffure formait un monticule plus élevé que mon plat italien de la veille au soir.

Elle a rejoint la fenêtre pour adresser un signe de la main à ses clients qui s'en allaient dans leur Mercedes argentée. « Ces investisseurs viennent d'acheter cinq appartements à Petoskey. Ma modeste commission sera de cent mille dollars », a-t-elle croassé. Je me suis dit que cette somme équivalait à la valeur de tous mes biens excepté le Tahoe.

Sur le chemin de Petoskey et du déjeuner, Viv m'a appris une nouvelle stupéfiante : elle venait de payer la caution de Dr A à Las Vegas. À force de jouer, il avait vidangé son compte bancaire. Pendant ce temps-là la *prostituée* qui l'accompagnait avait à moitié démoli une machine à sous en tapant dessus à coups de chaussure à talon. Viv avait avancé le pognon pour les faire sortir de taule, car elle pensait qu'un médecin n'avait rien à faire en prison.

Au restaurant chinois de Petoskey, Viv a dit : « Nos routes se sont séparées » – ce qui m'a paru être une parfaite description de son aventure avec Fred. Elle s'est jetée sur son bœuf aux légumes variés en pérorant à propos des subtilités de son régime basses calories pour diabétique. Franchement, elle ne m'avait jamais semblé en meilleure forme depuis dix ans et j'ai été pris de vertige en repensant à ses milliers de beignets au sucre glace et de Pepsi (quand je rapportais au magasin ses canettes consignées, je gardais la moitié de l'argent pour moi). Elle a pris deux petites cuillères de mon riz blanc et fermé les yeux de plaisir, après quoi elle a regardé notre serveur chinois et m'a demandé : « C'est vrai que les Chinois ont une petite quéquette ? » Je lui ai répondu qu'il existait sans doute un site web sur les quéquettes, qu'elle pourrait trouver sur son ordinateur. « Probablement », a-t-elle dit.

Après le déjeuner, elle m'a emmené en voiture jusqu'à sa maison, plutôt cossue, et elle m'a raconté qu'elle avait acquis ce bien pour trois fois rien lors d'une vente aux enchères après faillite. Le sol de toutes les pièces, sauf celui de la cuisine, était couvert de moquette blanche, les murs et le mobilier étaient tout aussi blancs. Je me suis mis à éternuer de manière irrépressible à cause d'un parfum de nature indéterminée. « Cette maison ne sentira jamais la bouse. Et elle est strictement non-fumeur, petit. »

J'ai fait la sieste sur la véranda de devant pendant que Viv retournait travailler une heure environ. Je me suis dit que je venais de conduire comme un cinglé pour recevoir cet accueil mitigé. Je somnolais par intermittence, redoutant d'avance le trajet imminent jusqu'à la ferme, une visite qu'elle tenait à faire avec moi pour que je puisse *affronter la réalité*. À travers les baies vitrées de la véranda, j'ai regardé l'intérieur blanc de la maison, une couleur pour laquelle je n'avais absolument aucun goût. Une fois encore, mes neurones déglingués m'ont servi un ravissant aperçu du pubis de Sylvia. Je me suis attardé un moment sur la nature accidentelle des contacts sexuels de mon existence. Babe au boui-boui quand nous souffrions tous deux d'une solitude maligne, et puis le typhon inattendu de Marybelle, un authentique accident climatique. Bien plus tôt, ma rencontre avec Vivian qui se comportait comme si elle était vraiment en demande, ce dont je doutais déjà à cette époque lointaine. C'était une vraie Américaine, un peu grande gueule et tapageuse, une gamine du club rural dont la génisse avait remporté le concours à la foire du comté, une élève médiocre qui faisait semblant de lire les livres que je lui donnais, mais l'un dans l'autre tout à fait aimable – je manquais du reste de repères pour bavarder à l'aise avec mes rares petites amies qui vivaient en ville.

Nous avons pris ma voiture afin de rejoindre notre ancienne ferme et là j'ai pleuré comme un bébé piqué par une abeille. Ma cabane à outils avait disparu. La grange était peinte en rouge vif. Les bulldozers avaient rasé le verger, lequel était maintenant semé d'herbe et entouré de planches blanches dans le style du Kentucky. La maison aussi avait été rasée, à sa place une énorme bâtisse en brique était en construction. Sur l'emplacement de l'ancien poulailler, il y avait une écurie en brique, dotée de sept box d'où dépassait la tête d'autant de chevaux. Cinquante ouvriers au moins s'activaient sur ce chantier. Nous avons continué en voiture sur la route pour nous arrêter près d'un marais, où Viv m'a pris dans ses bras et tapoté le dos comme si j'étais un bébé qui avait besoin de faire son rot.

« Ils investissent deux ou trois millions dans les travaux, a-t-elle dit.

— J'espère que les vers leur boufferont le cerveau. » Je reniflais toujours.

« Les produits d'embaumement ne le permettront pas. Quand tout se barre en couilles, les couillus prennent la barre. Maintenant que tu as vu ton passé réduit en bouillie, tu pourras entamer une vie nouvelle au bungalow de ton grand-père. »

J'ai déposé Viv devant chez elle, car elle voulait nous préparer un dîner aux chandelles avec du poulet grillé. J'ai roulé vers chez grand-père en réfléchissant à des horaires de travail pour mon projet. Naturellement, chaque écrivain et chaque artiste a ses habitudes de travail bien à lui, mais je croyais me souvenir que Thoreau avait un faible pour le début de matinée, après une marche. Durant les quatre mois qui venaient de s'écouler depuis la mort de Lola, il ne s'était pas passé une seule journée sans que je pense à trouver une autre chienne – j'en avais toujours eu une depuis que j'étais étudiant à l'université. Il était certain que je ne pourrais pas faire entrer un chien dans la nouvelle maison de Vivian. Robert m'avait confié en riant que Viv fréquentait « le gratin des battants » de la région, pour moi de parfaits inconnus, que je comptais éviter coûte que coûte.

Apercevant devant moi un embouteillage sur la route de Walloon Lake, j'ai pris un autre itinéraire. Ce qui venait d'arriver tombait sous le sens. Il y avait deux ambulances sur le rivage et, non loin, une flottille de bateaux qui entourait deux gros hors-bord conçus pour le ski nautique, salement amochés après une collision. À l'époque où Bert et moi travaillions dans le verger d'une ferme qui donnait sur cette route, nous profitions de la pause déjeuner pour nous asseoir sur le versant de la colline et regarder les gosses de riches sillonner le lac en tout sens. Quand il y avait un accident, Bert disait : « Un crétin de moins dans le patrimoine génétique de l'humanité. »

Je n'ai pas passé beaucoup de temps sur le terrain de grand-père, mais mon cœur s'est gonflé de plaisir à l'idée de vivre dans cet endroit isolé. Quarante arpents de buissons et de pâtures formant une clairière parmi les denses bois de la colline, un endroit idéal pour pratiquer mon art. Viv avait cru que la cabane minable de l'Indien serait invivable, et elle avait envoyé quelques ouvriers remettre la cuisine en état et aménager un coin où dormir dans la petite salle à manger. Les deux chambres de derrière étaient complètement détruites par l'incendie et séparées de la salle à manger par une grande bâche plastique agrafée aux murs. J'allais devoir essayer de me débarrasser de cette odeur de brûlé. Malgré tout, j'ai soudain senti qu'un avenir radieux m'attendait. Devant la maison, une corde était toujours accrochée à la branche d'un érable, une corde à laquelle était jadis suspendu un pneu, que grand-père et mon papa avaient aménagé pour Teddy et moi. J'ai déchargé mes affaires, y compris le puzzle, que j'ai posé sur la table en formica d'une jolie nuance de jaune. Viv avait mis un pack de bières au frigo et j'ai ouvert une canette pour porter un toast à ma nouvelle vie. Il y avait aussi une pile de barquettes diététiques dans le compartiment du congélateur, des repas qui plairaient sans doute à ma future chienne.

Au retour, je me suis arrêté à la fourrière, qui fermait. J'étais attiré par un chiot, un croisement de colley et de berger allemand, mais il était assis là en compagnie de sa vieille mère décatie, et je me suis demandé si j'aurais le courage de les séparer. Il y avait toutes les chances pour que la mère finisse très vite son existence dans la chambre à gaz. En repartant, j'étais tiraillé par l'idée de prendre avec moi la mère et son chiot, mais en arrivant chez Viv j'ai compris qu'il me faudrait accepter les deux. Après tout, la mère m'aiderait à m'occuper du chiot, et peut-être que la jeune femme séduisante qui travaillait à la fourrière se montrerait bien disposée envers moi. Elle remplissait superbement son Levi's et son T-shirt ; je comptais lui laisser mon adresse pour qu'elle me rende un jour visite. Voilà que mon imagination refaisait des siennes, au point qu'en entrant dans l'allée de Vivian j'ai failli dégommer l'un des flamants roses en plâtre qui décoraient la pelouse.

Le poulet grillé était excellent, même si l'odeur de patchouli dégagée par les bougies parfumées m'a indisposé. Quand je suis entré par l'escalier de derrière, j'ai entendu *Schéhérazade*, mais Viv a été assez aimable pour arrêter ce disque. Il n'y avait ni purée de patates ni sauce, car elle a déclaré qu'elle n'aurait guère supporté de me voir savourer ces délices qui lui étaient interdits. Elle a bu un verre de vodka avec du jus de citron, un cocktail « faible en sucre ».

Après le dîner nous avons rejoint la balancelle de la véranda de devant, le seul élément de mobilier qui provenait de notre ancien foyer. Vivian m'a montré quelques livres de recettes pour diabétiques en me suggérant de venir une fois par semaine lui préparer à dîner, à condition que j'adapte mes recettes à son état de santé. Mon rôti avec oignons ou rutabagas, mais sans pommes de terre. Mon chili mexicain sans haricots rouges, mes spaghettis aux boulettes de viande mais sans les spaghettis. C'était agréable, en partie parce que je buvais un grand verre de vodka après avoir refusé de toucher à un vin californien sirupeux qui lui avait coûté sept dollars. Cédant à une impulsion subite, j'ai glissé la main dans son corsage et tâté l'un de ses gros seins. Elle a rougi jusqu'à la racine des cheveux, mais aussitôt écarté ma main en disant qu'il fallait lui laisser un peu de temps avant de songer à la bagatelle. Puis elle a pincé le devant de mon pantalon et ajouté : « Je trouve ça mignon que tu bandes toujours pour moi, Cliff. »

Elle s'est levée pour me préparer une tasse apaisante de café instantané et pendant son absence je me suis dit qu'il serait vraiment formidable de partir pour le Guatemala avec Sylvia et de travailler là-bas dans un orphelinat, mais que c'était aussi improbable que la paix sur terre. Il me fallait acheter une écuelle et des aliments pour chien, un pied-de-biche et un marteau, une faux pour me débarrasser des mauvaises herbes autour de la maison de grand-père ; il me fallait aussi vendre le Tahoe et acheter un pick-up d'occasion. L'aube me trouverait assis à ma table de cuisine en train de renommer les États, avant d'aller installer une mangeoire destinée aux oiseaux. J'ai serré la grande main molle de Viv et, le cœur léger, je suis rentré chez moi dans le crépuscule estival.

Je me suis levé aux premières heures du jour tandis qu'à l'est l'aube pointait derrière la fenêtre de la cuisine. J'ai bu la moitié de mon café sur les planches branlantes de la véranda de derrière, qu'il me faudrait presque toutes remplacer. Je suis parti me balader avec un chien imaginaire à mes côtés, mon pantalon bientôt trempé de rosée jusqu'aux genoux. J'ai vu un bruant indigo voleter autour d'un buisson de cornouiller – peut-être un nom d'oiseau à changer. Il me semble examiner un terrier de renard en compagnie de l'Indien muet dans l'angle sud-ouest de la pâture. Une vache Jersey nous suit. Je me retourne vers le bungalow qui baigne dans la lumière orangée du soleil levant. Grand-père prend son café avec une rasade de bourbon Four Roses pour son cœur. Teddy est assis dans une flaque d'eau de l'allée. Papa déterre des vers dans un coin du jardin pour que nous puissions pêcher des ouïes-bleues et nous régaler d'une bonne friture à déjeuner. Et me voici, cinquante ans plus tard, vieux corps à l'aube d'une vie nouvelle.

ÉPILOGUE

Je suis rentré depuis un mois et j'ai connu des hauts et des bas, le lot de toute vie, apparemment du moins sur terre. Je me lève à quatre heures du matin, je poursuis ma nouvelle vocation jusqu'à environ huit heures, puis je m'occupe des réparations de la maison. L'odeur d'incendie est toujours présente mais je m'y habitue, de la même manière que nous apprenons à accepter l'omniprésente malfaisance politique. À la bibliothèque de Harbor Springs j'ai consulté la biographie écrite par Richardson et j'ai découvert avec stupéfaction que Ralph Waldo Emerson était un type beaucoup plus vivant et émotif qu'on pourrait le croire à la lecture de ses austères essais.

Je vois seulement Viv une fois par semaine et elle est sans conteste un vrai boulet à traîner. Elle n'arrête pas de mentir, tant à elle-même qu'à moi. L'autre soir, je lui ai préparé un dîner de fajitas bio. Lorsque je suis allé pisser aux toilettes, elle a rajouté un gros morceau de beurre dans la poêle avec les oignons, les poivrons et le bœuf. Un peu plus tard, quand à sa demande j'ai sorti les ordures, j'ai remarqué des emballages vides et illégaux (pour son diabète) de muffins anglais et de biscuits Oreo. Au moins, il n'y avait aucun signe de beignets au sucre glace ni de Pepsi.

Lothar m'a posé un problème. Bien que le premier Lothar ait été un mâle, j'ai donné ce nom au chiot de sexe féminin, car elle était très costaude et de couleur beige. Gamin, ma bande dessinée préférée du dimanche matin était *Mandrake le magicien*. La splendide épouse de Mandrake se nommait Narda, son puissant et invincible homme de main afro-américain s'appelait Lothar. Lothar a été mon premier héros ; plus tard je voulais devenir un énorme colosse noir. Papa m'a alors patiemment expliqué que ce n'était pas possible. Lui-même avait envie d'être Charlie Chan, mais nous ne pouvions pas davantage modifier la couleur de notre peau qu'une vache Holstein ne pouvait se transformer en une Guernesey. Ç'a été une dure leçon. Les étourneaux que nous étions ne pouvaient pas devenir des balbuzards.

Lothar a pris l'habitude déplorable de se vautrer par terre et de planter ses crocs dans le revers de mon pantalon, si bien que je dois la traîner partout dans la cuisine pour préparer mon café du matin. Assez bizarrement, sa mâchoire se relâche dès que je me sers ma première tasse et que je lui ouvre la porte pour qu'elle aille pisser. Elle aboie furieusement en regardant le monde extérieur, puis elle pisse sur la véranda. Comme je l'ai dit, je me lève dans la nuit à quatre heures du matin pour travailler à mon art. La tragédie a frappé la petite Lothar moins d'une semaine après que je les ai ramenées de la fourrière, sa mère et elle. J'ai donné à la grande chienne le nom d'Edna, la cousine de ma mère, qui elle aussi avait un corps extraordinairement lourd et des petites jambes toutes maigres. Au bout de quelques jours passés avec nous, la chienne Edna s'est mise à souffrir d'une grave affection des glandes salivaires, qui a nécessité une opération chirurgicale et cinq visites chez le vétérinaire, avant que ses poumons ne s'emplissent de liquide et qu'elle ne devienne un très lourd cadavre de chienne. J'ai enfermé Lothar dans la voiture pendant que j'enterrais sa maman derrière la cabane de l'Indien. La facture du vétérinaire s'élevait à deux mille sept cents dollars, pas loin de la somme que je venais de dépenser pour mon voyage dans l'Ouest. Les vétérinaires sont désormais aussi chers que les médecins pour les humains. Je me suis dit que j'allais passer à la fourrière afin de les informer du décès d'Edna. La jolie jeune femme a semblé parfaitement indifférente ; elle m'a dit : « Y a des jours avec et des jours sans. » Tout occupée à remplir les cases vides d'un de ces jeux appelés sudoku, elle ne m'a même pas regardé. Elle portait toujours ce pantalon séduisant qui lui moulait le pubis. J'ai pensé en même temps à la sexualité et à la mort de la chienne Edna.

Le lendemain soir, quand à la demande de Viv je lui ai préparé une tourte à la viande et un plat de maïs et de fèves de Lima, je lui ai raconté l'histoire de la chienne sans oublier de mentionner le montant de la note du vétérinaire. Elle m'a dit « Pauvre Cliff avec ses chiennes », comme si j'étais une troisième personne absente. Elle a fourré un billet dans ma poche de devant pour m'aider à payer la note. Viv était distraite par la vente imminente d'une maison de plage à Harbor Springs pour deux millions de dollars, et aussi furieuse de voir sa commission baissée à cinquante mille dollars. J'ai eu bien du mal à manifester ma sympathie. De toute évidence, l'immobilier est l'équivalent contemporain de la mine perdue du Hollandais, sauf que dans le cas des promoteurs et des agents ce n'est pas perdu pour tout le monde. En rentrant chez moi, j'ai regardé le cadeau de Viv : un billet de vingt, une simple goutte d'eau dans l'océan boueux du véto.

Quelques jours plus tard, à l'aube, après avoir fini de renommer nos cinquante États, j'ai poussé un cri de victoire sur la véranda. Le néophyte que j'étais s'est abandonné à l'extase de l'épiphanie, une ivresse partagée par tant de créateurs dans l'histoire des arts. Je suis resté humble, mais ça n'avait rien à voir avec les injures proférées par Marybelle dans le Wyoming pour stigmatiser mon projet, ou avec la perfide Sylvia qui m'avait lancé en riant un minuscule carnet de croquis pour que je l'y dessine à poil. Des images du derrière nu de Sylvia ont souillé la pureté de mon exaltation artistique, j'ai donc emmené Lothar faire un tour sur les quarante arpents du terrain. J'ai aperçu un bruant indigo, peut-être un bon signe, puis Lothar s'est fait piquer à la truffe par un très rare serpent bleu. C'était sans doute une coïncidence malheureuse. Je veux dire par là que le ciel aussi était bleu, alors que faire de toutes ces nuances de bleu dans un oiseau ou un serpent ? Lothar s'est mise à piauler à cause de sa douleur au museau et à décrire des cercles autour du serpent en cherchant un nouvel angle d'attaque. Elle a été folle furieuse quand je l'ai attrapée et éloignée de force. Par chance, elle déploie une telle vitalité pendant les brèves périodes où elle joue que ses siestes sont très longues.

Ç'a été l'un des meilleurs jours de ma vie. Toute la matinée j'ai travaillé d'arrache-pied et pour le déjeuner, histoire de fêter mon succès, j'ai partagé une côte de porc avec Lothar, qui a lacéré agressivement la viande entre ses crocs de bébé. Après un somme réparateur, j'ai emmené Lothar faire une longue promenade afin de l'épuiser pour que je puisse reprendre mes travaux d'aménagement intérieur sans être dérangé par ses jeux. Au cours de notre balade, elle a chassé jusqu'à l'épuisement une guêpe qui l'avait piquée. J'ai laissé une pelle près d'une eau suintante jouxtant un minuscule ruisseau, dans l'espoir de découvrir une source et d'aménager un trou d'eau où me baigner. J'ai renoncé à empêcher Lothar de dévorer les vers dans mes pelletées de terre, ou bien les petites grenouilles qu'elle débusquait dans le ruisseau. Il est certain qu'avec sa tête et ses épaules énormes elle ne deviendra jamais une beauté. Le véto pensait que sa mère était un mélange de labrador et de bulldog, mais le père de Lothar était sûrement un bâtard encore plus massif. En fin d'après-midi, la fatigue m'a dissuadé d'aller faire un tour en ville pour descendre quelques verres et reluquer les dames du samedi soir. Chacun sait que les routes de campagne sont dangereuses le samedi soir, à cause des riches vacanciers en goguette qui foncent à toute vitesse dans leurs luxueuses voitures. À la place, j'ai dégusté une soupe au poulet où j'avais haché trop de piments jalapenos, puis j'ai constaté une fois encore qu'un seul verre généreux siroté sur la véranda par un soir d'été est la clef d'une visite à l'église de votre « moi ».

En début de soirée, alors que j'allais me coucher, j'ai contemplé avec fierté la table de bridge qui me servait de bureau, les piles de livres et de papiers qu'à l'université du Michigan on appelait les « outils de la recherche ». Là, sur une partie dégagée du bureau, trônait ma liste des États et de leur nouveau nom – qui ne brillaient toutefois pas encore dans l'obscurité grandissante. Je devrais peut-être essayer de trouver une machine à écrire dans une brocante. Mais je n'allais certainement pas me laisser embobiner par la folie informatique et par l'orage merdique des e-mails qui dévorent la vie des gens. Je savais qu'un artiste doit tenir debout tout seul, en marge des modes de son temps.

Je devais malheureusement découvrir bientôt que mon idée de renommer les oiseaux d'Amérique du Nord était un projet beaucoup plus ardu. Un matin de très bonne heure, j'ai rejoint un petit groupe d'amoureux des oiseaux, pour m'apercevoir sans tarder que parfois l'art est vraiment une maîtresse cruelle. Sur le tableau d'affichage de la poste, j'avais repéré un papier annonçant la réunion de ce groupe d'ornithologues amateurs, et décidé de me joindre à eux dans l'espoir de rencontrer une femme gironde. À cinq heures et demie du matin, je me suis donc pointé à la réserve animale de Round Lake, un terrain appartenant au Conservatoire de la nature. Sur le parking étaient réunies une demi-douzaine de femmes, toutes plus âgées que moi, hormis une prof d'espagnol à la retraite, originaire de Detroit, qui est tout le temps restée collée à moi comme un sparadrap. Cette Mara d'environ cinquante-cinq ans avait la détestable habitude de saupoudrer ses monologues d'expressions espagnoles, si bien que je ne comprenais jamais rien à ce qu'elle disait. Toutes ces dames portaient les tenues de sport assez excentriques qu'affectionnent les amoureuses des oiseaux, et je me suis senti minable avec mes jumelles bon marché. Nous avons battu la campagne pendant une heure sans voir beaucoup de volatiles, la plupart des espèces restant au nid durant la mue du début août. J'ai annoncé avoir vu une fauvette jaune, mais ma qualité de nouveau venu dans le groupe m'enlevait évidemment beaucoup de crédibilité.

L'affreux dénouement s'est produit sur le quai, d'où nous observions tous une lointaine maman huard et ses deux petits presque adultes. À ce moment-là, tout le monde se montrait assez amical envers moi et je me sentais à peu près intégré au groupe. Le seul incident malheureux s'était produit quand Mara avait glissé à proximité d'un gros serpent noir en poussant un cri terrifié avant de se serrer contre moi. Ma main avait alors effleuré son sein par inadvertance. La prof d'espagnol avait bondi en arrière en me décochant un coup d'œil assassin comme si je l'avais fait exprès. Je n'avais rien trouvé à dire. Bref, nous étions donc sur le quai et toutes ces femmes se trouvaient derrière moi lorsque je leur ai bêtement expliqué mon projet consistant à renommer les oiseaux d'Amérique du Nord. J'ai cité une bonne vingtaine de mes propositions, dont l'« oiseau banquier » pour la sittelle parce que ce volatile accumule beaucoup plus de graines qu'il ne pourra jamais en manger, le « dolorosa beige » pour le passereau brun, le « Rubens » pour le rouge-gorge, etc. Très loin sur le lac, la femelle huard a lancé son merveilleux appel tremblant. Je me suis interrompu en entendant derrière moi un caquetage offusqué. Je me suis retourné pour constater que ces six femmes arboraient une expression horrifiée, comme si elles venaient de se réveiller debout dans un bac à sable rempli à ras bord de crottes de chien. Norma, leur chef, a brusquement brandi sa canne en aubépine qui m'a frôlé le nez. J'ai reculé d'un pas, réussissant par miracle à ne pas tomber du quai. Elles m'ont alors abreuvé d'épithètes fleuries telles que « salaud », « cochon », « dégueulasse », avant de pivoter sur les talons et de quitter le quai comme des soldats d'assaut. De toute évidence, elles ne voulaient absolument pas que je change le nom des oiseaux d'Amérique du Nord.

En rentrant chez moi en voiture, je me suis rappelé la devise de Joyce, « le silence, l'exil, la ruse » ; j'ai résolu de l'adopter moi aussi. Je me suis également rappelé une conférence sur la musique, en première année de fac, où le professeur avait dit que le grand Stravinsky s'était fait copieusement huer à Paris après la première représentation de *L'Oiseau de feu*.

Même Lothar a été furieuse contre moi quand je l'ai laissée sortir de la cabane de l'Indien, mais j'ai bientôt retrouvé tout mon prestige auprès d'elle en lui servant une portion du reste de rôti en sauce. Dommage que toutes les femelles ne soient pas aussi accommodantes, mais avec sa face grasse et déformée comme une grenouille marron, Lothar ne constituait pas un vrai défi. J'ai jeté un coup d'œil à la table de bridge en me demandant quels problèmes le nouveau nom de mes États pourrait bien soulever. Il était cependant très improbable que ces changements soient largement diffusés. Mieux valait sans doute être une fleur née pour s'épanouir à l'écart dans l'air du désert, ainsi que l'avait dit un poète anglais.

J'ai emmené Lothar faire une promenade de milieu de matinée dans la chaleur croissante, emportant avec moi une petite flasque de schnaps pour calmer mes nerfs incroyablement à vif. Ç'avait été la flasque de mon père, qu'il gardait toujours pleine en prévision de ce qu'il appelait « les cas d'urgence ». Après avoir parcouru quatre cents mètres environ, j'ai entendu une voiture sur le gravillon du chemin. Je me suis instinctivement planqué derrière des buissons d'épineux. Je portais toujours autour du cou mes jumelles destinées à observer les oiseaux, et j'ai repéré Vivian en train d'arpenter la maison avant de ressortir sur la véranda de derrière pour crier : « Cliff ! Cliff ! Cliff ! J'ai des papiers à te faire signer ! » Agenouillé derrière les buissons, je me suis dit qu'elle aurait toujours des papiers à me faire signer.

Elle a fini par repartir en voiture. Je me suis alors mis en route vers ma source en compagnie de Lothar, qui y est arrivée avant moi et a souillé l'eau dans sa poursuite frénétique d'une grenouille qu'elle voulait dévorer. Je me suis déshabillé puis assis dans l'eau fraîche, sirotant mon schnaps et levant les yeux pour voir la lumière du soleil traverser la frondaison des hêtres et des érables à sucre avant de moucheter les sous-bois. « Cette vie ne sera pas trop désagréable, ai-je alors pensé avec plaisir. Ce qu'il en reste m'est inconnu, mais tout ira bien pour moi. »

Les États de l'Union
et leur nouveau nom

Alabama – Chickasaw
Alaska – Kolyukon
Arizona – Apache
Arkansas – Caddo
Californie – Chumesh
Caroline du Nord – Shawnee
Caroline du Sud – Cusabo
Colorado – Ute
Connecticut – Mohegan
Dakota du Nord – Hidatsa
Dakota du Sud – Lakota
Delaware – Nanticoke
Floride – Seminole
Georgie – Creek
Hawaii – Kanaka Maoli
Idaho – Nez Percé
Illinois – Kickapoo
Indiana – Plankeshaw
Iowa – Foxsauk
Kansas – Wichita
Kentucky – Wea
Louisiane – Acolapissa
Maine – Abnaki
Maryland – Powhalen
Massachusetts – Pequot

Michigan – Potawatomi
Minnesota – Ojibway
Mississippi – Choctaw
Missouri – Osage
Montana – Absoroka
Nebraska – Poncapawnee
Nevada – Paiute
New Hampshire – Wappinger
New Jersey – Nakyssan
New York – Iroquois
Nouveau-Mexique – Navajo
Ohio – Wyandot
Oklahoma – Cherokee
Oregon – Umatilla
Pennsylvanie – Onondaga
Rhode Island – Wampanoag
Tennessee – Yuchi
Texas – Commanche
Utah – Shoshone
Vermont – Pequot
Virginie – Santee
Virginie-Occidentale – Catawba
Washington – Tilamook
Wisconsin – Menominee
Wyoming – Cheyenne

Le traducteur tient à remercier Olivia de Dieuleveult pour l'attention sans faille qu'elle a portée à ce texte.

La rentrée littéraire des Éditions J'ai lu

AOÛT 2010

INASSOUVIES, NOS VIES
Fatou Diome

HORS JEU
Bertrand Guillot

VAL DE GRÂCE
Colombe Schneck

UNE ODYSSÉE AMÉRICAINE
Jim Harrison

QUAND J'ÉTAIS NIETZSCHÉEN
Alexandre Lacroix

LE DERNIER CHAMEAU
Fellag

AVEC LES GARÇONS
Brigitte Giraud

DÉJÀ PARUS

LA MÉLANCOLIE DES FAST-FOODS
Jean-Marc Parisis

LÀ OÙ LES TIGRES SONT CHEZ EUX
Prix Médicis 2008
Jean-Marie Blas de Roblès

LA PRIÈRE
Jean-Marc Roberts

L'ESSENCE N *DE L'AMOUR*
Mehdi Belhaj Kacem

AVIS DE TEMPÊTE
Susan Fletcher

UN CHÂTEAU EN FORÊT
Norman Mailer

ET MON CŒUR TRANSPARENT
Prix France Culture/Télérama 2008
Véronique Ovaldé

LE BAL DES MURÈNES
Nina Bouraoui

ENTERREMENT DE VIE DE GARÇON
Christian Authier

L'AMOUR EST TRÈS SURESTIMÉ
Brigitte Giraud

L'ALLUMEUR DE RÊVES BERBÈRES
Fellag

UN ENFANT DE L'AMOUR
Doris Lessing

LE MANUSCRIT DE PORTOSERA LA ROUGE
Jean-François Dauven

Une littérature qui sait faire rimer plaisir et exigence.

Composition
NORD COMPO

Achevé d'imprimer en Espagne
par BLACKPRINT CPI IBERICA
le 18 mars 2011.

1er dépôt légal dans la collection : juillet 2010.

EAN 9782277006015

ÉDITIONS J'AI LU
87, quai Panhard-et-Levassor, 75013 Paris

Diffusion France et étranger : Flammarion